夫人拈花惹草 3

風文創 793

桐心 著

目錄

第二十一章

煙霞山上，相對著枯坐了半晚上的人，也不由得有些疲乏。

「夫人倒是對令媛有信心。」戚長天將涼茶又喝了幾口，悠悠地道。

金氏一笑，剛要說話，就見門簾子晃動了一下。

大嬤嬤快步走了過去，不一會兒就又回轉了過來，悄聲對金氏道：「姑娘擒住了戚長天的嫡女。」

金氏一愣，這是什麼意思？怎麼還有戚長天嫡女的事？

大嬤嬤得意地瞥了戚長天一眼，附在金氏耳邊道：「錯不了的。」她將雲五娘的表現細細地說了，才道：「本來她已經要出手了，沒想到姑娘是個果敢的，也下得了狠手。」這個「她」，指的是守門的善婆。看起來是個普通的婆子，卻是金家給小主子的護衛。

金氏挑眉一笑，淡淡地「嗯」了一聲，就又轉著手裡的杯子，不再言語。

戚長天皺眉，看著這對主僕的樣子，怎麼都讓人有種不妙的感覺。羅剎難道失手了不成？剛要說話，就聽見外面傳來金家下人的稟報聲。「有一自稱羅剎的道姑求見。」

金氏一笑，戚長天的心卻莫名的跳了起來。

羅剎進了煙霞山，就有一種被人盯著的危機感，渾身不由得緊繃、戒備了起來。越往莊子裡走，這種感覺越是強烈。她不知道暗處藏著多少雙眼睛，但僅憑著感覺，就知道這些人的身手絕不在自己之下。她的手不由自主地放在腰上，那裡纏著她常用的軟劍。

戚家裡，能跟自己比肩的人物，一個巴掌就能數得過來。但是在這煙霞山，好似一步一崗，崗崗都是高手。她的心頭凜然，這就是傳說中的護金衛嗎？

還真是盛名之下無虛士啊！

寬敞的大廳，通明的燈火，主位上坐著的女人不過三十許歲，玄色的衣裙上繡著大朵的紅牡丹，金黃的花蕊是用金線攢成，在燈光下熠熠生輝。她身上無一點飾物，臉上更是脂粉未施，但自有一股子說不出的威嚴。

想必這就是金夫人了。這樣一個母親，難怪會有那樣一個女兒。她朝金夫人欠身行禮，然後才轉身朝戚長天見禮。「主子，屬下來晚了。」

戚長天看了羅剎一眼，點點頭。

金夫人看了一眼羅剎，露出幾分意味不明的笑意來。她伸出手，對著戚長天和羅剎，然後就見她的食指虛劃了一個圈，小拇指在這個圈裡輕輕一點，接著拳頭緊緊一握。「能告訴我，這是什麼意思嗎？」這番手勢，正是羅剎一進大廳就暗暗做給戚長天看的。羅剎的手垂在兩側，走路時又擺動起來，這點動作實在是很細微。

戚長天見這點小動作都被金夫人給看破了，就笑道：「要論起保密，金家才是真正的祖師。如今真是魯班門前弄大斧，讓夫人見笑了。」

這話倒也說的坦誠，金夫人一笑，道：「靖海侯有什麼話，如今倒是可以說了。」

戚長天看了一眼羅剎。

羅剎就站了出來，道：「還請夫人見諒，今晚是我帶人打擾了五姑娘，特來請罪。」

金夫人挑挑眉道：「那麼，妳將我女兒怎樣了呢？」

羅剎面色一變，道：「五姑娘無恙。但是我的幾個徒弟卻都在五姑娘的手上，還希望金夫人大人大人不記小人過，讓令嬡將我的人給放了吧？」

金夫人伸出小拇指，憑空點了點，問道：「這個小拇指代表了誰呢？靖海侯想必一定很清楚。羅剎什麼時候心疼過徒弟了？這倒是一件奇聞。」

羅剎知道，這是在諷刺上次在宮裡，她拋下不少弟子的事。那些個弟子，要嘛是外門的，知道的有限；要嘛是真正嫡系的弟子，但為了擔心洩密，她們的嘴裡都含著毒囊，被抓以後就都自殺了。這對於她來說，也是一件不能提的傷心事。

戚長天笑著站起身來，道：「這件事是我的過錯。夫人的一雙兒女真是讓人豔羨，相比，小女就遜色得多了。她頑劣不堪，如今在令嬡的手上吃了這麼大的虧，身為父親，我是既心疼又慚愧啊！還望夫人高抬貴手，夫人也是有子女的人，該是能體諒做人父母的心情吧？」

「這話說的好，說的真好！」金夫人面色頓時一寒，道：「這話正該我跟侯爺說才是！侯爺也是有兒有女的人，怎麼幹起挾持他人子女的事，就如此的順手呢？」

戚長天臉上閃過一絲難堪，不過瞬間就退了下去。「在下得罪了夫人，自是該請罪的。有什麼條件，夫人但提無妨。咱們合作的事情，今兒是談不成了，改天在下一定帶上誠意上門。夫人只說，需要在下做什麼，才能將我那不爭氣的女兒贖回來？」

「我想知道，雲家能跟成家比肩，憑的是什麼？」金夫人看著戚長天的眼睛，道：「這些，想必曾經是雲家主母的戚氏，一定知道的。」

戚長天一愣，笑道：「夫人說笑了，肅國公府乃是開國勛貴、國之柱石，能憑藉什麼？自然憑藉的是先輩的戰功、是皇家的恩寵了。」

金夫人挑挑眉，微微一笑，就對大嬤嬤道：「送客吧！」

戚長天真沒想到金夫人說翻臉就翻臉，站起身道：「不是我不想告訴夫人，而是這樣的隱秘事，我如何能知道詳情？還請夫人換個條件。」

金夫人起身，就要往內室去。

「夫人且慢！」戚長天嘆了一聲，就伸出手，用手指蘸了茶水，在桌上寫了兩個字。

金夫人看了一眼後，不可置信地看向戚長天。

戚長天伸出手，又將兩個字抹去，桌上只餘下一灘水。

「將權杖給他。」金夫人對大嬤嬤吩咐了一聲，就抬腳轉過屏風。

大嬤嬤將自己腰上的一塊權杖遞給羅剎，然後做了一個「請」的姿勢。

這就是要送客了。

羅剎陪著戚長天下了山，道：「我趕緊去雲家，在天亮之前必須把姑娘接出來。」

戚長天看著煙霞山，長嘆一聲，然後對羅剎擺擺手，讓她儘管去。

此時的雲五娘躺在炕上，三個丫頭在一邊緊緊地守著。

突然，春韭蹭的一下站了起來。「有人來了！」

雲五娘也馬上睜開了眼睛。

「是我。」

窗外傳來男聲，三個丫頭馬上戒備起來。

雲五娘心裡卻鬆了一口氣。「進來吧。」她還真是害怕羅剎沒有去煙霞山而再度返回來。見三個丫頭一臉緊張，雲五娘就道：「去外面守著，來的是自己人。」

三人這才對視一眼，默默地退了出去。

宋承明進來，就看見雲五娘半靠在軟枕上，手上纏著白布，隱隱有血跡在。他面色當即一沈，道：「動手了？」

「難不成要當俘虜？」雲五娘沒好氣地道。

宋承明有些氣虛，就道：「是我疏忽了。嚇著了吧？以後遇到這樣的事，妳不要反抗，不管對方提什麼條件，難道還能比妳更金貴？」

這話說的，叫雲五娘只想翻白眼。

「傷得怎麼樣了？我瞧瞧。」宋承明就要拉著雲五娘的手瞧。

「沒事。」雲五娘躲了開去，解釋道：「只是皮外傷。」又問道：「是我哥讓你來的吧？」

「妳哥本來要自己來，我想著他那邊說不定還有事，就主動要求過來的。」宋承明坐在炕邊的凳子上，道：「我也怕這邊是個陷阱，妳沒脫困，再把他陷進去。」

這是對的。雲五娘點點頭。「這羅剎到底是誰家的人？」

「戚家。」宋承明小聲道：「靖海侯也是一個心思極為詭詐的人。」

雲五娘就有些了然地道：「怪不得呢！」怪不得總覺得哪裡不對；因為明面上是太子和大皇子爭鬥不休，皇上也極力在擺弄兩人之間的關係，卻都把皇后和六皇子給忽略了。她笑道：「靖海侯是詭詐，也自以為做得隱秘，其實還不是一樣被太子給利用了？可見，太子還是比他技高一籌。」

「這話也沒錯。」宋承明笑道：「妳說，將太子的利用告訴靖海侯，是不是一個好主意？」

「你是看著太子和大皇子爭鬥還不熱鬧，想再攪合進來一個？」雲五娘突然發現，宋承明很有些惡劣的因子。

「關鍵是大皇子即便有了皇上的偏袒，也不是太子的對手。這個戚長天倒是可以一用。」宋承明認真地道：「妳難道不覺得可行嗎？」

「我現在怎麼覺得，皇上未必就是真正的下棋之人？他倒更像是下棋的那隻手，而你才是操縱、誘導那隻手的大腦。」雲五娘認真地看了宋承明一眼。「這所有的事情，沒有一件裡面是沒有你的影子的，遼王殿下果然非同小可啊！」

「妳這是高看我了。這天下的事，概括起來就只有四個字──順勢而為。」宋承明嘆道：「我最多就是借了幾分情勢罷了。擺佈別人，我自認為還沒那個能力。」

雲五娘就不想說話了。周圍人都是聰明人的時候，往往叫人十分的挫敗。

宋承明看出雲五娘的疲憊，就道：「妳閉著眼睛睡吧。羅剎一來一回，也得到天快亮的時候才能回來。我就在這裡守著，妳放心安睡就是。」

雲五娘果然覺得迷迷糊糊，就要睡過去了。對三個丫頭，她十分相信她們的忠誠，但又對她們的能力不怎麼相信。可對於宋承明，雲五娘不管哪一方面都是極為信任的。

迷迷糊糊，覺得下一刻就要睡著的時候，突然之間，她腦子裡閃過什麼，然後猛地睜開眼睛，問道：「這雲家的護衛真的這麼不濟，什麼都發現不了嗎？」

宋承明眼神複雜地看了雲五娘一眼，嘆道：「妳也已經意識到了吧？」

怎能意識不到？這三番四次的，雲家竟然連一點察覺都沒有，要真是這樣，雲家早就垮了，哪裡還能是如今的雲家？

「我進來的幾次，確實是避開人了。但羅剎帶著的幾個人，功夫並不到家，雲家的侍衛該是察覺到了──」

宋承明的話還沒有說完，雲五娘就接過話頭，道：「但是，他們在我遇到危險的時候並沒有動，而是選擇了旁觀？」

「是的。」宋承明安慰性地拍了拍雲五娘的胳膊。「沒關係，我不是趕過來了嗎？」

雲五娘的眼神卻變得更為冷冽，然後一言不發，默默地閉上眼睛。

這一覺睡得極為踏實，睜開眼就見到宋承明擔憂的目光。

「羅剎該是來了，我不方便露面。放心，我就在這屋裡，妳只管先打發了她再說。」宋承明的話音一落，身形一閃，就不見了蹤影。

這樣的功夫，真是讓人羨慕。要是自己有這樣的身手，先前又怎會那般的狼狽艱難？雲五娘在心裡嘆了一聲，就坐起身，對外面揚聲道：「妳們都進來吧，客人去而復返了。」

春韭進來，先一步去了密室，將人質都提溜了出來。這才安置好，窗戶就被敲響。

「進來吧。」雲五娘的話音一落，就見羅剎從窗外躍了進來，雲五娘冷哼一聲道：「有門不走，卻偏偏走了窗戶，還真是旁門左道。以後，我這裡再是不歡迎妳這樣的客人。」

竟然被說成是旁門左道！羅剎瞬間黑著臉，也冷聲回道：「以五姑娘歡迎客人的方式，想必也沒多少人願意登門！」

「心懷惡念歹意的客人還要列隊歡迎？」雲五娘半分也不相讓。

羅剎一把年紀了，跟一個小姑娘鬥嘴，她還真沒這個興趣。見雲五娘伶牙俐齒，就冷哼一聲，只把視線落在小主子和幾個徒弟身上，見幾人都昏迷，不由得握緊拳頭質問道：「妳對她們做了什麼？」

雲五娘嗤笑一聲，伸出手。「東西呢？沒有我娘的手令，我沒什麼可對妳說的。」

羅剎壓著脾氣，馬上從懷裡摸出一個權杖來，遞了過去。

春韭先接了，查看了一番，才遞給雲五娘。

羅剎眸色一深，心道：還真是夠謹慎的！

雲五娘看了一眼權杖，是大嬤嬤的，這個絕對不會有錯。既然確認了，她就揮了揮手。

綠菠馬上遞了一個小瓶子過去。

「妳那幾個徒弟就罷了，現在給了她們解藥也無礙。只妳們那位姑娘，麻煩妳將她帶出去再給她解藥。看她那脾氣，想來是沒吃過虧的，被我擒住，她心裡肯定是不服加不忿，要是她想著找回面子，我可受不得她的聒噪。」雲五娘擺手道。

「那妳餵給我們姑娘的毒藥怎麼辦？解藥也一併給我吧！」羅剎說著，就伸出了手。

雲五娘挑眉道：「已經給她服用過了。」

「我如何信妳？」羅剎冷眼看著雲五娘道。

「金家人說的話，向來一口唾沫一個釘，妳愛信不信。」雲五娘瞥了羅剎一眼。只是雲片糕的渣滓，要不是自己表現得確實兇悍，羅剎她哪裡會相信自己給這姑娘下了毒？於是就道：「妳們姑娘可能有點失血過多，受了點驚嚇，再不會有其他的問題。」

羅剎別的不信，但對金家的金字招牌還是信的，於是一邊戒備地留意著春韭她們三人的動作，一邊給幾個徒弟解藥。

顯然這幾個醒過來的人，對綠菠手裡的毒藥還是十分忌憚的，默契地將那位還在昏迷中的姑娘扛到了身上。

「告辭！」羅剎朝雲五娘點點頭。

「不送。」雲五娘乾脆合上了眼睛，比羅剎更清冷高傲。

春韭三人跟著出去，雲五娘知道，這是要確認羅剎是不是真的帶著人離開了。

宋承明從屋樑上下來，道：「在雲家妳要小心一些。天快亮了，我也該走了，妳哥還在等我的消息。」

雲五娘點點頭，叮囑道：「小心點，別叫雲家的護衛知道你是誰。」

宋承明「嗯」了一聲，轉身就離開了。

雲五娘這才安心地重新回到炕上，睡了。

外院的書房裡，雲高華靠在榻上，閉著眼睛。旁邊的茶杯裡是濃濃的茶湯，帶著一股濃重的苦味。

「如何了？」雲高華問黑衣人。

「都已經走了，人質也被接走了。」黑衣人道。

「你們始終沒有現身吧？」雲高華又問道。

「是……」黑衣人猶豫了一瞬才道：「主子讓屬下看著，屬下就看著，沒有插手。」

「有三個會武功的丫頭，你也已經看清楚了？」雲高華再次確認道。

「是！不會有絲毫的差錯。」黑衣人回答得斬釘截鐵。

「我就知道這府裡不乾淨，果不其然。能有三個，就會有三十個。你暗地裡查查看，千萬盯緊了，但凡有跟外面聯繫的，不管是哪一方面的人，都先關起來再說。」雲高華呷了一口濃茶，道。

「是。但若是宮裡的人……該如何處置？還請主子明示。」黑衣人躬著身子問。

「宮裡的人？宮裡什麼人？誰的人？你是想說皇上？還是想說太子？」雲高華輕笑一聲，就道：「誰的人都一樣。」

「屬下領命。」黑衣人馬上就退了下去。

雲高華就不由得一嘆。這人的忠心夠了，本事也不小，就是這腦子不活泛。

雲管家提著熱水壺給雲高華的杯子蓄滿水，問道：「主子可是有什麼不滿意的地方？您只說了，他定是會不打折扣地執行的。」

「光有執行力還是不行的。」雲高華揉了揉額頭，道：「今兒，只怕五丫頭已經察覺出來了。」

雲管家一笑道：「出了這麼大的事，五姑娘受驚嚇是難免的，哪裡能想到這些？」

「那你這老貨可就看走眼了。」雲高華的臉上露出不知道是遺憾還是得意的表情，道：「能毫不猶豫地將利刃架在別人的脖子上，還見了血，就知道這是個下得了狠手的人。不光是對別人狠，對她自己也下得了死手，彷彿要人性命根本就是無關緊要的事。而且審時度勢，知道什麼才是對手的軟肋，下手穩準狠。她有一點害怕受驚嚇的樣子嗎？要是有，那也是裝出來哄人的。不過我估計，她也不屑再裝下去了。」

「這麼說，五姑娘知道咱們在袖手旁觀？」雲管家一愣，那可就真的不好了。

「那羅剎來的時候，咱們的人沒發現什麼也算是情有可原。可走的時候，只有羅剎一個高手，剩下的人體力沒恢復，還帶著一個昏迷不醒的人，這樣的身手，咱們的人還是沒發現，說的過去嗎？以五丫頭的精明，怎麼會想不明白？咱們雲家要真是誰想來就來、誰想走就走，還會是如今依舊顯赫的模樣嗎？不用猜了，五丫頭定是知道了。」

雲管家嘆了口氣道：「本就有些離心了，如今這樣，可怎生是好？到底是一家子骨肉，主子該想想辦法才是。」

「裝聾作啞肯定是不行了。」雲高華就道：「等天亮了，你就傳話過去，說等五娘醒了，就來見我。記著，別叫人打攪她睡覺，小孩子家家的，覺多。」

雲管家趕緊應了一聲，也伺候雲高華歇下了。

等雲五娘再次醒過來，香荽就在一邊守著，抱怨道：「出了那麼大的事，姑娘怎麼也不叫我們？」

「多一個人就是多一份累贅。」雲五娘道：「妳們各司其職就好，每個人有每個人的用處。以後，妳和紫茄、紅椒白天服侍，她們三個晚上服侍。其他的活，就不要指派給她們做了。」

「是！」香荽趕緊應了一聲，邊服侍雲五娘梳洗，邊道：「大管家傳下話來，說是國公爺要見姑娘，等姑娘醒了就過去。」

雲五娘一愣，就明白了雲高華的意思。這是要跟自己攤牌了吧？顯然知道自己發現了他的貓膩。

「這隻老狐狸！」雲五娘不由得嘀咕道。

香荽手下一頓，道：「姑娘說什麼？」

「沒什麼。」雲五娘不想多言，就轉移話題道：「如今幾時了？」

「過午時了。三姑娘、四姑娘和六姑娘都打發人來問過了，還以為今兒姑娘是哪裡不舒服。」香荽將一朵珍珠簪子給雲五娘簪好，打量了一番才道。

「回頭妳在花房裡揀開得好的花剪幾朵，就說給她們簪頭髮的，也謝謝她們的心意。」

雲五娘起身道：「擺飯吧。」

「姑娘不急著去見國公爺嗎？」香荽納悶地問道。

「唔……」雲五娘含混地應了一聲，就坐在桌前，等著開飯。

香菱就不敢再答話了。

雲高華看了看沙漏，不由得搖搖頭。這番態度，就已經說明五丫頭十分的不滿了。

「要不，老奴再去催一催？」雲管家小聲道。

「不用，有點脾氣才是正常的。」雲高華笑道：「還能發脾氣，就證明還有挽回的餘地。」

「您說的是。」雲管家給雲高華續上茶水，就在一邊垂首等著了。

又過了大半個時辰，雲五娘才帶著紫茄和紅椒姍姍來遲。

叫兩個丫頭在門外等著，雲五娘邁進了雲高華的書房。「原想著祖父該是正補覺呢，沒想到您這麼早就起了？倒是叫祖父久等了。」雲五娘笑盈盈地行了禮，就道。

雲高華心裡一哂。這丫頭是說自己一晚上都沒睡，這是話裡有話啊！

他也笑道：「年紀大了，不比你們年輕人。我這個年紀，如今倒越來越淺眠了，有點風吹草動就能驚醒。昨晚那麼大的風，哪裡能睡得著呢？」

「祖父倒是躲起來，避過了風頭，我這小身板可差點就被風捲了呢！」雲五娘嬌聲哼了一聲。

雲管家都有點嘆為觀止了。這祖孫倆，感情不真也不深，可偏偏都能做出一副假惺惺的樣子來，看得人不光是牙疼，還肚子疼。昨晚晴空萬里，哪裡有什麼風？

叫他說，不是外面的風颳進來，而是雲家要起風了！

雲家遠回到煙霞山，此次帶了宋承明一起。

「寶丫兒的傷不要緊吧？」金氏指了指邊上的椅子，示意二人坐下，才問道。

雲家遠看了宋承明一眼。

宋承明就道：「是，手被瓷片劃傷了。不過只是皮肉傷，不打緊。」

金氏就點點頭，看了大嬤嬤一眼，大嬤嬤馬上轉身出去了。顯然是金氏不放心雲五娘，要打發大夫過去。

宋承明有點懊惱，總想著雲五娘身邊有會毒的丫頭，醫毒不分家，該是不用叫大夫的。如今看金夫人這樣，想來那邊的丫頭即便會醫術，只怕也不精通吧？這邊正懊惱呢，就聽見雲家遠說話了。

「……我已經打發人盯著戚家和成家了。想來戚家已經透過周媚兒，知道了皇上和江氏的事。戚長天進京，恐怕目的也不單純，就是不知道戚家會不會跟成家達成某種協定？」

「難說。」金夫人笑道：「戚長天這人，心思詭詐，又有點反覆無常，跟他合作，不管是誰，都得多長幾個心眼。」

「如今看來，倒是大皇子那方是最薄弱的一方了。」雲家遠道。

「那倒不盡然，至少皇帝大多數的時候都是站在弱者那一邊的，如果大皇子能始終甘於為弱者，那他就是贏家。」宋承明接話道。

金氏將視線落在宋承明的臉上，問道：「那麼遼王你，又是站在哪一邊的？螳螂捕蟬，黃雀在後，遼王殿下想做那隻黃雀嗎？」

「不。」宋承明搖搖頭。「我對做黃雀沒興趣。」

「殿下是想做那個捕鳥人吧？」雲家遠問道。

宋承明一笑，道：「這捕鳥，也要看時機。若是時機正好，那麼就是天意；若時機不好，也不妨礙我什麼。」簡而言之，就是伺機而動。如今還真說不上是不是有什麼明確的目標。

金夫人聽了一笑。至少他說的是實話，既沒有虛偽地掩蓋自己的野心，也沒有做出不切實際的幻想。年紀輕輕，也算難得。

不過有些事情，還是得再看看。

郊外一處別院，戚長天冷著臉看著戚幼芳。「妳是不是忘了，我叫妳來京城是做什麼的？會幾下三腳貓的功夫，就自以為是！」

戚幼芳捂著脖子上的傷口，雖然已經包紮過了，還是隱隱泛著疼意。她此刻跪在地上，也不敢說話。

「妳可知錯了？」戚長天冷著臉問道。

「是，父親，女兒知錯了。」戚幼芳低頭答道。

「先在這裡養傷，沒有我的允許，不許踏出別莊一步！別忘了帶妳來，是為了什麼。」

戚長天站起身來，臉上的神色一點兒也沒有因為戚幼芳的認錯而變好。

「女兒不敢忘！」戚幼芳咬牙，眼裡的淚水一滴滴地落下來，卻不敢抽噎出聲。

戚長天這才作罷，轉身出了屋子。

戚幼芳知道，這個莊子裡，沒有人敢違抗父親的命令，自己再想自由地踏出莊子，只怕不能了。她摸著脖子上纏著的紗布，心裡咒罵了一聲雲五娘。「別叫妳落在我的手裡！」她昨晚真的有一瞬以為雲五娘會毫不猶豫地殺了自己。

羅剎看了一眼戚幼芳所在的屋子，對於戚長天的話她不敢反駁，但到底心疼。「主子對姑娘太嚴厲了些。」

「成大事者，都得學會審時度勢，都得有自知之明。她看不清自己的本事就貿然出手，又低估了對方，以至於失手。已經被人下了毒藥，就該學會求饒，她卻一味的硬來！人要學會彎下身子，能跳得高的人，哪一個不是彎得下腰的人？對雲五娘求饒，是一件難為的事嗎？明知道勢不可為，退出來就好了，也好過被人擒住，成了別人手裡對付我的把柄！人家雲五娘在沒有十足的把握奈何妳們的時候，不是早就說過叫妳們走了嗎？為什麼當時不退下？這做人做事，都得留幾分退路，妳逼迫人家太緊了，還能怪人家不手下留情嗎？兔子急了還咬人呢，更何況是個人，還是個出身不凡的人！這樣的人，誰沒有幾分自己的脾氣？」

戚長天對羅剎昨晚的表現也十分的不滿。本來是想在金夫人跟前露臉的，結果卻把屁股給露出來。以後再想合作，不拿出點誠意，連門人家都不給進了！真是成事不足，敗事有餘。

羅剎低頭認錯。過了一會子，見主子沒什麼要說了，就道：「下面的人剛才傳來消息，說是成家父子都住在城外的別莊，不知道成家是出了什麼變故？來問主子，還要不要私底下見見成家的人？」

戚長天一愣，就道：「先查查看，看成家是怎麼了？見成家人之事，暫且不急。」

羅剎點頭應了一聲，就匆忙退了下去。

而被戚家主僕談起的成家父子，此刻也下了一個艱難的決定。

成啟昆苦笑道：「能做忠臣良將，誰又願意做什麼亂臣賊子？可這君不成君，咱們做臣的哪裡就能愚忠？真要是列祖列宗怪罪，為父到了下面自是會向他們解釋的。」

「父親！」成厚淳雙膝跪倒，他知道父親下這樣一個決定有多艱難。「兒子不孝，叫父親跟著擔驚受怕！」

「不說這個了。既然下了決定，就要堅持到底，不可三心二意。若叫下面的人覺得沒有主心骨，是成不了事的。」成啟昆扶起兒子，叮囑道。

「是！父親。」成厚淳的臉上顯出幾分剛毅來。

成啟昆點點頭。「只是那江氏該怎麼處置？還有蒲兒……」

「江氏不能死，要不然只怕天元帝就警覺了。但是，也不能任由她……」成厚淳收住話頭，就道：「父親別為這個操心，兒子自有主意。」

江氏在府裡，其實心裡一直不安穩，總覺得成厚淳知道了什麼。可偏偏大兒子還不消停，為這一個雲家的外孫女，已經不止前來求了一次、兩次了。因為周媚兒的關係，她對於跟雲家有關的任何人和事都喜歡不起來。

「母親，雲家的四表妹好是好，可兒子一直將她當作親妹妹。蘇姑娘卻不同，兒子……」成蒲跪在江氏面前，紅著臉道。

江氏正煩躁呢，聽見成蒲的話，哪裡有什麼好脾氣？張嘴就道：「誰家正正經經的姑娘會跟外男見面？不用說了，這樣不守婦道的姑娘，休想進成家的門！」

成厚淳在門外聽見了母子倆的對話，嘴角不由得露出幾分嘲諷的笑意。不守婦道？虧得她說別人的時候，能這般的理直氣壯。

他掀了簾子進去，故作幾分詫異地道：「這是怎麼了？蒲兒，快起來。」說著，又扭頭看著江氏，強壓下心頭的噁心，問道：「有話好好說，叫孩子跪下是做什麼？」

江氏見丈夫回來了，神色也沒有變化，心裡先是一鬆，才笑道：「爺回來了！外面的事情都忙完了吧？」

「哪裡就能忙完？」成厚淳往榻上一坐，道：「有些日子沒回來了，不放心你們，回來坐坐就走。蒲兒這是怎麼了？」

「沒什麼事！」江氏瞪了兒子一眼，道：「你父親才回來，還沒歇著呢！你先回去，有什麼話以後再說。」

「哪裡就至於如此？」成厚淳招手，叫成蒲到自己跟前，說道：「什麼事？只要不過分，為父答應你就是了。」

「爺，孩子不能這麼慣著……」江氏趕緊道。

「多謝父親成全！」成蒲稍顯文弱的臉上有了幾分紅暈。「父親，兒子想求娶雲家的外孫女，江南蘇家的姑娘為妻。」

成厚淳故作不解地愣了一瞬，才道：「不是雲家的孫女？是雲家的外孫女？蒲兒可想好了？這孫女和外孫女，可是不一樣的。」

「父親，兒子又不靠著女人吃飯，孫女如何？外孫女又如何？」成蒲挺了挺胸膛。

成厚淳目光複雜地看了這孩子一瞬，才道：「是我兒子，有志氣！那就——」

「爺！不可，我不同意！」江氏蹭一下就站了起來。

成厚淳就笑道：「少年慕艾，人之常情。再說，江南豪富，也不算吃虧了。咱們本身就有姑媽的一層關係在，外孫和孫女差別不大。難得孩子喜歡，過日子還是要小倆口自己樂意才好。」

江氏如何肯依？就道：「即便不是四娘，那位五娘豈不是更好？」

成厚淳眼裡的厲色一閃而過，原來打著這個主意！金氏的女兒她也想伸手？真是嫌命長了！

成蒲馬上跪下，磕頭道：「娘，您就答應了吧？要是娶不到蘇姑娘，兒子……兒子就不成親！」

江氏平生最恨的就是這般兒女情長的男人了，她伸出手，一巴掌拍在成蒲的臉上。結果不知怎的，腳下彷彿被絆住了一般，直直朝後倒去。

成厚淳連忙伸出手，一副要去拉扯她的樣子。

成蒲也趕緊撲過去，但人沒拉住，一邊的凳子卻不知怎的，反被帶倒，還滾了過去，結果江氏摔下去，腰正好墊在凳子腿上！只聽到咔嚓一聲，隨即便是江氏的驚叫聲。

成厚淳冷漠地看著，心裡有了些快意。江氏的脊椎骨應該是斷了，剩下的半輩子，她就躺在床上度過吧！

而造成這一切的罪魁禍首，則是江氏的長子。不管這個兒子是不是自己的，揹上「因女色而害了生母」的名聲，他就與繼承權無關了，也不用擔心自己日後不叫長子承襲家業而引來的無端猜測了。

至於天元帝，就讓他查吧！他能查到的，只會是一次偶然發生的「事故」。

「妳說誰來求見了？」雲五娘愕然地問紅椒。

「是成家的那位二少爺，來求見老太太的。說是成家的世子夫人受傷了，聽說咱們太太最近也是不停的求醫，所以就來問問，看有什麼好大夫推薦？」紅椒小聲道：「估計是想求金家的大夫過去……」

雲五娘不管他想幹麼，真正的重點是江氏受傷了，而成家在大張旗鼓地找大夫。看來，成家也沒有一味放任江氏的意思。那麼，想來成家對這位世子夫人，也算是忍耐到了極致了。她點點頭，道：「當金家是什麼？有求必應嗎？咱們不管，只叫成家的人去找哥哥或者娘親談就是了。」

「是。」紅椒應了一聲，就笑道：「沒點誠意絕對不去！」

成家不光來拜託雲家推薦大夫，更是打發人將京城的名醫請了個遍。不光是宮裡的太醫，就是民間有名望的大夫，成家都請了。很快就有消息傳了出來，說這英國公府的世子夫人江氏癱了。

江氏，多少女人羡慕的對象啊！夫家顯赫，一進門就生下兩個嫡子。丈夫不光是位高權重，而且極是癡情，也沒見後院三不五時地添個女人，上面又沒有婆婆要伺候，唯一的小姑還是已經仙逝的元后。這樣有福氣的女人，上哪裡找去？

不跟別人比，只跟顏氏比一比，哪個過得更好，不是一目了然嗎？

不少人都說，這人的福氣是有定數的，她之前將一輩子的福氣用完了，才有了這禍事。

老太太對這個姪兒媳婦還是喜歡的，聽了這事，能不著急嗎？立馬帶上四太太莊氏和四娘，就去了成家探望。

成厚淳顯得有些頹然，對著成老太太笑得也十分勉強。「……倒叫姑母跟著掛心了。今兒就是有些不慎……」

「什麼不慎？不慎能叫蒲兒跪在外面嗎？」成氏問道。

成厚淳愣然了一瞬，才道：「難不成蒲兒一直在外面跪著？人來人往的，這孩子……」

「真是蒲兒傷了他母親？」成氏不由得問道。

成厚淳尷尬地笑笑，支支吾吾半天，才道：「……沒有的事，只是一個意外罷了。」

成氏就不問了。在她眼裡，成厚淳的表現是正常的。兒子誤傷了母親，心裡雖然也恨也惱，但第一時間，肯定是想著護衛兒子的名聲，當爹媽的可不都這樣？

就聽成厚淳吩咐身邊的人道：「去把大少爺帶回院子去，最近不要出門了。」

顯然，江氏的傷，真是因為成蒲的失手造成的。

四娘從成家回來後，就找了五娘。「妳說這人要怎麼傷，才能把脊椎骨給齊齊地摔斷了？成蒲就那麼一個文弱的人，也能造成這樣的傷？真是想不到。」

成蒲傷了江氏？雲五娘沒想到會是這樣，還真是不得不佩服這成厚淳的手段啊！

天元帝聽了付昌九的稟報，挑挑眉，問道：「消息準嗎？」

「咱們的人當時正在門邊上，裡面的說話聲聽得清清楚楚。是成家的大少爺要娶雲家的外孫女，世子夫人不願意，她想為大少爺求娶那位金夫人生下的雲家五姑娘，但世子卻覺得大少爺的要求沒什麼，竟是答應了。如此才惹得世子夫人大怒，要打大少爺，不知怎的就用力過猛地摔了下去。大少爺離得近，就去扶了，不想卻絆倒了椅子，世子夫人的腰正好就——」

付昌九還沒有解說完，天元帝就打斷了他的話。

「朕只問你，以成厚淳的身手，是怎麼能讓江氏摔了的？」

付昌九「喔」了一聲，就點頭道：「奴才問過了，咱們的人說，當時世子是伸出手要接住人的，但因為世子離得遠，加上大少爺已經去拉人了，想來世子爺不認為一個大小夥子會拉不住一個女人吧？這個變故太快，誰也想不到的事啊！而且可以肯定，當時屋裡的丫頭都遠遠地站著，沒有什麼其他人做手腳的可能。」

天元帝便揮揮手，叫付昌九下去。這話聽起來是合理的，也暫時看不出什麼破綻來……即便心裡覺得事情太巧，巧得讓人不多想都不行。

「妳怎麼看？」天元帝問元娘。

「看看再說吧。反正不管成家怎麼做，您的心都是放不下的。」元娘從屏風後走了出來，道。

「妳可是也想說朕太多疑?」天元帝問道。

元娘笑了笑道:「這我不知道,也不點評,只是我提醒陛下一聲,大皇子馬上就到京城了,到時候可別出什麼亂子才好。」真叫大皇子鬧開了,最吃虧的還是三娘。能叫兩個皇子爭搶,這紅顏禍水的惡名就徹底貼上了。

天元帝一笑。「朕的兒子朕知道。妳只管放心,出不了事。」

所謂瞭解兒子的天元帝,一定想不到他的另一個兒子正在做什麼。

「你說的屬實嗎?」太子宋承乾抬起頭道。

「錯不了。成家有咱們的人,也有皇后娘娘當年留下來的人,這些人在成家可謂根深蒂固,消息錯不了。」李山小聲道:「江氏確實是想殺了世子爺,如今江氏又莫名其妙的傷了,而且傷得那般的重,怎麼會是巧合?成家一定是出了什麼大事了!這很可能會導致成家的態度發生變化。殿下,還要查嗎。」

「查!」宋承乾聲音不高,但說得異常的堅決。「有什麼不能查的?查清楚了,咱們才能知道這成家該怎麼用。」

「是!」李山應了一聲就退下了。

宋承乾放下手裡的筆。他從來不知道舅舅和舅媽的夫妻關係這般緊張,一個竟恨不能要了另一個的性命。可一個女人有什麼理由要謀殺親夫呢?別的不說,自己的這個舅舅真可算是難得的好丈夫了。

李山出了宮後，沒去別處查，直接找了已經榮養的元后的乳母。

這乳母說話倒是索利。「娘娘不喜歡江氏，特別不喜歡，雖然是娘家的嫂子，但咱們娘娘就是喜歡不起來。江氏進宮請安，娘娘雖不熱情，但也按著禮數招待。那時候娘娘常說，江氏看著坤寧宮的眼睛都冒著綠光，娘娘覺得，江氏是一個十分有野心的人。在娘娘懷殿下的時候，江氏進宮頗為頻繁，那時娘娘懷相不好，又嗜睡，每天午時都要睡上一、兩個時辰，而江氏進宮，卻每次都選在午時。這件事，一次、兩次還罷了，次數一多，怎麼不讓人懷疑？明知道娘娘這個時間不見人，還是堅持進宮，然後進了宮又說是怕打擾了娘娘，就自己去御花園了，這一去，都會消磨一個時辰。我曾叫人盯著過，可每次都把人跟丟了。這事本就蹊蹺，可之後不久，我在坤寧宮好端端地摔了一跤，磕破了腦袋，差點沒救過來，後來因為傷重，就被娘娘送出宮來安置了。」老嬤嬤一嘆。「等我的傷養好了，就聽說娘娘生了殿下，但自己卻……」

李山的臉色都變了。老嬤嬤這話，看似什麼都沒說，可其實什麼都說了！「您懷疑，江氏跟……」他伸出手指了指天。「跟他……有染？」

「這事我沒看見過，不敢瞎說。」老嬤嬤搖搖頭，道：「但一個外命婦，在御花園消失一個時辰，能去哪兒呢？當初派去跟著的人都是宮裡的老人，怎麼可能把人跟丟了？這讓人不敢想啊！」

「您沒告訴娘娘嗎？」李山問道。

「娘娘當時懷著身子，我怎麼敢說？只想著等娘娘順利生下孩子後再說不遲。」老嬤嬤抹了一把淚，道：「誰想到這一等，就再沒機會了……也不明白娘娘身子康健，又有太醫照看，怎麼就沒了？可沒了娘娘，難道我能把這些說給殿下聽？殿下還指望著成家呢，可不能這個時候起嫌隙……」

李山一路上都在想著老嬤嬤的話，回到東宮後，心還直跳。他把打聽到的這些事情，沒有絲毫添油加醋地稟報給了太子。

宋承乾沈默了半晌，等手裡的毛筆應聲而斷，才道：「你的意思是，母后的死可能並不是意外……」

「主子……」李山的聲音有一些慌亂，只道：「奴才不敢臆斷！」

「你心裡就是這麼想的。」

宋承乾的聲音很淡，淡得幾乎叫李山以為自己是幻聽了。

「主子，世子爺對……不滿的話，也會更傾向於主子。以前成家雖然對您多有配合，但到底只是在不影響成家的前提下。如果皇上施壓，他們的立場未必就牢靠，在主子和皇上之間，成家還是會更偏向於皇上的。可如今卻不同了……」李山的聲音裡帶著幾分興奮。

「是不同了。如今，他們跟父皇站到了對立面上。可你有沒有想過，假如孤過分地依賴成家，你說，成家是孤的棋子，還是孤是成家的棋子？對於本該是一方的孤和成家，這本身就是一場博奕。」宋承乾臉上的表情一點兒也沒有放鬆。「成家若真有了不臣之心，你以為，他們會永遠站在孤的背後？他們想借著孤的名義起事，而孤遲早會成為他們的絆腳石，恨不能除之而後快，你想過這種可能嗎？你又有沒有想過，這些事，老嬤嬤早不說、晚不說，卻偏偏這個時候說了，時機是不是有點太巧了？」

「難道老嬤嬤騙我……」李山愕然地道。

「那倒不會，畢竟假話是禁不起查證的。老嬤嬤沒有騙你，她說的該都是實話。」宋承乾冷笑道：「你別忘了，老嬤嬤雖是母后的人，但她也有子女，她的子女雖說是放了良籍，可哪個不是指著成家吃飯？老嬤嬤以前不說，也不只是害怕江氏。她在成家待了半輩子，又陪著母后在宮裡待過，她會是一個蠢人嗎？既然她知道她受傷有點莫名其妙，那她就該知道，想殺她滅口的人是皇上。江氏的手可伸不到坤寧宮，不叫她多嘴是皇上的意思。加上母后仙逝，沒人庇護她了，她自然得三緘其口來自保。但要是成家也上門問了，她為了子女，會隱瞞嗎？不僅不會，還會順便將消息遞給我們，用來討好成家。畢竟，成家希望孤跟他們『同仇敵愾』。」

李山頭上的汗淌下來了。「他們大膽！他們這是想將殿下也拖進去！」

「想用就讓他們用吧。誰最後能控制局面，端看誰的手段更高明！再說了，孤的一個側妃是雲順恭的嫡女，他骨子裡對舅舅是極為不服氣的。這個人用的好了，有奇效。」宋承乾沈吟半晌就道：「一會兒你去求見父皇，就說孤夜裡作了夢，夢見母后，想去奉先殿給母后上炷香。」

李山應了一聲，趕緊出去了。

太子的這個要求，天元帝想了想就准了。等李山出去後，他才問付昌九。「東宮今兒是怎麼了？」

「該是無事。李山替太子看了元后在宮外的舊人，應該是夢到元后娘娘了。」付昌九就道。

天元帝嘆了一聲，也不再說話。

他們這會子都想起來了，太子小時候就這樣，總是夢見元后，然後哭著醒來，在奉先殿一跪就是半晚上。

另一邊，成家父子聽說了太子去祭奠元后，就對視一眼。

想來想要傳遞的消息，已經傳遞到了。

第二十二章

外頭的這些事情，都不是雲五娘能知道或是關心的，她現在有一半的時間都在幫雙娘查看嫁妝。她拿著單子，一樣樣地對照上面的物品，缺了什麼？缺了多少？需要什麼樣式的？幾個姊妹一人分了一攤子。由四太太莊氏領著，一樣樣地辦。

「庫裡的拔步床也是老物件，又是南邊的手藝，不如就用這個吧？現在打發人去南邊，一來一回的，時間上根本是趕不上。」五娘就提議道。

「這手工好！如今這樣一張床，十幾個工匠三年時間也打造不出來。就這個吧！」莊氏也不小氣。畢竟嫁去的是王府，又有先王妃比著，若拿不出手就不像樣了。

三娘看著這嫁妝，心裡不禁一酸。她進宮，估計是不能帶床的，就是一般的大件家具也不能帶。太子側妃的擺件是什麼規格，由禮部說了算。

四娘跟六娘在一邊的庫裡，卻挑不出一架屏風來。

「瞧著屏風的架子都是好料子，只看著不鮮亮了。還是得趕緊找繡坊過來，另外繡好的才成。」四娘拉著六娘過來，就道。

「有現成的，買了也行。」三娘就道：「要不打發人去繡坊將掌櫃的請來，先挑揀一番再說？」

娘們幾個說的正熱鬧，就見褚玉苑的瑪瑙急匆匆地過來，對著三娘道：「姑娘，太太傳下話來，叫姑娘過去一趟。」

三娘見瑪瑙的神色焦急又緊張，也不敢耽擱，跟莊氏說了一聲，就起身走了。

她們主僕前腳剛走，後腳紅椒就來替換香荽。她過去給五娘斟了一杯茶，才小聲道：「是大皇子來了。」

五娘心裡就「咯噔」一下，這位該不是沒回宮覆命，就先來了吧？

還真叫五娘猜著了，宋承平確實是沒有回宮，直接就來了雲家。不過他還沒衝動到明目張膽的過來，而是偷偷地喬裝進了城，從雲家的角門進來，直接去了三娘的院子。

三娘在回院子的路上，就知道來的是誰了。她不想面對，但又不得不面對。

「表哥。」三娘看著背對著門口的大皇子，行禮道。

宋承平轉過身來，面容憔悴，想來這一路上他都不好過。「表妹。」他的聲音有些沙啞，看了一眼三娘一如既往的容顏，心就一點一點地沈下去。

他想起母妃給自己的信，想起母妃說的那些話。他最初是不相信的，三娘跟他一起長大，是他呵護著長大的，怎麼可能背叛他？怎麼可能看上宋承乾？可如今他有些不確定了。三娘的眼神躲閃著自己，以前他以為這是害羞，現在他才明白，這不是害羞，而是不知道該怎麼面對。原本有一肚子的話，當見到人以後，就再也問不出來了。

宋承平本起身要走，但臨出門，還是問了一句。「就因為我不是太子？」

「你知道不是這樣，又何苦這般問？」三娘袖子裡的手止不住的顫抖。她不想失去這個哥哥，一點也不想。

「那妳就這麼不看好我，覺得我不是他的對手？」宋承平又問道。

三娘張了張嘴，卻怎麼也說不出話。她是這麼想的，她不想也不能騙他。

宋承平嘲諷地笑了笑，然後頭也不回地往外走。

三娘難過地叫了他一聲。「表哥！」

宋承平的腳步頓住了，但是卻沒有回頭，馬上又大踏步的離開了。

宋承平覺得自己很冷靜，冷靜得近乎於冷漠。他可能是贏不了，但對方就一定會贏嗎？況且他如今不想贏了，唯一想做的就是將對方給拉下來！

我贏不了你，但你也休想成為最後的贏家！

不能不說，天元帝對他的兒子確實是瞭解的。他防備太子，可太子也確實生了不臣之心；他用大皇子，大皇子果然踏上了他設想好的路。

第二天，大皇子才擺上儀仗，正式進了城。如今他已經是平親王，聲勢又不同於以往。

天元帝明顯能看出，宋承平比走時瘦了一圈。他皺眉道：「這一路辛苦了吧？」

宋承平咬牙回道：「父皇何必明知故問？」

「你這性子，遲早是要吃虧的！」天元帝嘆了一聲道：「女人嘛，其實都一樣，關鍵是心得在你身上。朕的兒子，難道還不值得一個女人全心全意對待嗎？」

「……表妹還是不一樣的。」宋承平艱難地說了一句，才又道：「雖然她的心不在兒臣身上，但兒臣還是要說，一個側妃，委屈表妹了。表妹的性子、才能，做太子妃也做得。」

「癡兒！當真是癡兒！」天元帝指了指旁邊的凳子，叫宋承平坐了，才道：「叫她做側妃也是不得已的事，宗室也是需要安撫的。」

「宗室那些小姑奶奶就算了吧，也沒見哪個有母儀天下風姿的！」宋承平嗤笑一聲。

天元帝就笑道：「你這一張嘴，人都被你得罪完了！」

「兒臣做孤臣就好，要好人緣做什麼？」宋承平坐下後，才道。

「有做孤臣和直臣的決心，朕還真就放心啦！先歇一段時間，然後再給你差事。」天元帝似乎對大皇子的話很高興一般，說完就又道：「你如今也不小了，婚事也該準備了，你心裡還有什麼想法沒有？」

「兒子暫時不想成親。」宋承平低了頭道。

「胡鬧！才說你長進了，這又倔上了？」天元帝低聲道：「你既然不喜歡嬌蠻的，父皇一定為你選個可心的。你先去給你母妃請安，晚上陪父皇用飯。」

宋承平應了一聲，就起身告退。

元娘這才意識到，其實這大皇子也是一個聰明人。他將缺點明明白白地擺到皇上的面前，這就是一種示弱。而這近乎於是一種本色的演出，讓人對他，也就生不出疑心來。

宋承平出了院子後，拳頭一點點握緊。這個皇家，若是不爭，若是沒有能力，那麼失去的會更多。今天是女人，明天或許就是性命。

大皇子回京的事情，引起了一陣關注。但雲家眾人彷彿都不知道大皇子曾經來府裡找過三娘一般，沒有一個人提起。

雙娘的婚期近了，雲家上下都忙得不可開交，可她卻一點兒都歡喜不起來。婉姨娘那邊剛得到的消息，父親真的約了簡親王喝茶。想想都知道，一定不會是叮囑簡親王善待自己，而是為了三娘的事。她簡直不能想像，過門後該怎麼面對簡親王？

而此刻坐在茶館的簡親王，也十分的疑惑，這個跟自己年紀相仿的岳父，找自己做什麼？

雲順恭見了簡親王，笑得十分的謙卑，並不敢有絲毫所謂岳父泰山的架子。

「王爺喝茶。」雲順恭親自給簡親王斟了茶。

簡親王客氣地接了，就道：「可是婚事籌備上有什麼不方便的地方？這沒關係，都知道時間緊。或是還有什麼條件？儘管提。」

雲順恭有些尷尬。找了新女婿說的卻不是婚事，確實有些難以啟齒。他笑道：「聘禮已經很好了。嫁妝府裡都有準備，縱是有什麼短缺的，現拿了銀子，哪裡就找不到合心意的？請王爺出來，並不是為了這事。」

簡親王就挑挑眉，道：「但說無妨。」

雲順恭將杯子裡的茶都喝了，才尷尬地道：「對於給太子選太子妃的事情，不知王爺可知道？」

簡親王愣然了一瞬，才看著雲順恭道：「世子今兒為了這件事情而來？」這也太不是東西了！

雲順恭點點頭，就道：「本來是實在不該的，只是家裡的夫人身體不好，對三娘為側妃的事，竟是焦慮得身體每況愈下。還是雙娘提醒，要不然，我哪裡能想起王爺？」

簡親王更是瞪大了眼睛。根據他私底下打探來的消息，雙娘可不是這般的傻子。要說顏氏憂心，他是信的，沒有哪個母親不為孩子的未來操心。可要說雙娘叫雲順恭來麻煩自己，他卻是不信的。這只能說明，雲順恭明知道這件事情不妥當，但他還是來了，而且不光來了，還把責任推給了老婆和女兒！

這叫簡親王有些嘆為觀止。他這樣一個人，生下的女兒咋都個個聰明，而自己生下來的女兒咋就那麼愁人呢？不過，既然他把雙娘拋出來了，不給個臉面，叫雙娘的面上就更不好看了。他能捨棄了女兒，但自己還真就不能對這個未婚的妻子太過於冷漠。人心換人心，只要人家將來對自己的孩子少動點心眼子，這點付出就算值得了。

簡親王沈吟半晌才道：「選太子妃這事，皇上該是要聖心獨斷的。就是問意見，大概會象徵性地問一聲成家。到底是太子的母舅家，還是不一樣的。」

這就是提醒他，女兒入了東宮，雲家跟成家的關係，要好好的斟酌才成。

這話是正理。雲順恭點點頭，相信簡親王沒有敷衍了事。

簡親王又道：「想必你心裡也有猜度的，這太子妃估計就出在宗室女的兒孫裡。若論起親近，自然是河陽長公主的女兒；若論起性情，又得是淮陽大長公主的孫女合適。」

「這合適，是怎麼一個合適法？」雲順恭不由得問道。

「這淮陽大長公主，按輩分，是皇上的姑姑。她的性子相對軟一些，如今府裡住著的，不光是她的兒子，還有駙馬的幾個庶子。這些孩子都成了家，也是一大家子人。這嫡孫女自小長在這樣一個府邸裡，自然是圓潤通達。」簡親王轉著手裡的茶杯道：「至於河陽長公主的女兒，是皇上的外甥女，跟太子是表兄妹，關係是親近的。但河陽長公主的性子，想必你也是有所耳聞的，曾打死過駙馬養的姬妾數人。她只有一子一女，對女兒自是十分的嬌慣，而這樣環境下養出來的女孩，自是有幾分小脾氣的。」

雲順恭就有點明白了。前者看著極好相處，也不會在面上為難人，但卻是極不好對付的人；後者看起來不好相處，但心思簡單，也沒見過什麼真正的後宅傾軋，手段也許簡單粗暴，但卻極為好應付。

「以王爺看，哪家的姑娘可能性大？」雲順恭問道。

「這還真難為我了，不好說啊！」簡親王就笑了一下，道：「不過，大皇子不是也要娶妻了嗎？」

這話沒頭沒腦的。

雲順恭一直等到回府了，還在想著簡親王臨了的話。這大皇子娶妻，自家又沾不上便宜，巴巴地說出來，是什麼意思呢？

顏氏聽了雲順恭的轉述，就道：「我知道了。還真是幸虧簡親王提醒了。」

「什麼意思？」雲順恭問道。

「大皇子該娶妻了，若是大皇子這時候主動求娶了其中一個，你說皇上會拒絕嗎？」顏氏扭頭看著雲順恭問道。

「當然不會。皇上本就因為三娘的事情，覺得虧待了大皇子，這個時候大皇子開口，自然不會拒絕。」雲順恭恍然道：「他是提醒咱們叫大皇子主動求娶那個咱們不希望成為太子妃的人！」

顏氏點點頭。「只怕就是這個意思了。」

雲順恭看著顏氏就道：「這事，只怕得妳跟皇貴妃娘娘說了。」

顏氏嘆了一聲，道：「明天，我親自進一趟宮吧。這事，信上說不清楚。」

雲順恭看了顏氏的肚子一眼，就道：「叫怡姑跟妳一起去吧，也好有個照應。」隨後又好似無意地問道：「對了，最近怎麼沒看到怡姑？」

顏氏在被子裡的手就握緊了，卻淡淡地道：「叫她回顏家替我辦一件事。怎麼，你想她了？」

雲順恭不自在地站起身道：「又胡說八道什麼！明兒進宮小心點，別叫人衝撞了。這肚子一直也不安穩。」說著，就起身出去了。

顏氏看著雲順恭的背影，冷哼了一聲。

對於顏氏拖著這樣的身體要進宮去，嚇了眾人一跳。

老太太成氏親自來到春華苑，勸道：「有什麼緊要事，比肚子裡的孩子還要緊？這孩子保得艱難，妳自是更該小心點才是。」

「大皇子回來了。我左思右想，還是得親自去一趟，要不然，我這也不能安心。」顏氏說道。

這話叫別人也沒法兒勸，誰也不能攔著人家急著維護跟姊姊的關係吧？

最後，到底是給馬車廂裡塞了半車的棉被跟軟枕，才敢讓她出門。

皇貴妃對於自家妹妹的提議沈默了半晌，才道：「即便我去求了，皇上也不一定准。」

她私心裡不想給兒子找一個面上光鮮、其實一點忙都幫不上的岳家。

可對著看起來彷彿老了十歲的妹妹，卻怎麼也說不出直接拒絕的話。

顏氏的眼淚就掉了下來。「姊姊以為我是私心？可姊姊有沒有想過，皇上給大皇子選的皇子妃人選，很可能也跟太子妃的選擇類似呢？要不然難道叫堂堂的大皇子妃比不上太子的側妃不成？可這臣子裡，比三娘身分更高的能去哪裡找呢？我是求著能叫三娘遇見一個心思少的太子妃，的確是為了我自己的女兒打算，可有個八面玲瓏的大皇子妃，難道不是為了大皇子考慮？自己選好的，總比……糊裡糊塗就定下來的人強吧？」

糊裡糊塗就定下來的人！

這話一說出口，皇貴妃就再也說不出反駁的話了。當初妹妹的親事，可不就是自己為了自己的前程，給強行定下來的？誰能知道，雲順恭就那般的混蛋呢？在這事上，她虧欠了妹妹。如今，看她過成這樣，自己何嘗不自責呢？這麼些年了，她就對自己提出這麼一個要求而已，況且她所說的話，也未嘗沒有道理，這讓自己拒絕不了。

「……我知道了。妳放心，我晚上就去見陛下。承平那裡，妳也放心，只要對三娘好，這孩子不會反對的。」皇貴妃終是點了頭。

顏氏的眼淚就順著臉頰流了下來。「姊姊放心，不管將來如何，這兩個孩子相互照應著，總不至於沒了結果。」

宋承平和三娘以後是兩個陣營的人，但只要相互留三分餘地，最後不管誰輸了，也不至於丟了性命。這也是顏氏給皇貴妃和大皇子的承諾。

皇貴妃無奈地笑了一下，叫人將顏氏好好地送了回去。

誰也不知道，這顏家姊妹在宮裡都談了什麼。

此時的雲家，卻迎來了一個特殊的客人，此人正是顏氏的母親，方氏。

「親家，這親事，我還以為是你們說好了……」方氏顯得有些尷尬。「英國公世子來求見，只說請我做媒，我想著八成是你們兩家有了默契，不想……如今這事可怎麼了結？」

原來是成厚淳請了顏氏的母親，來給成蒲向蘇芷求親。

五娘跟四娘在裡間聽了，不由得對視一眼。成家這事辦得端是奇怪，一點消息都沒透，突然就請了說和的人來，這是個什麼意思？說起來，老太太是親姑姑，有什麼不能親自說的？鬧成這樣。看老太太的臉色就知道了，她十分不歡喜蘇芷嫁去娘家，當然了，誰也不會喜歡情敵的外孫女兒名正言順地進了自家娘家的門。

方氏是顏氏的娘，在禮法上，也是五娘的外祖。但五娘從小到大也沒去過顏家，更是不會那麼稱呼她。四娘拉了五娘，兩人靠著門邊坐了，就有丫頭端了蜜餞、茶水過來，給兩人打發時間。

五娘心道，這顏氏向來看不上老太太，因此也看不上成家，雲家二房因著這個主母的緣故，跟成家的關係實在說不上親密。可成家此次卻主動去了顏家，請顏家的人來做媒。某種意義上，這不是向顏家示好，而是向雲家二房示好，是以太子的舅家身分向太子側妃的娘家示好。只這個理由，不管老太太心裡有多不願意，這門親事都得歡歡喜喜地應下來。

成氏就道：「倒也不是沒商量好，只是人家姑娘雖在咱們家住著，到底是蘇家的人，要嫁姑娘，不得跟人家蘇家說一聲？咱們到底只是外家不是？上次我那姪子問我，我就說了先等幾日，不想他還真就只等了幾日，便找了親家上門說媒。可這江南來往一回，得多少日子，哪裡就能馬上有了消息的？這也就是我自己的娘家姪子，要是換了別人，可不得惹人怪罪？妳說說，這都是要給兒子娶媳婦的人了，怎的還這般的不穩重？」

方氏也不戳破成氏的話，就笑道：「這也難怪，家裡沒有個女人主持中饋，可不處處都不方便嗎？等有了大少奶奶，這家裡就有人張羅了！」說著就一嘆，道：「世子夫人是多好的一個人啊！我常說，家裡的媳婦但凡有人家一分，我就知足了，不想就遭了禍事。都說人有旦夕禍福，可不正應了這句話？叫人好生可惜啊！」

成氏也跟著一嘆，這一聲嘆就有些真心實意。

兩人就說起了江氏的病情，說起了大夫，最後拐到了顏氏的身體上。

方氏皺眉道：「親家，我這小閨女真是被我慣壞了，半點都沒有輕重，挺著大肚子進宮去做什麼？那是她親姊姊，從一個娘肚子裡爬出來的，難道她姊姊就不體諒她？這般的冒失，倒叫我沒臉見親家了。」

成氏就笑道：「妳擔心她，她又何嘗不擔心三娘？多半是為了三娘的事。」

方氏便跟著一嘆。「冤孽，都是冤孽！」

雲五娘聽著無趣，就起身跟四娘擺擺手，從側門轉了出去。
紅椒就問道：「姑娘可是想回煙霞山了？」
自然是想回的。但娘親大概忙著呢，再加上雙娘出嫁在即，哪裡能說走就走？
「要不，我叫我弟弟去給少爺遞個消息，讓少爺來接姑娘出去可好？也省得姑娘在山上待野了，在家裡就覺得悶的慌。」紅椒小聲道。
雲五娘眼睛一亮。被圈在家裡，確實是悶的慌了。
雲家遠派來的人來得很快，五娘託四娘告訴老太太一聲，就出了門。
大街上熙熙攘攘，到處都是叫賣之聲，充斥在鼻子裡的也是各種小吃的香味。
紅椒道：「少爺傳話說，外面駕車的、跑腿的都是自己人，想去哪裡逛就去哪裡逛。」
這話叫雲五娘尤其喜歡。
「姑娘，彙賢樓的醉蝦格外好吃。」紅椒又補充了一句。
五娘了然一笑，就道：「那就會仙樓吧！」
等到了地方，雲五娘扶著香菱的手下了馬車，抬頭一看，招牌是「彙賢樓」，而不是「會仙樓」。酒樓的招牌取得跟書坊似的，端是奇怪。
她不由得道：「原來是這個彙賢樓。」
紅椒點點頭。「當然是這個了，還能是哪個？」

雲五娘也不過一笑，就走了進去，聽見香菱正小聲地教訓紅椒——

「在外面呢，妳收斂點！」

春韭已經快一步，訂好了二樓的雅間。

不想剛上了二樓，側面的一扇門就打開了，走出來的人正是宋承明。

五娘不用想也知道，這人只怕在樓上就已經看到自己了，所以才迎了出來。

就見他站在包間門口，做了一個「請」的姿勢。雲五娘不想跟他扯皮，再叫什麼人給撞上，就閃身走了進去。

這一間雅間極大，正廳裡就能容納不少人。宋承明腳下不停，卻向另一邊拐去，進了套間。雲五娘剛一進去，才發現裡面還有人，不由得大驚失色。

「別怕，都是我的人。」宋承明拉了一把雲五娘。「本來就想叫你們認識的，今兒恰巧碰上了，正好，還省得我再找機會。」

這話說得莫名其妙的。你的人幹麼介紹給我認識啊？好似今兒若是碰不上，還要專程叫自己認識這些人，這是什麼道理？

就見裡面站著七、八個人，都對著五娘行了禮。雖然臉上的表情都很愕然，但卻沒有一個露出反對之色的，可見宋承明在這些人心裡，十分的有威信。

雲五娘哪裡敢托大？趕緊恭敬地回禮。

「都坐下吧。」宋承明率先坐了下去。

眾人就都看著雲五娘。

雲五娘在心裡將宋承明罵了個死臭，但架不住這些人的目光，也慢慢的坐下。

隨後，眾人才都一一落坐。

怎麼看都像是把自己當主子對待了吧？這可不對！雲五娘就道：「原來諸位有事情要商量，倒是我冒失了，就先告退。」

宋承明一把拽住雲五娘的胳膊，道：「妳坐著，聽就好。」眼神十分認真執著，一點也沒有要撒手的意思。

雲五娘都快氣笑了。誰知道你們要說什麼？自己在這裡什麼都不是，多尷尬啊！

在宋承明堅持的目光中，雲五娘只得坐下。

「這是雲家五姑娘。」宋承明介紹了一聲，就又扭頭對雲五娘道：「我介紹幾個人給妳認識。」然後，不由分說地指著一個中年短鬚的男人道：「這是戴簡戴先生，最是沈穩老練。」

雲五娘客氣地點點頭。「戴先生好。」

就見那戴先生很是欣慰地摸了摸自己的短鬍子，道：「好好好，姑娘好！」

然後宋承明又指著旁邊那位白面無鬚的人道：「這是申一明申先生，最是多謀，以後可與之常商量。」

雲五娘客氣地點頭問好，心裡卻咬牙切齒。叫自己跟他的人商量，商量個毛線啊？

隨後，宋承明將人都一一介紹了，雲五娘只敷衍地點頭，卻沒記住。

直到人都出去了，雲五娘才炸毛了。「你到底要做什麼？我認識人家幹什麼？」

宋承明一嘆，道：「我要離開京城一段時間，京城的事情，需要妳幫襯。」

「我能幫你什麼？你要幕僚有幕僚、要侍衛有侍衛。」雲五娘掙脫他的拉扯。「我什麼也幫不上你！」

「妳能。」宋承明看著雲五娘道：「只要妳在，他們的主心骨就在。妳該知道，有時候在外面，跟家裡的聯繫不能總是保持暢通。而且世事變化太快，沒有人來當這個定海神針，人心會散的。」

這是什麼理論？自己怎麼就是定海神針了？

「因為妳是雲家的女兒，因為妳是金家的人，也因為我說，妳會是遼王妃。」宋承明看著雲五娘道：「所以，妳的身分能給他們足夠的自信。」

「因為我是雲家的女兒，也因為我是金夫人的女兒，所以你要娶我做王妃？」雲五娘看著宋承明的眼神就有些冷。

宋承明霍地一下站起身，拳頭都攥了起來。「妳是雲家的女兒，可也是被雲家防備的女兒！妳的親生母親是金夫人，妳的身上也標著金家的標籤，可雲家和金家難道就會是我的助力嗎？雲家就不說了，只說金家。我娶妳的代價，就是放棄先祖跟金家定下的協議！從此，金家不會再助我。金家的話，從來都是作數的，既然說了，就不會反悔！」

雲五娘還真不知道這件事，她看著自己好似把宋承明的臉都氣青了，就道：「你要是覺得金家的條件苛——」話還沒說完，宋承明一拳就砸在了桌子上，雲五娘嚇了一跳。

外面香荽聽見，焦急地喊道：「姑娘！您沒事吧？」

「都滾遠點！」宋承明喝斥了一聲。

雲五娘皺眉，這人的脾氣怎麼這麼壞啊？

「我是知道金家的條件，想清楚後才答應的，也沒有覺得金家的條件苛刻。」宋承明看著雲五娘道：「我以前跟妳說的話，妳都忘了？要不是心裡打著娶妳的主意，我幹什麼三番五次的半夜去找妳，而且對金家的事我比誰都上心？」

雲五娘頓時就有幾分不自在，低聲道：「……說……好好說就成，發這麼大的火幹麼？」

宋承明坐下，這才緩聲道：「邊關不穩，我這兩天就得走。本來妳年紀小，我不該說這些話，但是這一去歸期不定，我擔心萬一耗上個三年五載，妳……等不到我回來。」

「邊關不穩？這是什麼時候傳來的消息？」雲五娘趕緊問道。

「朝廷還沒有收到消息。」宋承明低聲道：「這不是我最擔心的，我擔心的是……」

「內憂引來外患，外患加劇了內憂。」雲五娘不由得接話道。

宋承明沈著臉，點點頭。

兩人就這麼相對而坐，彼此都沒有說話。

雲五娘此時根本就無法冷靜的思考，宋承明的一番話叫她心亂如麻。他的話是不是真的，這不要緊，她只想問，他的心是不是真的？

她不是真的小姑娘，什麼都不懂。以她的身分，想攀附親事的人有很多，但敢於真正求娶的，卻真的不容易碰到。

求娶金家女，有時候映射出來的就是一種野心。

不被皇上忌憚的人家，攀附不起雲家；被皇上忌憚的人家，沒人敢出頭。

她想過不嫁人的。不說這現不現實的話，只怕自己的娘親是不會願意的，娘親即便傾其所有，也希望子女能過上正常人的生活。

雲五娘曾經問過金夫人，既然金家有錢，還有護金衛為基礎，為什麼就沒想過乾脆取而代之？

金夫人沈默許久，只道「以後，再也不要說類似的話。金家……再也輸不起了」。

是的！人丁單薄的金家，禁不起任何的風險了。要不然，娘親何必委屈這麼些年呢？比起豐厚的回報，金家承受不起這樣的風險。

唯一能做的，就是搭一趟順風船。

可誰的船才是順風的呢？會是宋承明嗎？雲五娘不知道。

但此刻她理解了娘親為什麼會對遼王提出這樣的條件。

遼王若是贏了；有自己在，金家就不會出事。

若遼王輸了；有金家在，至少能保全了自己。所以，自己跟金家，是骨肉一體，但有時候卻是必須割裂開的。這或許也是娘親叫自己回雲家的一個原因吧？

在各方勢力中，金家其實是必須做一次投資的。娘親能跟遼王提出條件，就證明這個人在娘親的人選中，是排在首位的。他要是選擇自己而放棄了協議，那麼，娘親不但不會反對，還會極力地促成此事。

她知道，自己不是娘親的籌碼，她也沒想過自己成為籌碼，況且如果自己不願意，娘親不會勉強。但身為金夫人的女兒，她是不是也得為金家做點什麼？如果非要選擇一個丈夫，為什麼不是宋承明呢？跟太子、大皇子、六皇子比起來，他身上的優點是顯而易見的。

至於情感，現在來說，或許是太早吧，但自己對他，沒有絲毫的反感。客觀地說，應該是有些好感的。

這輩子自己是沒接觸過什麼男子，但活了兩輩子的人了，不至於摸不清楚自己的心思。

宋承明看著雲五娘，她臉上沒有什麼多餘的表情，就那麼看著桌上的茶壺發呆，這讓他一時也不知道她的心思。他斟了茶遞過去，問道：「想什麼呢？」

「你說的那些話……我都聽懂了。但我想問問你，你怎麼就能肯定，這婚事皇上會同意？」雲五娘問道。別折騰來折騰去，到頭來全都是一場空。

「這是我的事，不用妳來擔心。」宋承明斬釘截鐵的道。

這人，還能不能好好說話啊？這麼大的事，我能不弄清楚嗎？萬一我跟你鬧得不清不楚，然後卻賜婚給別人，還能不能活了？大皇子跟三娘就是活生生的例子！如今這話說得不明不白的，還不許人多問了？

「他要是真敢將妳賜婚給別人，我就搶了妳去遼東！」宋承明惡狠狠地道。

雲五娘張了張嘴，赫然發現他竟咬牙切齒，表情十分的認真。這事沒法兒進一步交流了！她轉移話題道：「那你的意思，是想讓我怎麼幫你？」

「不是讓妳幫我，我還沒無能到叫妳小小年紀就為我操心。我只想叫妳見見他們，給他們一個定心丸，也給我一個定心丸！」宋承明說著，又惱了起來。

這副樣子，彷彿自己是多難溝通的人一樣。雲五娘有些無語了。

「我怎麼從來不知道你的脾氣這麼壞？」雲五娘斜睨了他一眼，道：「慢慢說就是，你急什麼？」

「我說了這麼多，妳還是不明白，我能不急嗎？」宋承明灌了一杯水後，將茶碗重重地放下。

雲五娘就道：「成了、成了！不說了總成了吧？說說正事。」

「妳還沒說，妳心裡是怎麼想的？」宋承明看著雲五娘，問道。

「你要我說什麼？剛才你拉著我進來，我就是再惱，也沒真的不給你面子，甩袖子走人！你給我介紹你那些下屬，我給人家臉色看了嗎？還是禮數不周到了？這會子跟你說了半天話，只你在發脾氣，我說什麼了？就這樣了還問？問什麼？你叫我怎麼說你才算是滿意？」雲五娘將頭往旁邊一扭，就不看他了。

這話的意思，叫宋承明頓時覺得渾身都舒坦了，心裡如同六月天吃了一碗冰，舒爽極了。「那個……那個……倒是我的不是了，該先徵求妳的意見的。」宋承明小聲道。

這狗脾氣！你軟他硬，你硬他軟！典型的牽著不走，打著倒退！

雲五娘就扯開話題道：「怎麼邊關突然就不穩了？可是有什麼緣故？」

「朝廷裡有細作。內亂剛有了苗頭，禍亂就來了。」宋承明道：「沒有人通風報信，時間不可能這般的巧合。沒有內賊，引不來外鬼啊！」

「要是有人趁著亂勁想渾水摸魚，該當怎樣？」雲五娘問道。

「這就是我最擔心的事情了。」宋承明皺眉道：「咱們也得防備著真有那麼一天。」

確實是挺愁人的。

「成了，不想了，先吃飯吧！在這裡耗費了這麼長時間，我哥只怕都知道了。」雲五娘看了看外面，就道。

宋承明點點頭道：「別擔心，這裡是我的地盤，任何消息都別想傳出去。」

「你的地方？怪不得你敢這麼大膽。不過，你怎麼給酒樓取這麼一個名字？」雲五娘笑道：「彙賢樓，跟酒樓完全沒有關係。」

「我父親一直想建一座彙賢樓，聚集天下英才。」宋承明失笑道：「如今，我給改成酒樓了，也往身邊彙集了一些貪圖口腹之慾的英才。」

雲五娘一頓，宋承明對那位文慧太子，只怕是又愛又恨吧？一個頗有賢名的人，卻連自己都保護不了。他渴望那份純粹，但又懼怕那樣的純粹。她覺得，自己似乎對他又多了一層瞭解。

宋承明摁了牆上的一個機關，不一會兒，就有一個小廝將飯菜送了過來，然後又默默地退下。

雲五娘看了一眼門外的廳堂，見幾個丫頭圍坐在桌邊，已經吃上了，才放下心來。

宋承明剝了一隻蝦放在雲五娘的碗裡，才道：「是衝著這個才進來的吧？」

「聽丫頭們說挺好吃的，我沒嚐過。」雲五娘說著，就將蝦子塞到嘴裡。「嗯，鮮嫩可口，確實美味。」

「遼東靠著海，這樣的東西，在當地是不稀罕的。」宋承明繼續給她剝蝦殼，笑道：「等到了遼東，妳嚐嚐當地人做的，才知道什麼是美味。」

雲五娘笑道：「不能凍破了鼻子吧？」

「冷上來是挺冷的，習慣了就好。」宋承明怕雲五娘嫌棄遼東苦寒，忙道：「王府這些年修繕的也不錯，不會真凍著的。」

雲五娘一笑，也不說什麼了，只道：「皇上真的肯放你回去？」

「遼東的情況他知道，想找個人出來替代我，暫時不可能，而且也沒那個時間叫他去收服下面的人，所以只能放我走了。要是我此時主動求娶一位王妃……」宋承明有些心虛地看向雲五娘。

雲五娘就道：「你時機選的很好。這時候提出來，皇上會歡天喜地地答應下來，然後放心地派你去，而這位被求娶為王妃的姑娘，就是皇上留在手裡牽制你的人質。越是你看上的人，牽制你的作用就越大，是這樣嗎？」她繼續將蝦子往嘴裡送，面上沒有絲毫的不虞之色。

宋承明不知道雲五娘有沒有惱怒，此時他是真有些心虛。

雲五娘一笑，道：「別那麼看著我，我又不是什麼都不懂的姑娘。你這個時機選的妥當，一旦他應下了，其實他就少了一個拿捏金家的機會，我求之不得。皇上這個人，心思莫測，與其等著他發落，這樣的結果反倒是最好的。我分得清楚什麼是善意的籌謀，什麼是惡意的利用，不用這般的小心翼翼。」

宋承明心裡一鬆，這個王妃真是選對了。她說的，正是自己心裡的想法。要真的對她有一點不好影響的事，自己是萬萬不會做的。要說私心，也就是想盡快的定下這婚事來，別的，是真的沒有。難得是這份默契與信任。

兩人吃了飯，時間就不早了。雲五娘沒有多待，就上車回了府裡。到家裡，將帶回來的幾份醉蝦給各房送去，就進了屋裡洗漱。香荽幾次欲言又止，雲五娘都岔了過去。

今兒發生的這事太突然，不管她表現的多沈穩，心裡還是有些起伏的。

躺在榻上，不願意睜眼睛，就聽紅椒正小聲地對香菱道——

「我瞧著……挺好的。二姑娘成了簡親王妃，三姑娘成了太子側妃，咱們姑娘選擇的範圍不大……反正我瞧著挺好的。」

是啊！自己能選擇的範圍不大，連丫頭們都知道。

金夫人手裡拿著兒子送來的消息，怔怔地出神。

寶丫兒在彙賢樓一待就是大半天，雖然不知道裡面的情形，但她也知道那是誰的產業。宋承明想娶寶丫兒的心不假，也願意放棄與金家的協議，這是他能拿出來的最大的誠意。

一個人過了半輩子，她最害怕的就是自己的女兒也走了自己的老路。

都說金家的女人沒好命，她希望自己的女兒能打破這個禁錮。

金家的女兒沒有好命，那是因為每個得到金家女人的男人都想從金家攫取更多的東西，而從沒想過要為這個女人付出什麼。

她也不知道宋承明這份心意有多真，但若是敢違背了諾言，金家從來不缺乏玉石俱焚的勇氣。

「打發人給那丫頭送換季的衣服去吧！」金夫人吩咐大嬤嬤。「她是個有主意的人，該懂的她都懂，妳不用跟著操心。」這是說給大嬤嬤聽，但何嘗不是自己安慰自己？

五娘將這一箱子、一箱子的衣服，叫丫頭們收拾好，也沒仔細的看。

六娘帶著丫頭過來，問道：「二姊姊的新婚，五姊姊打算送什麼給她？」

最近七事八事的，五娘還真是沒想過，就笑道：「正想著跟妳們商量商量，看送個什麼好？」想著六娘手裡不寬裕，就道：「妳不是繡了炕屏嗎？府裡正叫人翻新家具，妳叫他們按妳的尺寸做個架子鑲上，不就好了？我瞧妳的手藝好，完全能拿得出手嘛！」

「行不行？會不會太寒酸了？」六娘不好意思地道。

「二姊這婚事有點急，針線上肯定是來不及的，像是荷包、香囊都是外面訂的，咱們府裡的針線房都忙不過來。妳那邊要是還有多出來的針線，二娘能用到的，妳只管拿過去叫二姊充數，妳瞧她高興不高興？就我這針線活，她還叫我給她做點簡單的呢！」五娘說著，就拉了六娘看自己繡的荷包。

顏色鮮亮，樣子也精緻，就是上面的圖案，全叫五娘按照簡筆劃的樣子，勾勒了卡通的圖案來。「用這個裝了銀錠子，給親戚家的孩子做見面禮還行，別的我也幫不上了。」五娘指著那一堆東西道。

六娘看得格格直笑。「虧得五姊妳怎麼想出這麼個偷懶的法子來！」

「是吧？但買來的明眼人一看就知道，還當咱們家對二姊的婚事不盡心呢！我屋裡的丫頭，最近都在做這些個小東西。宗室的人可不少，再加上簡親王是宗令，這認親的時候，總不能丟了面子。」五娘皺眉道。

說了一會子話後，六娘就走了，到底也沒商量出送什麼。

六娘知道五娘的好意，不說，就是不打算叫自己比照著來。再說了，五姊給的主意也好。六娘當下就拿出幾百個錢，叫家裡做木工的師傅打幾個小炕屏的架子來。都是家裡的木料，只晚上抽空就能做出來的東西，也不費事。

五娘拿了兩個玉雕的石榴來，親自給雙娘送去。這石榴本是一塊有了雜色的玉石，被雕琢玉石的師傅巧手雕刻成了石榴。

石榴多子，寓意好。雙娘歡喜無限地收下了。她的嫁妝不少，但體己卻不多。這對石榴擺出來，是很體面的。

時間一晃，就是雙娘出嫁的日子了。

婉姨娘的下巴都能揚到天上去了。

倒是顏氏嘆道「做人家媳婦跟做姑娘不一樣，千萬要謹言慎行」。

雙娘蓋著紅蓋頭，被花轎抬著出了雲家的大門。

五娘眼圈一紅。姑娘家在家的時候，會籌謀著將來的事情，可真的到了別人家了，這過得真就比家裡好嗎？

當天晚上，丫頭們都睡了，五娘的窗戶又被敲響了。

「是我。」這是宋承明的聲音。

五娘打開窗戶，讓宋承明進來，道：「你也不怕被人發現。」嘴上說著，卻倒了一杯熱茶遞過去。

宋承明坐下就道：「皇上打發我明兒就走，我過來跟妳道個別。」他接過茶杯，就笑道。

「可是，我沒聽到有邊關的消息傳出來啊？」五娘不由得問道。

「沒做好安排的時候，他是什麼也不會說的。」宋承明喝了茶，就道：「也不知道這般的掩耳盜鈴，能遮掩幾日？」

「難怪呢！可誰家能沒有些消息管道呢？真要有那作亂的心思，消息比皇上只怕還靈通些！」雲五娘坐下就道。

宋承明先是點點頭，之後才猛地意識到什麼似的。「我聽妳這話，怎麼像是說我呢？」

雲五娘「噗哧」一笑。「可不就是說你呢！」

宋承明見她笑靨如花，頓時心裡就覺得舒坦了起來。「以後也這麼高高興興地笑給我看才好。」

「今兒吃什麼了，嘴這麼甜？」雲五娘又給倒了一杯茶過去，問道：「我瞧著你跟簡親王好似關係更親密些？」

「他對父親忠心，也更推崇父親。雖然對我好，但也是有限度的。」宋承明嘆了一聲就道：「不過能做到這些，我也很感激了。以後，妳可以跟簡親王府親近些，反正如今他也是雲家的女婿了，有妳姊姊做橋樑，來往並不突兀。」

雲五娘點點頭，就道：「簡親王府挺亂的，人多眼雜，我並不是很喜歡。二姊姊在簡親王府，沒一、兩年都擺佈不開。」

「妳放心，遼王府不會亂。」宋承明看著雲五娘，鄭重地道。

雲五娘垂下眼瞼，嘴唇微微一抿，這話她不好往下說。或者說，對他所說的這話，她還是不肯輕易相信的。

宋承明有些無奈地道：「對了，我已經請求賜婚了。我走之後，皇上應該會下旨的。要是我在戰場上有個萬一，妳不必——」

「呸！」雲五娘啐了他一口。「胡說八道什麼？也沒有個忌諱！」

宋承明一嘆。「妳還小，不知道戰場的殘酷。妳是見過我身上的傷的，所以……」

「所以，你好好地活著，別叫我再重複金家女人的命運。」雲五娘只低頭看著自己的腳尖，淡淡地道。

宋承明深吸一口氣，想伸手抱抱她，又見她年紀小，怕嚇著她。見她說起「金家女人的命運」時的那種落寞，他心裡就不由得難受了起來。

「好！我會好好活著回來的。」宋承明笑著安撫她。

雲五娘點點頭。「還有什麼要交代的，要我做的嗎？」

宋承明「嗯」了一聲，就拍了一下手，然後屋裡就出來一個渾身黑衣的人。

雲五娘嚇了一跳，驚道：「誰？」

宋承明一把將雲五娘攬在自己懷裡才說：「這是龍刺。我的人。」

龍刺？這肯定不是一個人的名字，而是一種人的代號。

「主子。」龍刺的聲音壓得很低，根本就沒有感情起伏。

但雲五娘還是聽得出來，這是一個年紀不輕的男人。

「嗯！如果以後有緊急的事，不方便告知府裡的幾位先生，只管來告訴五姑娘。」宋承明吩咐道。

「是。」龍刺乾脆地應了一聲，然後朝雲五娘行禮。

雲五娘趕緊回了禮，才道：「我若不在雲家，就在煙霞山，這兩個地方都不好靠近，叫你的人小心一點。煙霞山下有一棵大棗樹，若是上不了山，就在樹梢上掛上紅絲帶，我自會下山的。」這是她倉促之間唯一能想到的辦法。遼王府的事和金家的事還是要分開的，別有交叉才好。

龍刺詫異地看了一眼雲五娘，應了一聲。「是！」見宋承明擺擺手，這才退了下去。

雲五娘扭頭看著宋承明。「這肯定不是你訓練出來的。」年齡對不上。

「龍刺，是從太祖起事的時候就已經存在的。對別人來說，龍刺的存在是秘密，但對於金家，它從來都不是。龍刺的名字還是金家先祖取的，也是在他的建議下組織訓練而成的，金家對於龍刺是有特殊意義的。金家的護金衛，最開始的時候，就是由龍刺中退役的人統領的。這些，顯然金夫人沒有告訴妳。」宋承明就道。

「那就是說，以龍刺的本領，是可以靠近煙霞山的？」雲五娘問道。

「嗯，但我從來沒有讓兩方碰上過罷了。」宋承明笑道。他自己一個人去，只能走到半山腰，這還是金家看自己沒有惡意，才網開一面的結果。但對於龍刺，這都不是問題。

「這是太宗皇帝傳給文慧太子，最後才輾轉到你手上的吧？」雲五娘頗為驚訝地問。那這忠心的程度，真是令人震撼啊！

「是。連先皇都不知道他們的存在，皇上就更不可能知道了。」宋承明冷笑道。

雲五娘心裡頗為震驚。她相信，宋承明的底牌肯定不止這一個，而這還不算被宋承明放棄的跟金家的協議。

「有龍刺在，不論發生什麼事，都能保妳萬全。」宋承明道。

雲五娘動動嘴，想問他——當年也有龍刺啊，文慧太子怎麼還被人害了？

宋承明像是能明白雲五娘的想法一般，淡淡道：「只要妳不跟我父親學什麼君子的光明之道，就無憂。」

雲五娘這才恍然。

第二十三章

宋承明離開京城的時候，走得十分低調。

連最親近的簡親王都因為是新婚第二天，也沒有去送行。

雲五娘沈澱了心情後，還是該幹什麼就幹什麼。她心裡盤算著，等雙娘回門了，就回煙霞山住一段時間。有些事情，還是要跟娘親和哥哥交代一聲的。

雙娘是三朝回門的，簡親王親自相陪，在雲家消磨了大半天的時間。

「王府的人還好相處嗎？」三娘問道。

「老王妃很慈愛，世子跟幾位少爺、小姐也還算是客氣，這也就行了。」

雙娘臉上的笑意帶著幾分明快，看來，新婚的感覺還是不錯的。

三娘皺眉道：「那跟簡親王呢？還好嗎？」

雙娘眼裡閃過一絲詫異，夫妻之間的事，哪裡能拿出來跟妹妹說？沒這樣的道理啊！她只羞澀地笑笑。「男人在外面有多少事情忙不得，我只管照顧好王爺就是，其他的，我可沒心思摻和。」

三娘就道：「這是什麼話？夫妻正該萬事商量著來，要不然，做什麼夫妻？」

雙娘愕然道：「男主外女主內，難道家裡的瑣事我還能天天煩王爺？那要女人做什麼？

妳放心吧，中饋的事，我還不至於那麼不濟事。再說了，家裡有老王妃呢，不懂的找老人家商量就好了！」

四娘看了五娘一眼，兩人都不好接話。三娘想叫雙娘跟簡親王打聽朝堂上的事，但雙娘裝傻充愣，就是不接招。這叫人還怎麼插話？

三娘挑眉看了雙娘一眼，心裡有些煩躁，就道：「聽說遼王昨天離開了京城，簡親王跟遼王一向交好，二姊就沒聽到什麼消息？遼王離開得這麼突然，總得有個緣故吧？」

五娘心裡一跳，三娘怎麼會這麼關注宋承明的事？她到底想要做什麼？

雙娘見三娘直接開口問了，就笑道：「還有這事？我今兒出門的時候，還聽見老王妃說起遼王的親事呢，說是到了該娶妻的年紀了。至於出京的事，我還真不知道。昨天王爺也沒出門，該不是什麼大事吧？再說了，遼王的封地在遼東，肯定不會在京城久待的。以我這糊塗想法，他不在京城才是正常的，總是待在京城才是不正常的吧？」拉拉雜雜的一大堆，說了不少，也都是宋承明的事，可也沒說遼王為什麼突然離開京城？但又讓人絲毫聽不出敷衍的意思。

五娘心道，二姊如今越發的會說話了。

四娘就順著轉移話題道：「這麼說也對，按照遼王的歲數，遼王妃也該定下了。也不知道會是誰家的閨秀這般的倒楣？那遼東天寒地凍的不說，聽說那遼王還是個煞神的性子，十二、三歲就上了戰場。我倒是聽父親說過，那也是個拚命三郎，好幾次都是被人抬著回來的，不過也確實是命硬。」

五娘趕緊把手縮進了袖子裡，因為她的手已經攥成了拳頭。雖然知道兇險，但卻從來沒想到竟兇險到這個分上。

「我瞧著，遼王倒有幾分英雄的氣概呢！」六娘嘴裡嚼著蜜餞，聲音含糊地道：「貴為王爺，能身先士卒，本身就很了不起啊！那可是一刀一槍，在戰場上拚殺出來的。不過，將來的遼王妃可就有點慘了，還不得跟著提心吊膽地過日子啊？想想都覺得不好過呢！」語氣裡頗有幾分同情。

五娘鼻子一酸，眼淚險些下來。如今可不就是提心吊膽的嗎？這樣的日子，還真是看不見盡頭啊！

「這話倒也對。父親就對遼王十分的欽佩，說是宗室裡能做到這一點的，再也找不到了，很有當年太祖的風範。」四娘點頭應了一聲。

三娘就皺眉道：「可別胡說八道了！就是如今的陛下，要是被人讚一句有太祖風範，只怕也能高興上半個月，遼王……還真當不起這樣的盛讚！」

稱讚遼王的是四老爺雲順謹，如今這話被三娘毫不客氣地駁斥了，四娘當然有些不服氣，想要還嘴。

五娘趕緊攔了。這話雖然是好話，但確實不能傳出去，以免平白惹出許多的麻煩來。她轉移話題道：「說到親事，蘇芷跟成家的親事，祖母是怎麼說的？可答應了？」

「怎麼不答應？」四娘面上有些不自在，道：「成家願意，且主動請了媒人來，咱們還有什麼可說的？蘇芷也算是高攀了吧！」

「那祖父怎麼不見放她出來？」六娘問道。「不過蘇家要是知道消息，準會樂瘋了。誰能想到蘇芷有這樣的本事呢？」

不過如此一來，四娘的婚事就被擱下了。

「別這麼看著我！」四娘白了幾人一眼，道：「能被美色誘惑的人，還是早點看清楚的好。這家裡還是別鬧出什麼亂七八糟的事情才好，像我爹娘這般兩個人守著過日子就挺好的！」

五娘有些失笑。也虧得都知道她的性子，她只是就事論事，沒有含沙射影的意思。要真是多心的人，雙娘、五娘、六娘還不都得被歸為「亂七八糟的人」那一堆啊？

雙娘含笑點點頭，道：「在咱們家這般說說就得了，可別以後成了家後在婆婆面前說起。這話要是換成我在王府說出來，妳說說，可不把人都得罪徹底了？人在這世上，最難得的就是十全十美。都說十全九不周，但凡占住一樣的好處，就是福氣了。」

這話叫三娘和五娘同時一愣。

三娘心道：即便自己不是正妃，但好歹是自己相中的人。跟了別人，自己心裡再是過不去的。如今，應了心意，也算是求仁得仁了。

五娘心道：只誠心這一條，他就比別人強些，還有什麼不滿足的？

四娘笑著點頭。「二姊姊嫁人了，彷彿一下子就大了一圈似的！」

雙娘臉一紅，就問三娘道：「東宮沒說什麼時候接妳進宮嗎？我的意思是趕早不趕晚。」趕在正妃進門之前先站穩了腳跟，若能生下一兒半女就是再好不過了。到時不管誰是正妃，都不敢隨意欺辱。

四娘跟著點頭。「二姊的主意是對的！還得叫二伯趕緊跟東宮通個氣！」

五娘心裡暗笑，剛才四娘還說家裡就不該有亂七八糟的人，可如今自己親近的人要給別人添堵的時候，不也馬上就失了原則立場嗎？人心都是如此，親和理放在一起，只要不關係著大是大非的情況下，親永遠在理的前面。

三娘不由得一嘆。「這樣的事情，咱們家主動了也不好。」

雙娘此時說話倒是十分的乾脆。「今兒我回去就跟王爺說一聲，看能不能叫宗室出面說話。」只要不是事關前朝的事，關乎姊妹的一生，能幫的她絕對不會含糊。

三娘就道：「還是要看東宮的意思……」

「怎麼要看東宮的意思？難道東宮叫咱們家過兩年，等正妃生下嫡子後再過門，咱們也要答應嗎？」四娘不屑地撇了撇嘴。

六娘跟著點頭道：「已經很委屈三姊了，如果在其他事情上再委屈，那可不成！」

「叫我說，是得盡快。在正妃沒確定之前進門最好，要不然，就得往後再推了。否則，那邊剛定下人，三姊就進門了，不是成心打擂臺嗎？」五娘說了一句。

這也是客觀的實話。

雙娘點點頭，看向五娘道：「要不然，我進宮去一趟？」

五娘就明白了雙娘的意思，這進宮是為了見元娘，希望元娘能在皇上跟前說句話。

五娘的眼神閃了閃，就道：「二姊新婚，是要進宮請安的。三姊跟大皇子鬧成這樣，此時進宮卻不合適，倒是二姊更方便一些。」

只是，雙娘跟元娘這麼一見面，元娘再一插手三娘的婚事，元娘沒死的事也算不上是秘密了。

雙娘在回去的路上便跟簡親王說起進宮的事。「……是為了我三妹的事。側妃進宮，只怕光有太子說話還不成，得皇上點頭。您應該也知道大姊姊的事，她若是能說上話，王爺就不要管了。跟東宮的關係，王爺不必看著我的面子，大事和小事我分得清。」

見她如此明事理，簡親王不禁欣慰地點了點頭。

結果，還沒等到雙娘進宮請安，京城裡突然就起了流言。

原來是皇上叫欽天監算一算，以太子的命格，娶太子妃時當有什麼避諱？卻不想，欽天監給出的結論直指雲家。

太子屬火，婚配時，自是與金相配。應是避諱水。

這是欽天監的原話。

可不知怎麼的，這話傳出來就變了味道——都說行雲布雨，雲也屬水。

水剋火，也就是說，太子若遇到屬水的女子，是為大不利。

「胡說！」顏氏聽到這樣的謠傳，頓時就將炕桌上的茶具掀翻了。「皇上賜婚的時候怎麼不說不利？不也說是天作之合嗎？這會子怎麼就變了？照這麼說，他日太子登基，豈不是要抄了雲家滿門，以免影響了他的江山社稷！」

雲順恭當即就黑了臉。「妳慎言！還嫌不夠亂嗎？」

「還慎言？還要怎麼慎言？這都欺上門來了，這是不滅了雲家不甘休啊！你倒是查出來是誰家動的手腳了嗎？」顏氏捂著隱隱作疼的肚子道。

「想出個太子妃的人家多了，肯定在幾個公主府那邊，甚至跟其他的宗親也有不少關係。」雲順恭看了顏氏一眼，煩躁地道。

「那怎麼辦？三娘還沒進東宮，就埋下了這樣的禍患，這手段真是毒啊！以後太子但凡有一丁點兒的不順，這罪魁禍首都得是三娘！這一輩子有多長啊？什麼事情都可能發生，何況還是在皇家。這樣的名聲，就是要毀了三娘一輩子啊！」顏氏靠在軟枕上，渾身有些無力。「要不要請高僧給三娘看看？」

「看看？看什麼看！人家又沒指名道姓，妳這不是自個兒認了嗎？」雲順恭對顏氏擺擺手。「不行！」

「那這側妃，不當倒比當了更好！」顏氏嘲諷地笑笑。真是一步錯，步步錯。要是宮裡干預了，也不會傳出這些話來。想起東宮的太子什麼作為都沒有，顏氏的心就涼了。

顏氏能想到這些，雲順恭又何嘗想不到這一點？他站起身，在屋裡不停地徘徊，只不得辦法。

五娘聽了紅椒得來的消息，頓時就苦笑起來了。雖然惱恨，但能說別人家這麼做不對嗎？不能！本就是相互對立的。自家的打算本就是給別人添堵，就別怪人家出手狠辣。誰也不比誰高尚就是了。

「去褚玉苑。」五娘站起身來，也不換衣服了，直接就走。

剛到院子門口，就見六娘急匆匆地來了。「五姊姊也知道了吧？」

五娘點點頭。「咱們以為咱們算是聰明的，自有人想在咱們的前面先把路給堵了。」

「誰說不是呢？」六娘皺眉道：「可這不給人留活路的法子，也太歹毒了些。」

「各有立場，沒有對錯之分。咱們自己不高尚，就別強求別人。」五娘邊走邊道。

兩人進了褚玉苑，就見四娘已經在座了。

三娘臉上的神情看上去，比平時還要冷靜幾分。「都坐下吧！」

「妳倒是說句話，如今咱們姊妹商量個對策來……」四娘急道。

「商量什麼？」三娘無聲地笑道。「再怎麼商量，難道還能算定太子一輩子都順順當當，不遇坎坷？這世上的事，就害怕莫須有。」三娘眼裡的冷色一閃而過。

五娘看著三娘道：「三姊心裡是不是有了計較？」

三娘看著五娘說：「有一句話，叫做置之死地而後生。既然被圈在了這個圈子裡，我不跳出圈子，就沒有活路了。」

「聖上下旨賜的婚，沒有反悔的餘地。三姊，妳想怎樣？」四娘問道。

三娘還沒有說話，就見丫頭領了雙娘的丫頭安兒進來，想來也是心裡著急。

「我們王妃叫奴婢回來問問，要是著急，今兒王妃就進宮也可以。」安兒有些擔憂地看著三娘道。

「不用。」三娘站起來囑咐安兒道：「告訴你們王妃，不用特意做什麼了，只安心地等著消息就好。」

安兒看了幾位姑娘一眼，見五娘輕輕點頭，才趕緊退下去。「奴婢這就回去覆命。」

五娘看著三娘，也不知道三娘究竟想幹什麼。

最後姊妹幾個反倒被三娘勸了回去。

結果，第二天中午，就傳回來一個了不得的消息——

雲三娘在念慧庵出家了！

消息傳回來的時候，已經剃度了，完全不是做做姿態的樣子。

五娘正端著果子露，聽到消息時，嚇得將碗掉在了地上。

一屋子人也都愣住了，都忘了心疼那個玉碗。

五娘愣了半晌，突然就笑了。「好個三娘！」她馬上吩咐紅椒道：「拿銀子，散給乞兒，叫他們滿城地傳這消息去！」

紅椒答應了一聲，索利地出去了。剛出門，就跟急匆匆而來的四娘碰了個對面，紅椒行禮道：「四姑娘來了。」

四娘點點頭，腳下不停地進了屋子，對著五娘就問道：「妳知道了吧？」

「知道。」五娘遞了茶過去給她順氣。

四娘接過來，也沒心情喝，急道：「她這是真下得了狠手啊！可是出家容易，還俗難吶！」

「這就不是咱們能操心的了，且看事情的發展吧。三姊能想到一步，後面的十步只怕也在她的算計之中了。只她這一步走得決絕，我就想不到。」她嘴角一翹，又道：「現在，這個太子妃的位置可真是有些扎手了，三姊這是一招就把人給將死了。太子妃逼得馬上要進門的側妃出家了，真是好啊！」

「祖父和二伯怕是進宮請罪去了吧？」四娘就問道。

「是。現在只怕宮裡也傻住了！」五娘笑道。

「妳還笑得出來？」四娘瞪了五娘一眼。「就不知那位太子會如何做了？」

話音一落，六娘就跑了進來。

「三姊一定是瘋了！這剃了頭髮，三五年之內，她——」

「好了、好了，三姊比咱們有成算！」四娘無奈地笑了一聲，又道：「咱們還以為咱們技高一籌呢，如今再看人家，還有得學呢！」說著，倒多了幾分悵然。

能不算計，誰又願意算計呢？

天元帝確實有些傻了，看著雲高華和雲順恭，再問道：「你們說什麼？」

「老臣有罪！」雲高華心裡是有些得意的。本來被逼到了死角，進不能、退不得的，誰能想到三娘這神來一筆，反倒將這瀕死的棋局給盤活了！

天元帝皺眉斥道：「胡鬧！這不是胡鬧嗎？」他看著付昌九就道：「查！一定要查！誰傳的這些閒言碎語？太子的側妃是何等要緊，若是欽天監沒算好，難道朕就能給賜婚嗎？這是說朕不是明君，還是說朕不是慈父？」

付昌九心裡咋舌，這雲家的男人不怎麼樣，雲家的女人倒是個個精明厲害啊！他趕緊應了一聲。

「快快將孩子叫回來！孩子年紀小不懂事，難道你們大人都不懂事嗎？」天元帝怒道。

雲順恭一喜，就要應下來。

此時元娘端著茶，從屏風後轉了出來，開口道：「雲家三姑娘既然剃度了，就叫她替太子祈福吧。」

皇上叫回來就回來？那這齣戲就白唱了！更何況，沒有皇上金口玉言給平反，回來做什麼？

雲順恭看了元娘一眼，先是一驚，既而就垂下頭，不再言語。

皇上看了元娘一眼，見元娘臉上帶著惱怒之色，就對雲高華和雲順恭擺擺手，叫他們先下去。見二人退了出去，天元帝才看著元娘道：「怎麼了？心裡還是放不下雲家吧？」

「雲家的前程我是不管的，但幾個姊妹相伴著長大，雖然也拌嘴，也不和，可叫我看著她常伴青燈，心裡是過不去……」說著，元娘眼圈一紅。

「這正說話呢，怎麼好好的就哭了呢？」天元帝拉了元娘坐下，道：「這太子妃關係重大，又事關生養嫡長子的大事，妳爭我奪才是正常的啊！不過，你們雲家的姑娘性子也太烈了一些。」

「這是又唸叨我的不是了？」元娘將臉一扭。

「看看、看看，都是這樣，小脾氣大的啊！」天元帝嘆了一聲。「妳要知道，姑娘家的青春就那幾年內，這一耽擱下去，可就……」

「不嫁才好呢！宋家的男人都是薄情寡義的！」元娘起身，就往裡面去了。

天元帝失笑地問道：「妳這是連朕也算在裡面了吧？」

「嗯呢！」裡面傳來元娘有恃無恐的聲音。

這事就叫元娘給這麼岔過去了。

出了宮的雲順恭看了雲高華一眼。「剛才那是……那是……元娘吧？」

雲高華瞪了兒子一眼。「噤聲！要不是元娘攔了，你還真就答應了！真是豬油蒙了心了！」

「兒子這不是關心則亂嗎？」雲順恭笑道：「元娘一說話，兒子不也明白了嗎？」

「我還想著這孩子心裡沒咱們雲家，如今瞧著，心還是向著咱們的……」雲高華就嘆道。

東宮。

宋承乾正看著掛在牆上的地圖，李山就進來了。

「怎麼，北邊又起了什麼衝突不成？在遼王趕到之前，千萬不能有變啊！」宋承乾頭也不抬地問道。

「主子，是……是……」李山不知道該怎麼說。

宋承乾抬了頭，就問道：「是怎麼了？索利點。」他揉著發紅的眼睛，兩天沒合眼了。

「是雲家的三姑娘出家了。」李山小聲道。

宋承乾看著李山，一時沒明白。「什麼意思？」

李山不敢隱瞞，從欽天監的事說起，一直說到流言。「……奴才也沒想到會成了這樣……」

「你……你壞了孤的大事了！」宋承乾揉著額頭道。他最近一直關注著北邊即將開始的戰事，沒想到卻出了這樣的岔子。「如今，雲三娘人在哪兒呢？」

李山哪裡還敢隱瞞，趕緊道：「晚了，殿下。人已經剃度了。」

「孤問你，人在哪兒呢？」宋承乾邊往外走邊道：「你還真是下面沒了那東西，你就不知道女人的心思了？別小看女人。孤再告訴你一次，想靠著她們成事可能艱難了一些，但她們要是狠下心來，想毀了一件事，那太容易了！」

「這不是成事不足，敗事有餘了嗎？」李山不服氣地嘟囔了一聲。

「不指著她成就咱們的事，只要她不叫別人成事不就行了？這世上就沒有不能用的人，端看怎麼用了。」宋承乾說了一句。

李山緊跟在後面，知道宋承乾這是要出宮，就趕緊把披風遞過去，道：「今兒有些涼，又要開始下雨了，殿下將衣服穿好。」

宋承乾看了眼外面的天，就道：「不用。」

李山焦急地道：「不行，會著涼的！」

「要的就是著涼，蠢蛋！」宋承乾咕噥了一聲，就要出東宮了。

李山又道：「殿下，您還禁足著呢！」他建議道：「我這就請旨意去？」

「不用，今兒抗旨一回。」宋承乾淡淡地道。

李山終於有點回過味來了。這事叫自己給辦砸了，可如今殿下眼裡沒有著急之色，那就是說，殿下在意的並不是雲家的三姑娘本身，而是要朝眾人表達一種態度。

今兒，這又是抗旨、又是淋雨的，不就是一齣苦肉計嗎？跟雲家三姑娘這一手釜底抽薪加苦肉計放在一起的連環計比較，可不正是異曲同工？

主僕二人剛出了宮門，迎面就是大皇子宋承平。

宋承平怒氣沖沖地從馬上下來，三兩步就跨了過來。

李山要上前阻攔，被太子給暗暗地攔下了。

宋承平一把揪住太子的衣領，周圍的人都嚇呆了。

李山忙道：「平親王，你敢犯上！」

「他敢抗旨，我就敢犯上！」宋承平沒看李山，也沒看周圍任何人，只盯著宋承乾，一字一句地道。

「大哥想怎麼樣？」宋承乾嘴角一挑，問道。

宋承平附在宋承乾的耳邊，小聲道：「不是要算計嗎？成了這樣，你還要怎麼算計？三娘若是有什麼不好，咱們倆沒完！」

「這真不是我算計的。」宋承乾認真地道：「我發誓，這不是我算計的。」

「你以為我會信你？」宋承平呵呵一笑，就道：「這天下可不只你一個聰明人！想叫別人死心塌地的辦法很多，你這樣未免太下作！」

「北邊已經亂了，大軍壓著邊境線，戰事一觸即發，我這時候不想著安穩，還折騰什麼？」宋承乾看著宋承平道：「有人盼著亂！但這人不是你，也不是我。你不希望三娘出事，我不希望這時候出現任何動盪。大哥總說天下的聰明人很多，我想，還真有比咱們兄弟都聰明的人。」

「是誰？」宋承平眼睛一眯，問道。

「我也不知道是誰？」宋承乾眼裡閃過一絲冷意。「我比你更想知道這人是誰？」

宋承平慢慢地鬆開宋承乾的衣領，還細心地幫他撫平。「你最好說的是實話。」

「是實話。」宋承乾微微一笑，道：「我要去找三娘了，大哥讓一讓。」

一句話，又叫宋承平拳頭握緊。

宋承乾翻身上馬，揚鞭而去，心裡卻道，這莽夫比以前可長進多了！

李山跟在宋承乾後面，擔憂道：「平親王不會跟皇上告殿下的狀吧？」

「不會，他也是跟父皇去鬧的。再說了，父皇也不會罰我的，他心裡也正惱著呢！御賜的婚事這麼被人戲耍，他心裡還不知道怎麼恨呢！」宋承乾失笑道。

剛出了城門，天上就飄起了雨絲，風颳在人身上，還真是有些冷。

「殿下，這不行，太冷了！」李山又道。

「囉嗦！」宋承乾吩咐李山。「叫暗處跟著的人都離得遠些。」

李山心裡暗自懊惱，要是知道事情會發展成這樣，剛發現流言的時候，他就該稟報的，如今悔之晚矣。也不知道這雲家三姑娘身上，有什麼值得殿下如此的？

念慧庵。

掩映在嫩綠枝芽中的念慧庵，在宋承乾的眼裡是極為陌生的。

「怎麼能給她剃度呢？」宋承乾語帶埋怨地對這庵堂的師太道。

「這姑娘一進來，就自己將頭髮都絞了，不答應她，又能如何？在別處，倒不如在此處更方便呢！」那師太就小聲道。

宋承乾無奈地點點頭，問道：「人呢？」

「換了一身衣服，如今就在大殿裡跪經呢！」師太指了一處大殿。

宋承乾這才擺擺手，將人都打發下去，自己抬腳往大殿裡去。

三娘一身灰色的尼姑打扮，頭上戴著一頂同色的小帽。顯然，這一頭的青絲，真的被剃去了。一張如芙蓉般的容顏，在這身打扮的襯托下，叫人瞧不分明。

「三娘！」宋承乾心裡還是被震撼了一下。「妳……有什麼事，就該叫人告訴我一聲，咱們商量著辦。妳這是何苦？還真捨得棄我於不顧？」

也許被逼到了牆角，三娘此時比任何時候都清醒。「殿下，何必強求呢？以前是我看不破，強求了。殿下請回吧，東宮裡還能有一個無髮的側妃不成？」

「妳睜開眼睛來看看我，再說這些話也不遲。」宋承乾站在雲三娘的身前，看著雲三娘。這姑娘長相豔麗，穿著什麼也遮擋不住她的美貌。那閉著的雙眼，眼皮顫顫巍巍，要睜開又不敢睜開似的，濃密的眼睫上彷彿還掛著沒擦拭乾淨的淚水。柳葉眉、一雙桃花眼、挺翹的鼻子、嫣紅的嘴唇，無一處不美。好端端的一頭青絲，她也下得去手。「三娘！」宋承乾呼出一口氣，問道：「妳是不是惱了我？」

雲三娘捏著佛珠的手一緊。惱了他嗎？也許吧。

宋承乾將雲三娘的小動作全都看在眼裡，才道：「妳可知道，戰事馬上就要起了？遼王……父皇本來是打算將他長留在京城的，可因為北邊不穩，不得不放他回去。妳是個聰明的姑娘，這放了遼王回去，無異於放虎歸山，但沒有這頭猛虎的震懾，還真不行。我是一國的太子，我的大部分精力都得放在國事上，不管父皇願意不願意叫我接觸政事，但是一國太子該有的責任、該幹的事情，我從不推諉。我不可能像別人一樣，陪著妳花前月下，想著妳是不是不開心了？我需要妳能夠獨當一面。在我這裡，沒有什麼家事，只有國事。我希望妳能挑起擔子，而不是遇事就退縮。妳此次的做法，可謂是傷敵一千，自損八百。如今，妳還要繼續下去嗎？妳該知道的，能做成這事的人家，多半都是想家裡出個太子妃的人家，而這樣人家的姑娘，我敢相信嗎？我希望妳在我的身邊，防著這些別有用心的人。妳對於我來說，是不一樣的。」

自己對於他來說，是不一樣的。

這話真的很動聽。三娘抬頭看了一眼宋承乾，見他衣衫輕薄，而且已經濕透了。看來他說的話，也未必就是假話，這是真的著急了。

想到這裡，她就不由得皺了皺眉，道：「殿下，還是找間靜室，先將衣服換了吧？」

宋承乾一副恍然狀地低頭看了自己的身上一眼。「出來的急，不耐煩下面的人囉嗦。」

三娘點點頭，心裡湧起暖意，就道：「還是先換衣服吧。」

宋承乾見她堅持，就心裡一鬆。「好。我不換了這衣服，卻反叫妳擔心了，我還是聽妳的話吧。」說著，叫了李山進來。

李山就道：「奴才跟著主子出宮，沒有帶備用的衣服來。這是侍衛們路過街上隨便買的，殿下湊和著吧。」

「成了。你下去吧！」宋承乾揮揮手，叫李山下去了。

等李山退下去後，宋承乾看了三娘一眼，就解了衣服。「找什麼靜室？這裡就咱們兩人，我在這裡換就罷了。妳聽，外面的雨又大了。」

三娘連忙背過身去，從臉到脖子都染成了粉紅色。

宋承乾只做不知，窸窸窣窣半晌，又道：「這哪裡掛住頭髮了？三娘幫我瞧瞧。」

三娘只不回頭，說道：「我叫外面候著的人來伺候吧？」

「我都穿好了，妳搭把手就好。」宋承乾好整以暇地道。

三娘一扭頭，就見宋承乾光著膀子，笑嘻嘻地看她。「哎呦！」三娘的臉都燒了起來，趕緊回過身。

宋承乾一笑，就把衣服遞到三娘的手裡。「我從小到大，就沒自己穿過衣服。快過來幫忙，叫外面那些人看見我衣衫不整地跟妳在菩薩面前，就不好了。」

三娘的心神確實被他擾亂了。她勉強穩下後，才轉身過去，將衣服往他身上套。男子身上特有的氣味撲面而來，她不敢抬眼，只能靠著摸索，等摸到人的肌膚時，趕緊又縮了回來。突然，身子被宋承乾抱住，他低沈的聲音在耳邊響起——

「三娘，跟我回去吧？」

三娘的心跳得如同鼓捶，她壓下已經到嘴邊、就要答應下來的話，慢慢地推開他，輕輕搖了搖頭。「我不能跟您回去。」三娘垂下眼瞼道：「殿下，我的難處您是知道的，您又何必只來為難我呢？」

「我不是為難妳，我是心疼妳。」宋承乾眼裡露出幾分無奈。「我不捨得妳在這裡青燈古佛，我怕妳這一留下來，就不知道什麼時候才能回去。我怕我想妳、想見妳的時候，卻見不到妳。」

三娘嘴角掛著淺笑，手指忍不住顫抖著，似乎在強自忍耐著什麼。「不管能不能回去，我心裡知道殿下對我是不一樣的，我心裡就歡喜、就滿足了。」這般說著，就露出幾分滿足的笑意來。

宋承乾看著這樣的三娘，不由自主的，心裡動了一下。三娘轉過身，嘴角的笑意有點僵硬。她深吸了一口氣，才拿了宋承乾的衣服，慢慢地服侍他將衣服穿好。

「殿下，您不能在這裡多待。您是千金之軀，若是有什麼損傷，我萬死難恕。」三娘福了福身，堅持要宋承乾盡快離開。

宋承乾嘆了一口氣。「別有用心的人說幾句惡意的話，就叫妳這般的在意嗎？」

「我不是在意他們說什麼，而是在意殿下。哪怕是千萬分之一的可能，也不能因為我，而讓殿下……」三娘垂著頭，輕聲道。

宋承乾看不見三娘的臉，看不見她的眼睛，他以為三娘是羞於見他。「那好，我以後再來看妳。」說著，又伸手抱了一下三娘，這才離去。

雲三娘就站在大殿的屋簷下，看著他帶著人大步的離開。突然間，她捂住胸口，只覺得憋悶得慌。

剛才，她貼在他的懷裡，能清晰地聽到他的心跳聲，是那麼的強勁有力，而且……規律非常，竟是半絲不亂。

這跟表哥每次見到自己的反應是完全不一樣的。

即便那時候什麼都不懂，她也知道表哥對自己跟對待別人是不一樣的。不用貼著表哥那麼近，只要站在他的對面，她就能感覺到他的心跳得很快，他的手心也是濕的。

而太子他，沒有，一點兒也沒有。她就算是貼在他的胸膛上，也沒能讓他的心有一絲悸動或者紊亂。

他根本沒有對自己動情。這些日子以來，自己所看到的，都是自己想看到的，都是他給自己營造出來的。

情話可以騙人，但心卻不能。不管嘴上說著多麼動聽的情話，他的心，從來沒有為她而亂。

三娘的眼淚順著臉頰流了下來。她幹了一件蠢事，一件天大的蠢事。

總以為即便他沒有自己喜歡他喜歡的那麼多，但多少也該有點感動的。哪怕那些話裡九句是假的，但有一句是真的，她便還能給自己一個堅持下去的理由。

可是，他的話，沒一句是真話。

堂堂太子出門，竟然沒帶衣服，還要在外面買？既然買了，為什麼當下不披上？能買衣服，難道買不了雨具嗎？即便什麼都沒帶，那些伺候的人就沒有緊跟著送來嗎？這都是有專人打理的。她從小有一半的時間就在宮裡，常看著他們怎麼伺候表哥的，這些，她熟悉得很。難道太子身邊的人比表哥的還差不成？

送肯定是跟著就送來了，如今怎麼也該送到了，為的就是太子回去的時候好歹能穿吧。可是她剛才看了，沒有，李山沒有給太子穿戴任何遮雨的東西。其實不用另買也行，不用宮裡送來的也行，因為這庵堂裡就有現成的。難道堂堂的太子，庵堂還捨不得一套雨具？

這些，也是在剛才看著宋承乾淋著雨離開的一瞬，她才想明白的。

起初，她真的為他擔心了，擔心他會著涼。

今兒的一切，都是一齣戲，一齣演給自己看的戲。越是看得清楚，就越是心疼難耐。

自己這段時間都幹了什麼？她錯了，錯得離譜了！

被情愛遮住的眼睛，直到這個時候才看明白。她捂住胸口，迷茫地看著雨霧。

如今走到了這一步，進不得，也退不得，她的前途在哪裡，她有些迷茫了……

行到山下，宋承乾才進了一戶早就被侍衛清理過的人家，換了衣服，喝了薑茶。

等穿蓑衣的時候，宋承乾的手突然一頓。今兒這戲，是不是有點過了？隨即又搖搖頭。

女人陷在情愛裡，很少有腦子清醒的，這三娘能把持住，堅持地拒絕了自己，已經算是不容易了。再說，念慧庵是自己的地盤，應該出不了什麼亂子。

因為心裡記掛著北邊的戰事，他也就放下這一碼事，趕緊往宮裡去了。

皇宮，御書房。

宋承平站在天元帝對面，道：「這次甄選出來的姑娘，兒臣一個都不要。兒臣的王妃，可不敢要這樣的人！」

「你娶的是人家的姑娘，又不是姑娘的父母長輩。雲家的三姑娘你覺得好，但是雲高華和雲順恭你又喜歡誰了？都是一個道理。女孩子家，都是好的。」天元帝就道。

「那可不見得！總歸這樣的王妃，兒臣堅決不要！」宋承平擰過頭就道。

「你這倔驢的脾氣！」天元帝哼了一聲，就道：「不要想著還能和雲家的三姑娘再續前緣，賜婚的聖旨已經下了，再沒有更改的可能，你死心吧！」

宋承平抬頭道：「兒子還沒那麼齷齪，有那些見不得人的心思！就算我們沒有夫妻的緣分，但她也是伴著兒臣長大的。說句父皇不愛聽的話，比起那幾個皇妹，兒臣覺得還親近多了！哪怕作為兄長，說一句公道話也不成嗎？兒臣敢為三娘說話，那是因為兒臣心裡坦蕩！兒臣心裡坦蕩，為什麼要避嫌？」

天元帝就道：「那你想如何？你這是把宗室女都給得罪乾淨了。」

「兒子早就說過要做孤臣，要人緣做什麼？」宋承平冷笑一聲。「反正也沒冤枉了誰！這裡面順水推舟的人，多了去了！」

「你先下去，叫朕想一想。」天元帝打發宋承平。

付昌九親自送宋承平出去，回來就道：「大皇子是個磊落的人。」

「這孩子……倒有幾分文慧太子的品格。」天元帝小聲地說了一句。

付昌九就再也不敢說話了。文慧太子，那是皇上心裡的一根刺啊！人和人就怕放在一起比較，這一比，就准出事。文慧太子就是太光明正大了，反襯得別人都成了玩弄手段的小人。

既然提到了文慧太子，少不得就想起遼王。天元帝問付昌九道：「遼王如今到哪兒了？該到了吧？」

「算著日子，該是快到了。」付昌九低聲說了一句。

「遼王求娶金氏女兒的事，你怎麼看？」天元帝問道。

付昌九哪裡敢瞎說？就轉移話題道：「這一點跟主子倒有些相像。」

「怎麼相像了？」天元帝有些納悶地道。

付昌九笑著看了一眼屏風的後面，道：「英雄難過美人關！」

天元帝哈哈一笑。

元娘就粉面寒霜地進來，瞪了天元帝一眼，嗔道：「什麼英雄難過美人關！五妹還小，還是個孩子，遼王這是別有用心！」

這話……天元帝放下手裡的事，就道：「說來聽聽。」

付昌九默默地退到一邊，儘量降低自己的存在感。

元娘就嘆道：「你們這些男人啊，從來就把女人當……算了，不扯這些有的沒的了。」她正色道：「相傳，太祖就為太宗求娶過金家女，但被金家拒絕了，也不知道這事是不是真的？」

「也不是拒絕了，但就是有條件的。金家女若是進了宮，那金家就不再提供……給皇家了。」關鍵的地方，天元帝含糊地帶過去。

「正是這個話。遼王求娶了金家女，這就是在跟皇上表忠心呢！要不然，一個沒長成的小女娃兒，到底有哪一點吸引人的？」元娘說著，又冷哼一聲。

「妳這麼一說，朕對妳這個五妹還是有點印象的。就是正月十五那天，梳著雙丫髻、頭戴鈴鐺的那個孩子？」天元帝不確定地問。

元娘愣了一下，就道：「我當時沒見到。不過五娘是愛戴鈴的，金鈴鐺她有兩大匣子。」可是，六歲以後五娘就不戴了。那天會突然戴出來假裝年紀小，總是有緣故的。元娘就不再說了。

天元帝看了付昌九一眼，不確定地問道：「是個孩子樣子吧？」

「是！挺招人喜歡的小姑娘。白白淨淨，也有孝心，口齒伶俐極了。」付昌九就恭維了幾句。

「嗯。」天元帝點點頭，又扭頭看元娘道：「看妳這樣子，似乎很不樂見這婚事啊？」

「這天下又不是只有你們宋家男人，憑什麼我們姊妹都得為了你們姓宋的傷心傷神啊？」元娘埋怨了一聲，就道：「我怎麼看不要緊，您還是看看，金姨會怎麼看這事吧？金姨將金家的名聲看得極重，若是五妹賜婚遼王，金家就不會再管遼王的事了。這好不容易才能見面的母女，勢必……」說著，就又是一嘆。

「有沒有可能是遼王跟金家合起來……」天元帝試探著問元娘。

元娘先是一驚，繼而皺眉道：「如此，陛下不答應就是了，何必煩難呢？」

天元帝心裡一鬆，道：「傻姑娘，如今不答應也不成啊！不僅要答應，還要好好地答應，至於以後……」反正離那小姑娘成年，還有幾年時間，足夠處理這事的。倘若遼王有個萬一，看著金家的面子，也會再給這姑娘找個好人家的。遼王和金家，不管是什麼原因，還是不要牽扯在一起的好。

元娘袖子裡的手頓時就緊了緊。

按著時間算，遼王回到遼東，沒有半月，也有十天了。軍前的戰報一封接一封地傳來，可就是沒有遼王的半點消息。

付昌九看著在地圖前徘徊的天元帝，小聲地道：「您這樣憂心，也是於事無補的。」

「你知道什麼？」天元帝皺眉道：「一旦遼王攔不住韃子，他們就會長驅直入，京城也危在旦夕。」說著，他就小聲道：「當初，太祖怎麼會定都在這裡？」接著，就將手指向南邊劃去。「若是在這裡，就好了。」

付昌九一看，天元帝手指下的，是金陵。他小聲道：「聽說，是金家的那位老祖建議太祖的，也不知道是不是有什麼門道在？想必定都這樣的事也該不是輕率的舉動才對。」

天元帝搖搖頭。「當時是什麼情況，現在又是什麼情況？時移世易了。」

付昌九就不敢說話了。

天元帝踟躕半晌，才道：「擬旨。」

雲五娘正在菜園子裡，拿著小鐽子給菜苗間苗，突聽得院子裡傳來喧譁之聲。她頭也不抬地道：「去看看怎麼了？」最近家裡的事情一件接一件的，叫人的心都不由得緊張了起來。

紫茄應了一聲，就放下手裡的活計，不想剛轉身，就瞧見香荽帶著老夫人院子裡的春桃過來了。

「姑娘，是榮華堂的春桃姊姊。」紫茄小聲道：「很著急的樣子。」

雲五娘站了起來，轉過身，等著二人近前。

「五姑娘安！」春桃匆匆地行了禮，就道：「姑娘，請趕緊換衣服去前面吧，宮裡下旨了。」

五娘心裡一動，這般鄭重其事地叫自己過去，肯定是宣旨的太監要求的，那麼，這旨意只能是給自己的。跟自己有關的，也就是宋承明臨走前說的賜婚的事。她心裡有數，就點點頭，道：「妳去吧，我換了衣服馬上過去。」她低頭指了指身上、手上的土。

春桃應了一聲，又小跑著離開，回去覆命了。

香荽和紫茄二人趕緊扶了雲五娘回屋裡，梳洗換衣。

「姑娘，可知道是什麼事嗎？」紅椒在一邊問道。

「去了就知道了。」雲五娘淡淡地道。

她相信，在這樣的情況下，皇上不會不答應這個親事。

等雲五娘到了前面的時候，雲家的人已經到齊了。五娘見了禮，就看向坐著的太監，可不是皇上跟前的總管太監付昌九嗎？

「內相大人好，煩勞您了。」雲五娘客氣地行禮。

付昌九連連避讓。「不敢當、不敢當，老奴哪裡當得起喲！」

雲高華和幾個兒子對視一眼，就看出了端倪。這副昌九是什麼樣的人，怎麼對五娘自稱起「老奴」呢？可不古怪？

幾道視線不由得落在被付昌九捧著的聖旨上。

付昌九就站起身來，對雲高華道：「國公爺，您看，是不是能宣旨了？」

雲高華微微一笑，道：「請！」

付昌九展開聖旨，咳嗽了一聲，清清嗓子。「奉天承運，皇帝詔曰……」

聖旨寫的駢文，將雲五娘稱讚了一番。大意就是：你家的五姑娘朕聽說過，都說她很好，貌美、多才，性情也好，關鍵是出身顯赫。聖旨不僅讚了雲家祖上如何的英雄了得，更是稱讚了金家如何的功勛卓著，所以如此好的姑娘，就嫁到我們家吧！我們家遼王，那是太祖太宗的嫡系子孫，人品貴重。兩人年貌相當，最是匹配！

雲五娘心裡不是高興，也不是難過，更像是一種大石終於落下來的感覺。

「領旨謝恩！皇上萬歲萬歲萬萬歲！」

隨著雲高華接下聖旨，高聲的謝恩聲中，雲五娘再次叩首，這婚事就算是定下了。

對於雲家的姑娘再次被賜婚，賜婚的對象也十分的顯赫，雲家眾人卻沒有太多的歡喜。

三娘被賜婚，卻是太子側妃，如今更是進了庵堂。

五娘被賜婚，遼王卻馬上要上戰場了，能不能幸運地活下來，誰也不知道。

顏氏也不顧忌付昌九還沒走，當場就嗚嗚咽咽地哭了起來。「……我的孩子，都這麼命苦……」

雲五娘心裡有些煩躁，這雖說不上是喜事，但在被賜婚的時候發出這樣的聲音，確實是挺晦氣的。她知道，顏氏這不是心疼自己，也不是有意要給自己找茬，而是想起了三娘。

付昌九的臉上就有些不大好看了。這要不是看在宮裡的皇貴妃和大皇子的面上，他都想當場翻臉了！不過他還是對雲順恭道：「世子爺，恭喜您了，又添了一位王爺女婿。」

這倒也是。雙娘已經是簡親王妃了，如今又出了一位遼王妃，三娘那邊還掛著太子側妃的身分。說起女婿的顯赫來，真是一個不讓一個。

雲順恭客氣地將人送出去，少不得塞了兩張銀票過去，今兒顏氏實在是失禮了。

四娘拉了五娘的袖子道：「妳還好嗎？」竟是十分的擔心。

五娘愣愣地點點頭，笑道：「都好。」

「五姊，心裡要是不好受妳就說，如今剩下的都是自家人。」六娘撫著五娘的脊背道。

成氏點點頭。「這話很是。不過，妳也要往寬處想。遼王十二、三歲就上戰場，大戰小戰，幾乎沒有敗績，以後一定也不會有敗績的。我們五娘是福運好的姑娘，一定會把福氣帶給夫家，遼王也會大吉大利，遇難成祥的。」

「借祖母的吉言了。」五娘展顏一笑，帶著點羞澀，道：「祖母，我今兒想去山上住一段時間，行嗎？」

成氏一愣，點點頭道：「也好，跟妳娘說說話。」她心裡也奇怪，金氏是怎麼答應將五娘許配給遼王的？

四太太莊氏就道：「妳娘只怕也正想見妳呢！收拾東西，我這就給妳安排車馬。」

五娘對著莊氏行了禮，又朝四娘和五娘笑了笑，就轉身退了出去。

看著五娘的背影走遠，成氏才扭頭看向不知道在想著什麼的顏氏，臉就沈了下來。但看著她大起來的肚子，又將要衝出口的話嚥了下去。算了，也不是自己的親兒媳婦，說多了，越發的討人厭了。於是只伸出胳膊，叫莊氏扶了，回了自己的院子。

「如今，我瞧著顏氏，只覺得她這性子越來越左了。」成氏回到屋子就跟莊氏唸叨。

莊氏一笑，就道：「二嫂子半輩子就得了三娘這一個寶貝疙瘩，如今肚子裡這個……好壞誰知道呢？半生的希望都寄託在這閨女身上，如今遇上這樣的事，心裡難以接受也是有的。」她說到這裡，就一頓，才又道：「五娘的婚事來的突然，咱們四娘還是姊姊呢，這婚事可得趕緊了。要是被上面這麼不明不白的……我只要一想，這心裡就怕的慌。」

「這卻是正經事！」成氏猛地一驚，她還真沒往這邊想。見莊氏憂心，就道：「妳到底是親娘，比我想的要周全細緻。咱們也不攀比，只要家風清正、人口簡單、孩子上進就行了，也不講究什麼門當戶對。說實在話，跟咱們門當戶對的，也就這麼幾家，除非又是皇家宗室。咱們家的姑娘，進皇家的多了，四娘就算嫁，也嫁不到簡親王那般位高權重的，也尋不到遼王那般年輕有為的。所以啊，只看著怎麼對四娘好，就怎麼安排吧！」

竟是撒手，讓莊氏自己看。

莊氏對婆婆，一時之間就多了許多的感激。女人過日子，從來就不看過的是不是顯赫，而是在於順不順心？在她看來，只要順心如意，別的都不打緊。

那邊婆媳二人商量著四娘的婚事，這邊雲五娘則坐上了馬車，帶著幾個丫頭，由護衛送著，往煙霞山而去。不想還沒有出城，就碰見了來接人的雲家遠。

雲五娘在車裡聽見雲家遠將雲家的侍衛都打發回去了，才出聲道：「哥，上來坐著。」

「出了城再說。」雲家遠安撫了一句，就吩咐馬車繼續往前走。

等出了城，雲家遠才上來，手裡拿著油紙包。「順路買的鵝肉包子，妳嚐嚐，味道還不錯，我估摸著妳也沒顧上吃午飯就出來了。」

雲五娘點點頭。「剛才心裡有事，所以也不覺得餓，這會子一顛簸，倒真的餓了。」說著，就拿著包子吃了起來。

「這婚事，妳自己心裡是願意的吧？」雲家遠問道。

馬車上只有兄妹二人，也沒有什麼好隱瞞的，雲五娘就道：「之前宋承明就告訴過我了，我提前知道了賜婚的事。」

雲家遠道：「寶丫兒，這裡面的事情很複雜，我希望妳心裡能明白，假如，遼王希望通過妳，間接地從金家得到什麼，那麼……」

「那麼，他就不是我心裡的宋承明了，也就沒有什麼好留戀的。我回家來，哥哥養著！」雲五娘說得斬釘截鐵。

雲家遠鼻子一酸，艱澀地道：「……好！」他覺得對不住妹妹，出嫁的女子能從娘家得到的唯一幫助，竟然只是在她的生活出現變故之後，為她提供一個棲身的地方。

他自己也不清楚娘親到底是怎麼想的，為何就那麼乾脆地答應了這樁婚事？

第二十四章

到了煙霞山後，金氏給了他們兄妹答案。「大亂只怕就在眼前了。」

雲五娘的手一緊，看著金氏，問道：「娘是說，天下的局勢將大亂？」

金氏將一張不大的紙條遞了過去，看著雲五娘道：「妳先看看這個，再說說妳的判斷。」

雲五娘打開字條，面色頓時就變了。「西北！成家在西北竟然會有這樣的勢力？這簡直不敢想像！」

「這個妳有機會可以問一問妳四叔，他這些年在西北，比任何人都清楚西北的詳情，要不然，他為什麼回來得那般乾脆？要不是這樣，妳祖父為什麼安排蘇芷跟成家的兒子私相授受，卻將四娘給摘了出來？要是沒有妳四叔的授意，妳祖父不會這麼做的。」金氏看著雲五娘道。

雲家遠猛然警醒道：「怪不得娘急著整理這些年西北生意的帳目，您是想推演西北究竟藏了多少咱們不知道的兵員，看看多賣出的糧食，能養活多少人……」

金氏點點頭。「我一直以為，西北消耗的糧食，是成家跟北面的遼人做著糧草的生意，如今看來，根本就不是。」

雲家遠搖頭道：「那也未必。他們許是一邊用糧草換戰馬，一邊擴充兵員。只是前者做得半隱半現的，就是想轉移大家的注意力。」

金氏點點頭，這種可能是存在的。

「西北……這究竟是成家的人馬，還是太子的人馬？」雲五娘問道。問完，雲五娘就知道自己問了一個傻問題。即便是太子的人馬，可也是透過成家養的，只要經的是成家的手，屬於誰就說不清了。但這是誰的都不打緊，要緊的是，西北已經在蓄勢了。

見五娘想明白了，金氏又道：「戚家在西南沿海，勢力龐大，這些年憑著海商貿易，著實攢下了不少錢財。如今，戚長天就在京城，為了什麼目的還不清楚，但此人會是一個甘於人下的人嗎？為了海王令，他不惜在宮裡鬧出那等事端，這樣的人，等的不過是一個機會。」說著，就又拿了一張字條出來，給雲五娘看。「這是戚家今年從高麗購買糧食的清單。」

雲五娘拿到手裡看了又看，才道：「這足夠多養八萬人了。」

「要緊的是戚家有水師。從海上一路向東，可進平津港，從平津港到京城，只有一天一夜的路程；或是順著運河，就可直達通州，而通州離京城，只有半日的路程。」雲家遠皺眉道：「一旦戚家作亂，朝廷卻拿不出一兵一卒的水師來應對。」

雲五娘喘了一口氣，道：「也就是說，如今東北盤踞著遼王，西北是成家或者說是太子的地盤，而西南被戚家控制著。這三方各有優勢，遼王是在遼東成長起來的，他對遼東的掌控，無人能及；至於西北，成家也謀劃多年，又有太子的一面旗幟在，從上到下，基本一心；而戚家看似最弱，卻最危險，因為手裡握著水師，就等於握著一張獨一無二的王牌。」

金氏點點頭。「這個平衡一旦被打破，戰火必然四起，天下將四分五裂的割裂開。想要在這樣的時局裡站到最後，就不能讓自己有軟肋。寶丫兒，遼王比雲家可靠。」

雲五娘點點頭。「我知道，我知道的，娘！」她的拳頭握緊。她不能有軟肋，也不能成為任何人的軟肋！

今兒的消息，叫雲五娘暫時消化不了。她站在山上，看著山腳下裊裊升起的炊煙，鼻子突然一酸，這太平的日子還能過幾日啊？

「主子，風大，回吧？」香荽小聲勸道。

雲五娘點點頭，才要轉身，就見山下那棗樹上多了一抹紅色。她心裡一驚，這是她跟龍刺約好的信號，看來是有事情要找自己了。她吩咐香荽道：「妳去告訴大嬤嬤一聲，就說我去山下一趟。另外，妳把春韭叫來，讓她跟著我吧。」

香荽不解其意，還是點頭應了下來，趕緊進去回稟。

春韭出來的很快，出來後什麼都沒說，只將一件薄披風給雲五娘繫好，靜靜地跟在身後。

山上的草木非常的繁茂，雨後還都帶著泥土的腥氣。這般宜人的氣息，雲五娘卻沒有半點的放鬆與輕快，只要想到這眼前的平靜之下掩蓋的暗潮洶湧，心裡就不由得不安起來。

山腳下，大棗樹後面是一處小院子，這是金氏偶爾歇息的地方。雲五娘只得先進了這個院子，叫春韭守在門口，她自己則在裡面等著龍刺。

龍刺來的很快，見了雲五娘也很恭敬。

「有什麼事，直接說就是，護金衛也不是吃乾飯的。」雲五娘就道。

來人長相十分的普通，不高不矮，不胖不瘦，渾身上下竟是說不出一個明顯的特徵，就算見過，也一時無法描述出他的樣子來。

那人低聲道：「主子從出了京城，就一連遭到了七次刺殺。」

「什麼?!」雲五娘蹭的一下站了起來。「你們主子如今怎樣了？」

那人沈默了一瞬，才道：「受了點傷，已經進了遼東的範圍，該是沒有大礙了。」

「知道是誰幹的嗎？」雲五娘問道。

那人搖搖頭。「如今還沒有查出來。主子說，京城的事情，讓屬下聽從姑娘的吩咐。」

雲五娘點點頭，就道：「不會是皇上和太子，他們的確是想叫你們主子死，但卻不是現在。這是有人想除掉你們主子，好叫遼東先亂起來，若引得韃子進關就更好了。」還有什麼比勤王更好的藉口兵臨京師？她看著眼前的人說道：「查！查成家、查戚家！他們乾淨不了。」

「是。只是不知大皇子平親王那邊……」那人又提了一個。

「大皇子？」雲五娘點點頭。「查吧。」這個世道，誰也別輕易相信，多走一步比少走一步可靠。

「是。」他應了一聲，才道：「姑娘，以後叫我龍三。」

雲五娘點點頭，見他要退下，才道：「告訴你們主子，保全自己，大變許是不遠了。」

龍三臉上依然沒有多餘的表情，道：「是。」

看著龍刺消失，雲三娘一個人坐了半晌，才起身回山上。她對春韭道：「可聽見什麼了？」

「主子沒叫聽，就什麼也聽不見。」春韭低聲回了一句。

「記住妳的話。」雲五娘停住腳步，認真地看著春韭道。

春韭不迴避雲五娘的目光，道：「自從跟了主子，就是主子的人。金家出來的人，刻著金家的印記，記著金家的誓言。一諾既出，萬世不改。」

雲五娘看著春韭的目光就有些變了，她點點頭，只說了一個「好」。

金氏閉著眼睛，感覺到大嬤嬤進來了，就問道：「怎樣？」

「咱們的人事先沒有察覺。」大嬤嬤說了一句。

金氏猛地睜開眼睛，不可思議地道：「難道他竟然叫寶丫兒知道了……的存在？」

大嬤嬤疑惑地看了金氏一眼，問：「主子在說什麼？我沒聽清。」

金氏這才恍然回神。「沒什麼，叫咱們的人不必盯著寶丫兒了，隨便她吧。」要真是宋承明將龍刺的事情告訴了寶丫兒，那盯著也沒用。龍刺不進金家，是對金家的尊重，而她也不能真的去探尋龍刺的底細。

大嬤嬤點點頭，應了一聲，就要退下去，突聽得金氏又開口——

「喔，對了……妳在山下也給寶丫兒收拾一個院子。以後常來常往，總得有個歇腳的地方。」

皇宮。

付昌九自然要事無巨細地向天元帝彙報在雲家的所見所聞，他朝屏風後瞥了一眼，倒是不敢添油加醋地說什麼話。但就是這些，也足夠天元帝皺眉的了。

「罷了，也確實難為人家了。誰家的孩子不是寶貝？那雲家的五姑娘到底還小。」天元帝嘆了一聲，就道。

還小？要不是確定是同一個人，付昌九都要以為那是找出來替代的。今兒見到的姑娘明顯已經有些窈窕之色的大姑娘了，哪裡是什麼孩子？宮裡不少娘娘初進宮的時候，不也十三四歲，哪裡就真的小了？但這婚已經賜下去了，不能更改，何苦說出來叫皇上心裡不高興，又叫屏風後那位也不知道是不是真的睡著的人心裡記恨呢？他微微笑著點頭，就趕緊端著茶壺下去給皇上換一壺茶，借此避開直接回答。

天元帝看著付昌九的背影就道：「這老滑頭，以為朕真糊塗了？」他直了直身子，轉到屏風後，看見元娘香甜的睡顏，嘴角不由得翹了翹，也解了大衣服躺了上去。

元娘睡眼惺忪地看了天元帝一眼，翻了個身，也不起身服侍，只道：「您怎麼也湊上來了？」

「挨著妳歇會子。」天元帝將人摟在懷裡，就問：「上次叫妳跟金夫人提的事情怎麼樣了？」

元娘瞬間就清醒過來，她翻了個身，跟天元帝面對面地躺著，往他懷裡靠了靠才問道：「我覺得這事，還得親自找金姨說才成。金家的生意什麼樣，我也不知道。您想叫金家斷了西北和西南的糧食生意，只怕不大可能。我也就叫人回去隨意地提了一句而已，不敢往深了說。」

天元帝一笑，就道：「傻丫頭，不能只說叫金家做什麼，還要看能不能給金家什麼？哪有不付出，只想回報的事呢。」

「可西北、西南不光是……還有百姓呢。百姓要是因此而遭難，金家的名聲可就毀了。您知道的，金家把名聲看得極重，金姨她不會幹這樣自毀基業的事。」元娘垂下眼瞼，說了一句。

「這天下糧食的生意，難道只叫金家做了？」天元帝失笑道：「金家就算占了一半生意，那朕也沒有停了另一半的生意啊！況且，商人都是逐利的，金家退出來，自有別家再來填補一二。如此一來，供應百姓的用度，足夠了。」

「是啊，商人逐利。可沒有了金家這大頭坐鎮，糧價必然上漲，遭殃的還是那些本就吃不上飯的百姓。再有，拿算盤的能跟拿刀拿槍的這些人硬抗不成？他們不敢跟金家來硬的，難道也不敢跟這些小商家來硬的？要是放兵搶糧怎麼辦？扮成土匪打劫商家怎麼辦？」元娘皺著眉頭，捏著天元帝的手指把玩，沈吟半晌就道：「與其這樣，您倒不如跟金姨說說，控制著提供糧食，許是最穩妥的辦法了。」

天元帝認真地看了元娘一眼，失笑道：「不想金屋藏嬌，還藏出個女諸葛來。」

元娘往天元帝懷裡又鑽了鑽，就道：「就會拿我說笑！您這心裡裝著事，我知道。」

「養虎為患啊！」誰能想到遼王能成長到如今，儼然已經成為一隻能吃人的老虎了。天元帝嘆了一聲，喃喃道：「當年父皇失策了……」

元娘沒聽清楚天元帝說什麼，只道：「不管如何，這天下都不能亂。一旦亂起來，結果難料啊！」

「妳是不是也覺得朕是昏君，總是想著各方牽制，卻沒想先下手將這禍害從根本上除了？」天元帝用下巴蹭了蹭元娘的頭頂，問道。

「這也是很多人想不明白的事。」元娘輕聲道，一如既往的坦誠。

「父皇是由皇太弟繼位的，那時候，文慧太子還不是太子，爵位是遼王。」天元帝小聲道：「太宗有自己的親兒子在，怎麼會跟父皇交底？父皇手裡，是沒有帝王兵符的。」

「什麼?!」元娘失聲道，不可思議地說：「那您手裡……」

「朕手裡的，只有雲家的兵符是真的。」天元帝看了元娘一眼，道：「這就是為什麼，雲家與皇家關係最為親近的原因。」

原來如此。不管哪個皇子繼位，雲家都能保下性命，這才是根本。只是不知道，先帝是怎麼從雲家手裡拿到兵符的？但只有雲家的是真的，這是什麼意思？難道其他的兵符都是假的不成？

「您這話叫我不明白……」元娘覺得自己的心跳得特別厲害。

「就是妳想的那個意思。」天元帝看著元娘道：「太宗沒有將兵符給父皇，父皇知道，太宗是害怕父皇害了他的兒子，於是，父皇就冊封了文慧太子。他沒長大之前，太宗的舊部都在，父皇手裡又沒有兵符，就只能好好地養著他。也因為善待了他，才慢慢地將朝政握到手裡。文慧太子慢慢長大後，端是風采斐然、君子風度，是一個讓人在他面前會自慚形穢的人。雖然太宗的舊部都慢慢被削減的不多了，但文慧太子本人的風采能力，再加上太子的光環，竟是滿朝上下，稱讚聲一片。

「坐在皇位上，連親兒子都得防備，更何況是比父皇他自己還更名正言順的太子呢？父皇知道文慧太子的品行，主動索要了兵符，文慧太子也理所當然地交還了兵符，然後就……在文慧太子死後，父皇才發現，兵符都是假的。」

元娘心裡一嘆。一定是先皇得了兵符，就迫不及待地殺了文慧太子，要不然不會過後才發現。她小聲地道：「照著您的話，文慧太子的為人該是不會做這份假的。只怕，他手裡的本就不是真的。」

天元帝點點頭。「先皇也是那麼想的。畢竟，兵符不可能交給一個嬰孩保管。那些年，父皇將東宮上下都查遍了，什麼也沒發現。他之所以肯定文慧太子交出來的是真的，就是因為他叫人找了，但沒找見，這猛地人家就拿出來的兵符，誰會懷疑是假的？這才陰差陽錯，叫真兵符徹底的沒了消息。最後，猜度這真兵符只怕是金家收著呢！」

「金家？」元娘驚呼一聲。「怎麼可能？」

「金家跟太祖、太宗的關係，不僅是親密那麼簡單。他們之間，是有共患難、共生死的情分在的。金家重諾，交給金家保管的可能性是最大的。」天元帝嘆了一聲。

「難怪現在都沒人動金家呢。」元娘小聲道：「金家的人只怕誓死都沒有說這兵符的下落，所以，才……」

天元帝點點頭。「都以為先帝是為了錢財，為了什麼協議，這真是可笑。只要有將士、有兵卒、有這天下，多少錢財聚攏不來？至於為這個謀財害命嗎？」

元娘點點頭，這也有道理。「那為什麼金家的人還是都死了？」

「真兵符只要不出來，那麼假的也就變成了真的。金家不存在了，這真兵符自然也就不存在了。」天元帝理所當然地道。「按理說，這金夫人當年年紀不大，該是不會知道這麼些機密事的。何況她要是有兵符在，就不會隱忍到現在了。所以，這兵符要嘛是跟金家的那些人一樣，長眠地下了；要嘛就是根本不在金家手裡。」

元娘又有些不懂了，問道：「那既然如此，陛下又何必如此禮遇金夫人呢？」

「說妳是傻姑娘吧，妳還不服氣？」天元帝道：「兵符可能沒有真的了，可金家的人卻是真的。」

元娘恍然道：「只要從金夫人手裡拿出來的兵符，不管是真是假，別人都會認為是真的！」

天元帝點點頭。「就是這個道理了。」他嘆了一聲。「當年，父皇也打著這樣的主意，叫金家作假的，但不知道為什麼，事情沒有成，金家差點被滅門。只是如今，跟以往不同了，金家不是以前的金家了，只餘下金夫人跟她的兩個孩子。她就算為了孩子，也不會再叫當日的事情重演一遍的。」說著，又解釋道：「金家出事，父皇當年也很懊惱。他用了半輩子時間，就只收回了雲家的兵符，所以，雲家那塊是真的。至於成家的兵符始終不肯上交，而且藏得很深，朕打發了不少人去探查，也沒查出個究竟來。」

「您跟江氏……是想借她的手……拿到兵符？」元娘不可思議地道。

「嗯！」天元帝搖頭失笑道：「是不是覺得朕不擇手段？」

元娘沒有說話，這裡面的內情，還真不知道該怎麼評價了。過了半晌，她才道：「兵符是死的，人是活的。太祖起兵之初，不是也什麼都沒有嗎？最後不是一樣的成事了？」

「所以才有時勢造英雄的話啊！」天元帝就道：「當時的時勢，跟先皇和朕所處的時勢，是不一樣的。先皇在時，光是太宗舊臣就叫他放不開手腳，再加上金家的事情之後，先皇就病重了，也沒有精力。等到朕登基的時候，年紀尚輕，也是費了一番功夫才掙了十年的太平日子。本想著金家出現了，慢慢的謀劃也不遲，誰能想到，成家和戚家這般迫不及待的起來了。江氏一出事，朕就知道要糟。」天元帝躺著，眉心卻緊緊皺著。

元娘心裡一嘆，這誰都不容易。「那您今兒跟我說這些話，是想叫我跟金姨說什麼？」

「呵呵……」天元帝失笑道：「朕就不能跟妳說說心裡話，排遣排遣煩悶了？」

元娘搖頭。「您可不是這樣的人。」說著，就看向天元帝，道：「說吧。我雖是靠著金姨才能活到現在的，心裡難免偏著她些，但我也是您的女人，心裡又何嘗不會向著您？」

天元帝將元娘往懷裡抱了抱，就道：「妳只把今兒這些話傳給金夫人，她是聰明人，會知道怎麼做的。」

「您不怕她記恨……」元娘不由得問道，畢竟先皇殺了金家滿門。

「能問出這話，顯然妳的心裡還是向著妳男人多些！」天元帝調笑了一句，就道：「不會的，金家的大局觀是值得稱道的。」

元娘詫異地一挑眉，似乎對天元帝給金家如此的評價十分的意外。

「不用這麼看著朕。」天元帝在元娘的頭上揉了兩把，笑道：「不光是我這麼看待金家，就是父皇，他殺了金家，卻又不得不服金家，並常感嘆太祖和太宗有這樣的異姓骨肉。」

到了晚上，金氏就收到了元娘傳過來的消息。她眉頭緊皺，將紙條遞給五娘。

五娘看了看紙條，也跟著皺了眉。

看著金氏的表情，五娘就道：「娘，難道您也不知道兵符的事嗎？」

金氏搖搖頭。「我不知道是金家壓根兒就沒有收著兵符呢，還是收著，但我不知道。」她站起身來。「按說不會有我不知道的事。會不會兵符根本不在金家？要是不在金家，現在想什麼辦法都是蠢辦法。有沒有可能，兵符在……」說著，就看向五娘。

雲五娘知道她指的是宋承明，就瞪著眼睛道：「不可能！絕對不可能！他要是有兵符，皇上不會讓他活到現在的！」

「也對！畢竟他是遺腹子，文慧太子也不可能知道他走後，還能有一個兒子。」金氏坐下，更加的愁眉不展。「那這兵符在哪兒呢？」

雲五娘小聲地問道：「要是真有，那麼，娘……您會交上去嗎？」

金氏垂下眼瞼，慢慢的沈默下來……

如果說雲家的兩番指婚，讓眾人對於皇上對雲家的態度不看好的話，那麼突然之間對雲家老四雲順謹的重用，就叫人更看不明白了。

雲順謹突然被皇上任命為禁軍統領，即日上任。禁軍是拱衛京師之用的，三萬人馬，全都是精銳之中的精銳，非皇上的心腹不能擔當，但皇上偏偏就用了一個跟太子和成家沾著血親的人！

這讓人摸不著頭腦。是皇上對太子信任有加？還是別有深意？

頓時間，讓許多人覺得無所適從。

雲順謹此刻就站在皇上的御案之前，等著皇上說話。

天元帝看著雲順謹，而立之年的他顯得英氣勃發。

「你從西北回來，你來說說西北如今怎樣了？」天元帝靠在椅背上，雙手交叉地放在肚子上，很隨意的問話，卻直接得讓人心顫。

雲順謹躬了躬身子，就道：「天子聖明，還有什麼是您不知道的呢？」

這話看似什麼都沒說，但也什麼都說了。他對任何事都沒有否認。

天元帝一笑。「你是個聰明人。是不是自從把你調回來，你就知道你接下來的使命是什麼？就精明這一點上，你像你的舅舅英國公，一點也不像你的父親肅國公。」

這話還真聽不出褒貶來。

雲順謹避重就輕地道：「臣不敢妄自揣摩聖意。」

「這話都是糊弄人的。」天元帝指了指一邊的椅子。「坐吧，坐下說話。」

雲順謹謝了恩，只在椅子的邊沿上輕輕地坐了。

就聽天元帝笑著道：「不能體察上意，哪裡做得好官？你不需要這般的小心謹慎。」說著，就對一邊的付昌九道：「叫人上茶吧。」

付昌九馬上明白皇上的意思。本該是他親自給雲順謹上茶才對，皇上偏說「叫人上茶」。這叫的人是誰？顯而易見，皇上是在叫雲家的姑娘出來見見這位四叔的，也是在跟雲順謹表示親近的關係。

元娘端著茶盞，輕輕地放在桌子上。

雲順謹大大方方地見了，只點了點頭。掀開茶蓋，是雲霧茶，放著明目的枸杞，這是在家裡慣常的喝法。他的臉色並不好看，只輕輕地道：「妳太輕率了。」

這是在責備元娘不該走到這一步的。

元娘眼圈一紅，微微地垂下了頭。這是唯一一個對自己的行為提出批評的長輩，若沒有真的關心、不是真心為她考慮，是不會說出這些話的。

就見雲順謹站起身來，直言道：「皇上，萬事都要名正言順，這位……娘娘，敢問是個什麼位分？」

位分？元娘幾乎都已經不記得自己還需要這樣的東西了。

天元帝就笑道：「常聽說你是個重情重義的人，你也確實難得。朕自己的人，朕自是不會委屈了她。」說著，就擺擺手，叫元娘下去。

元娘給雲順謹行了禮，才退了下去。

天元帝見雲順謹抬頭看過來，才道：「朕將衛戍京城的事情就交給你了。雲家每一代都有人成為帝王的親衛，列祖列宗敢將性命交託在雲家手上，朕也一樣。京城的安危、皇城的安全，全都交給你一人掌管。」

「臣……不敢懈怠。」雲順謹躬身，領旨謝恩。

從宮裡出來後，雲順謹不敢耽擱，準備先著家去，家裡只怕也猜不出個所以然來。

雲家書房裡。

雲順恭陪著雲高華坐著，面上雖是都還可以保持著鎮定，但到底是歡喜難耐。

「父親，四弟這位置，就說明皇上對咱們家還是信任的。」雲順恭身體放鬆，這是這些日子以來，唯一的好事了。

雲高華點點頭。「咱們家，一直都是皇家的信臣、近臣。關鍵時候，皇上還是信得過老臣的。」

雲順謹剛走到書房門口，就聽見這麼幾句話，心裡說不出的好笑。雲家現在只能看著皇家的臉色過日子，可人家成家、戚家，早已經有了自己的勢力人脈，在打屬於自家的地盤。

如今看著父親的樣子，他終於明白，為什麼祖父會在臨死之前將兵符交了。那麼要緊的東西真要是握在這兩個人手裡，他真不敢想像能出什麼亂子？遲早不是被自己玩死，就是被皇上砍了腦袋。

交了權力，留住一家的性命跟富貴，確實是當時最把穩的辦法了。

悶。

他頓時連說話的想法都沒有了，進去說了幾句話就退了出來，但心裡卻有說不出的煩

秋實苑裡。莊氏正要出門，就見到雲順謹面色不好地進來。

「這是怎麼了？」莊氏一邊迎上去給丈夫寬衣，一邊小心地問道。

這男人沒差事時整天煩悶，這會兒有了差事還是煩悶，也不知道心裡到底擱著多少事？

「沒事！」雲順謹往榻上一躺，就不想動彈了。他不是一個隨意對著老婆、孩子發脾氣的人，看莊氏擔心，就道：「外面的事情，說了妳也不懂。妳只把家裡管好就好，外面的事情有我呢。我什麼時候做過不可靠的事了？放心，不管什麼時候，妳跟孩子都是第一位的。要是連護著你們都不能，我乾脆一頭碰死算了。」

莊氏點點頭，給他把鞋子退了，慢慢地幫他按著腳。「外面的事情，我從來都不問你，可如今咱們四娘的婚事，你是個什麼章程？如今你這官職一升，四娘的婚事反倒不好踅摸了。真找的低了，還以為咱們四娘有什麼不妥呢。」

雲順謹失笑道：「別說，妳有時候還真不如咱家的姑娘明白事呢！如今四娘的婚事反而是最不急的了。妳心裡著急，不過是害怕五娘的事在咱們四娘的身上重演，是不是？」

「可不是嗎？五娘這孩子也是命苦，怎麼好端端的就被賜婚給遼王了？我知道你一直就喜歡遼王那樣的，可這過日子，還得圖個心靜。這整天跟著提心吊膽，算是什麼好日子？」

莊氏說著就一嘆。「你說，這金夫人心裡是怎麼想的？還真是捨得啊！」

「天下當爹媽的心都是一樣的。這遼王的事，金夫人能同意，必是有什麼咱們不知道的內情。她跟妳可不一樣，一般的男人都比不過她。這裡面的事情跟妳說不明白，妳看著是隨便賜婚，誰知道這背後都是怎麼算計的？」雲順謹閉著眼睛，道：「如今皇上用我，而且要大用，那麼，他就不會隨便拿四娘的婚事做籌碼的。」

三萬禁衛軍在自己手裡，這京城就在自己手裡握著。皇上的身家性命交託給了自己，正不知道該怎麼施恩呢，怎麼可能拿自己的女兒填窟窿？

他看著莊氏，問道：「娘是怎麼打算的？」

「娘說，只要人口簡單，孩子上進就好，別的也不必強求。」莊氏說著一嘆。「娘心裡也是疼孩子的。」

雲順謹點點頭。「那妳跟娘說，四娘的婚事不急。我心裡有打算，一定給四娘找個妥當的人，現在還不到時候。」

莊氏眉頭一皺，這沒頭沒腦的，怎麼就有看好的人了一般？「你這人，倒是給我交個底啊！」莊氏推了推雲順謹。「這麼大的事，我不問清楚，這心裡能踏實嗎？」

雲順謹眼裡的精光一閃，就笑道：「那是我親閨女，咱們就一兒一女，哪個不是心頭寶？我知道妳的心思，妳就是想找個能包容咱家閨女性子的妥當人，我心裡有數。」

「你整天跟兵營的那些人混做一堆，認識的也都是打打殺殺的粗人，咱們閨女叫娘養得多精緻啊，吃果子都只挑品相好的，還得放在合適的碟裡碗裡才用的，你要是找一個大莽漢，這能過得到一塊兒嗎？」莊氏能放心才見鬼了！

「仗義每多屠狗輩，負心多是讀書人，這話妳沒聽過啊？讀書人？這個世道找什麼讀書人？」雲順謹搖搖頭，翻了身，不打算再說什麼。

莊氏臉色都變了。「你還真打算在軍中找啊？關鍵是得姑娘自己喜歡，她不喜歡，再好的日子也不會順心的！」

雲順謹不想多說，就打岔道：「這麼說，妳過得順心，是心裡喜歡我啊？這話叫人聽著舒服，我今晚能多吃兩碗飯了！」

「你老不正經的！」莊氏在雲順謹身上輕輕地拍了一下。「孩子都多大了，說這些羞也不羞？」

「羞什麼？跟自己的老婆說話，又不是別人！」雲順謹哈哈一笑。

兩夫妻的聲音慢慢地低下去，站在外面的四娘也悄悄地退開了。

筆兒跟著四娘一路在園子裡轉。

「這園子以前多熱鬧啊！大姊姊喜歡在亭子裡彈琴，二姊姊和三姊姊就坐在一邊對弈，五娘趴在欄杆上給池子裡的錦鯉投食，六娘在一邊做針線。」四娘看著架在水上的亭子道。

筆兒抬頭一看，就笑道：「姑娘則愛拿著書，靠在柱子上消遣。」

「是啊……」四娘怔怔地看著亭子。「可是大姊姊……再也回不來了；二姊姊圈在了後宅，也不知道過得好不好；三姊姊落髮在庵堂裡；五娘就跟天上的風箏一般，轉眼就飄了。我跟六娘又會去哪兒呢？」

筆兒想起院子裡昔日的場景，鼻子一酸，眼淚就下來了。她們這些做奴婢的，命運向來跟主子綁在一起，這以前的姊妹們，又都會飄到哪兒去呢？

五娘每天天不亮就起來，跟著金氏從山上跑到山下，再從山下跑到山上。這麼一來回下來，才發現她的體力竟然還沒有已經過了而立之年的金氏好。

「這樣不行，真到了要緊的時候，就妳這樣的，想逃也逃不了！」金氏就皺眉道：「以後，把那每天練字、看書的時間全拿出來，叫大嬤嬤給妳另外安排課程。」

雲五娘愕然地挑眉。「課程？什麼課程？您想讓我習武啊？我都多大了，是不是太晚了？」

金氏瞪了女兒一眼，給了她一個恨鐵不成鋼的眼神，然後將腰帶一把解下來，用手一抖，竟然是一把軟劍，她隨手就翻出一個劍花來。「這是生了你們兄妹之後，我才學的。十數年下來，也算有小成了，等閒三五個人近不了身。妳才多大？怎麼就晚了？我看妳是懶！戚家的姑娘不是武功不錯嗎？我瞧著妳跟戚家那丫頭動手，要不是妳的狠勁嚇住了人家，妳以為妳能贏？怎麼，不想學？」

雲五娘嘴角一僵。她伸出雙手，十指纖纖，這樣的一雙手要舞刀弄槍，呵呵……她雖然不認為能有什麼成就，但還是點點頭。「學！如果娘覺得有必要，那咱們就學吧！」

金氏挑挑眉。「寶丫兒，記住，誰有都不如自己有。」

「是。」雲五娘跟在金氏的身後，垂下眼瞼。

從山下跑回來，渾身都叫汗給打濕了，回到屋子，香荽就伺候雲五娘褪了衣服。

「妳出去吧，我泡一會兒就起來。」雲五娘下了水，就打發了香荽。

香荽看雲五娘似乎有什麼心事一般，也不敢問，默默地退了下去。

雲五娘閉著眼睛，溫泉的水蒸騰出來的熱氣將她籠罩在水霧裡。她知道，其實她心裡還是有些膽怯了。等像她這樣身分的人都要防備的時候，這天下又能安穩多久呢？

泡了一刻鐘，肚子餓了，才從池子裡出來。等到了正房，就聽見裡面是雲家遠的聲音。

「……咱們的人重傷了兩個，其他商隊都被屠殺殆盡。咱們的貨品有兩船的損失……」

雲五娘皺眉，這說的事是什麼？難道還有人打劫不成？她掀簾子進去。

雲家遠見了妹妹，只點點頭，繼續道：「光是打劫商隊也就罷了，我就怕這夥子人上岸擾民。」

金氏搖搖頭道：「事情不對！戚家的水師就在旁邊駐紮，這夥人就是瘋了，也不會在那條線路上動手的。」

雲五娘坐過去，問道：「怎麼，海盜劫了咱們的貨？」

金氏搖搖頭。「不是海盜，是倭國人。」

雲五娘扭頭看雲家遠。「確定嗎？」

雲家遠搖搖頭。「倒是一副浪人的打扮，武器招式也都對，可就像娘說的，這動手的位置未免太有恃無恐。」

金氏冷笑一聲。「這事難說啊！」

雲家遠面色一冷。「難道是戚家假扮的？」

「這還真不是最可怕的……」金氏手裡握著茶杯的手緊了緊，突然想到什麼似的，面色大變，然後猛地將杯子往地上一擲。

雲五娘嚇了一跳，她從沒見過自家娘親發這麼大的脾氣。

金氏咬牙切齒地道：「戚長天！這個匹夫，真是大膽！」

雲五娘也恍然，猛地站起身來，道：「娘懷疑戚家跟倭寇勾結？」

「否則還有別的解釋嗎？即便沒有勾結，但也肯定是眼睜睜地看著倭寇橫行！戚家，該死！」金氏一手拍在桌上。

戚家如果真是這樣，確實可恨，但娘親這氣生得未免也太大了吧？看金氏叫了大嬤嬤又進了書房，雲五娘就問雲家遠。「娘這是……」

「金家先祖有話在，只要金家一脈還有人活著，就得記住，不得叫倭寇踏上咱們的海岸線一步。若是為了抗倭需要，金家可以付出所有，不管是金錢還是生命。」雲家遠輕聲道。

雲五娘肅然起敬。但同時心裡也怪異了起來，這個金家先祖一定是大有來歷的。

雲家遠繼續道：「就是不知道戚家這是衝著皇位上那位來的，還是衝著咱們來的？按說，咱們這位老祖的話，戚家不可能知道啊！」

雲五娘朝書房的方向看了一眼，又問道：「娘想做什麼？」

雲家遠哼笑了一聲。「妳以為東海王的名聲是白叫的？他戚家想在海上稱霸，也得看咱們答不答應？娘是想動用——」話還沒說話，就聽見金氏在書房裡叫他們。

「你們倆別在外面嘀咕了，進來說話！」

雲五娘看了雲家遠一眼，兄妹倆前後腳進了書房。這個書房五娘常在裡面看帳本，可從來不知道這書架的後面，還另有一個世界。

跟著雲家遠進了暗室後，雲五娘驀地被掛在牆上的海域地圖給震撼了。這海域地圖，跟自己上輩子所熟悉的中國地圖上的海岸線幾乎是一模一樣！曾經，列強的堅船利炮從這裡踏上海岸；曾經，外國的艦隊能在這裡橫行。

「這……這……這是……」雲五娘磕磕巴巴的，好半晌才擠出兩個字。「什麼？」

金氏看了五娘一眼。「這才是金家的根本。」她的手在地圖上小心地撫摸過去。「不管風雲怎麼變幻，金家的使命就是戍守這片海域。老祖不敢將這些交出去，他怕他的心血成了別人手裡政治傾軋的工具。他希望他的後人能戍守這片海域，只要金家還有一個人在，就不能叫倭寇踏上咱們的海岸。」金氏看著這片疆域，緩緩道：「在這裡，金家才是王者。」聲音不大，但卻透著一股子強大的自信。

「金家在這海島上……」雲五娘試探著道：「金家的錢財全用在了這些海島上，這些島上，藏著精兵？」

金氏點點頭。「雪藏了這麼些年，也該出來遛遛了。得給有些人提個醒，東海王是為什麼才被封為東海王的？」她說完，就慢慢地將簾子拉上，那地圖也緩緩地隱在簾子之後。

雲五娘的心情有些激蕩。「先祖是怕權力傾軋，朝代更迭，叫他的心血被白費了，所以金家不摻和朝政。這支精銳也只是為了對付倭寇的，不許上岸摻和到其他的鬥爭裡，是不是？」

金氏讚賞地看了雲五娘一眼，道：「先祖說，再強大的勢力，也禁不住內耗。而且，金家若是沒有合適的、有能力接管這一切的人，也可以擇賢者託付，不必拘泥於血緣。」

雲五娘點點頭，對這位疑似穿越的前輩充滿敬佩。他沒有圖什麼王圖霸業，沒有什麼種馬後宮，但卻留下了一顆火種。只要火種在，也許這片土地不會再受一次屈辱和磨難。

「先祖曾跟太祖提過海域的重要性，但太祖認為先祖有些杞人憂天。所以，先祖把自己後半生的所有精力都耗費在這些事情上。他說，哪怕世人現在都覺得可笑，但總有一天，歷史會證明他是正確的。」金氏輕聲道。雖然她自己也不知道，先祖這樣的做法對不對？

雲五娘點點頭，十分鄭重地道：「先祖是對的，歷史會證明他是正確的。他是個了不起的人。」她說著，鼻子有些酸澀，他真的是一個了不起的人。

金氏挑眉，十分愕然地看著五娘。

雲五娘有些納悶地道：「怎麼了？」

雲家遠也詫異地看著五娘，眼神十分奇異。

金氏馬上轉身，輕輕地扭動桌子的一條腿，桌子從中間分開，裡面中空，就見她的手伸進去，從裡面拿出一個匣子來。「世人都說先祖是位奇人，我心裡一直不信，今日總算信了。他曾說，如果金家有後輩對於他的做法十分理解和認同，就把這個給他。這個匣子，我把玩了二十年，但是一直沒能打開。」

雲五娘挑挑眉，拿到手裡，才發現這是一個密碼匣子，而開啟匣子的辦法，就用英語寫在匣子面上。她的手都有些抖了，僵硬地笑道：「我得先琢磨琢磨才成。」

金氏搖搖頭。「給妳看，妳就拿回去看，不必再給我拿過來了。」

雲五娘點點頭，怕漏了破綻，抱著匣子，馬上轉身就走。

雲家遠跟金氏對視一眼，都覺得十分的驚奇，難道真是冥冥中注定？

雲五娘回了房間，便吩咐道：「春韭，守著門，任何人都不准打攪。」

春韭應了一聲，看著雲五娘急匆匆地走進了內室。

香荽、紅椒等人對視一眼後，都默默地離內室的門遠了一點。

雲五娘的手輕輕地從楠木匣子上劃過，這些文字既熟悉又陌生，她一時竟不知道今夕是何夕。按照上面的提示，她慢慢地扭動機關，半個時辰才打開。裡面是一本用簡體字記著的筆記、一張不知是什麼的地圖，另外還有一塊金屬板，卻不知道是做什麼的？

雲五娘迫不及待地翻開筆記。筆記並不厚，等到了掌燈時分，就已經看完了。看完後，雲五娘的手放在那塊金屬板上，心情說不出的複雜。

他沒交代他的來歷，但不管是匣子上的英文還是筆記上的簡體字，都已經表明了他的來歷。裡面記述了他波瀾壯闊的一生，而他留下的地圖，是他記載的各種礦藏的分佈圖。

至於這塊金屬板，正是兵符最原始的範本。

……如果金家後人遭遇不測，那麼，這一定也是皇家的劫難。

這是筆記本上的最後一句話。

雲五娘將筆記本和地圖留了下來，放進匣子裡鎖好，然後將那兵符的模子拿起來，又看了看。這東西太要緊，絕不能放在自己的手上。

門從裡面被打開，春韭回過頭，就見五娘自裡頭出來。這都整整一天了，姑娘在裡面沒吃沒喝。

香荽和紅椒也站起來，看向雲五娘。

雲五娘吩咐春韭道：「站了一天了吧？下去歇著吧，沒事了。」又朝香荽和紅椒道：「妳們不用跟著，我去趟上房。」

「是！」幾個丫頭相互對視一眼，看著雲五娘出了門。

金氏跟雲家遠在書房，看著地圖說著話，見雲五娘來了，金氏就對大嬤嬤道：「拿點吃的，這丫頭一天沒吃了。」

五娘走過來，將那範本放在桌子上，往金氏面前一推。「娘看看這個。」

金氏瞄了一眼，問道：「這是什麼？匣子裡的東西？」

「兵符的範本。」五娘小聲道。

金氏愣然了一瞬，又將範本推回去。「老祖留給妳的，妳就收著吧。」

五娘搖搖頭。「您知道的，我拿著並不安全，娘先收著吧。」這東西不能輕易叫它露面的。

金氏拿在手裡嘆了一口氣，將範本又放回暗格裡，然後指著邊上的椅子道：「妳也坐著聽吧。」

五娘順勢就坐下了。

大嬤嬤端著吃的來了，就放在一邊，芝麻燒餅，配著排骨湯，就是不要其他的菜，也一樣十分香甜。

金氏突然道：「寶丫兒，這次妳也去。」

五娘一愣。去？去哪兒？她嚼著燒餅，疑惑地看著金氏。

金氏已經轉頭對雲家遠道：「……這事戚家不僅不會瞞著不上報，相反地，上報的時候，只怕會將嚴重的程度誇大十倍不止，要不然怎麼能突顯戚家的重要呢？以皇上對戚家的心思，同樣地，他不會不信，但也不是全信，派個欽差去看看，順便探一下戚家的底細是肯定的。所以，你們必須趕在欽差之前趕到福州……」

「福州？」五娘一愣，就問：「是不是咱們在膠東的船安全到港了，福州卻出事了？」

金氏讚賞地看了一眼五娘，笑道：「戚長天這是真當天下間就他手裡有水師，把全天下人當傻子哄呢！真要是倭寇，他們何苦捨近求遠？直接從膠東附近動手不是更便捷，何必去福州、瓊州一帶活動？而且戚家的水師就駐紮在那裡，這可真是會選地方和時機啊！」

五娘點點頭，心道，難怪娘親一聽就知道有鬼！接著她才猛地醒悟過來，瞪大眼睛問道：「娘說的『你們』是指我和哥哥？」

金氏挑挑眉道：「這是金家人的使命。妳也不例外。」

第二十五章

皇宮，御書房。

天元帝將手裡的摺子把玩了半天。戚家想要什麼呢？他皺著眉，對付昌九道：「宣簡親王。」

付昌九應了一聲，快速地打發太監去了。

簡親王還在新婚呢，雙娘正是妙齡，又十分的善解人意，也正是蜜裡調油的時候，突然就宮裡宣召了，他一時還摸不著頭腦。

天元帝跟簡親王的年齡相差不大，但卻是叔姪。天元帝按著輩分，算是簡親王的堂叔。不等簡親王行禮，天元帝就道：「行了，又沒外人在，都是自家人，沒那麼些規矩。」說著又道：「你看一下這個。」就將摺子遞過去。

簡親王見皇上似乎十分的著急，也不敢大意，站著就看了。來回翻看了三遍，才將摺子合上，小心地放回去。

「你怎麼想的？直說便是。」天元帝捧著茶問道。

簡親王躬身道：「戚家……只怕……別有用心。」

天元帝放下茶盞，就道：「是啊，別有用心。可朕能怎麼辦呢？放著不管不成？今兒要是不管，明兒就能突然冒出更多的『倭寇』來。這種名上是匪、是盜、是賊、是寇的人，全他娘的都是兵！是朕用朝廷的銀子養著的兵！」說著，一把將桌上的茶盞扔下去。

屏風後的元娘心裡一緊，拳頭也不由得攥緊，心裡頓時就氣憤了起來。成家雖盤踞西北，但也確實是達到了抵禦外辱的作用，而戚家比起成家來，可就太該死了。

簡親王道：「是啊！可如今，朝廷缺不得戚家。就算現在想開始重新組建水師，但時間上來不及不說，朝廷也拿不出銀子供養啊！」

天元帝點點頭。「沒錯，即便知道有詭，但朕還得跟他們周旋下去。」他呼了一口氣，道：「這次你為欽差，親自去督辦海寇之事，即日就啟程吧！」

簡親王躬身應了一聲，又道：「可要叫六皇子跟姪兒一道去？」

六皇子？「暫時不用。」天元帝搖搖頭。「若是有變，不必事事請旨，給你便宜行事之權。」

簡親王詫異地看了一眼天元帝，應了一聲。見皇上沒什麼要交代了，才匆匆出了宮。

第二天一早，簡親王帶著隨從，一路出了京城，往通州碼頭而去。

中午，一行人在路邊的小店裡打尖。突然，遠遠地聽見快馬飛馳的聲音，而且人數還不少。

簡親王還以為皇上今兒又想起什麼沒交代清楚，叫人追來了，於是站起身望過去。不一時，煙塵裡，十幾匹快馬奔了過來。馬上的人都戴著黑色的斗笠，竟是一個也看不清楚面容，馬從他們身邊飛馳而過，沒有絲毫停下來的意思。

這是什麼人？從京城來，又不像是小戶人家，怎麼會不認識簡親王府的標識，竟是視若無睹的就離開了？難道皇上還派了一隊人馬不成？

「走！趕上前面的人！」簡親王翻身上馬，先追了過去。

此時的煙霞山，金氏站在山頂，看著早已經沒有兩個孩子身影的路，眼圈還是紅的。

「主子，您把姑娘逼得太急了。」大嬤嬤小聲道。

金氏抿了抿嘴角，道：「現在不教會了她，我如何敢將她送到遼東去？如果可以，我也想叫她過上我渴望了一輩子的無憂無慮的日子，但是這老天不許啊！我不想叫她步我的後塵，等到吃了虧才學會長大。」

「可主子，戰場殘酷……」大嬤嬤擔憂地道：「會把人刺激得發瘋的。」

「不會。關在籠子裡，她是貓，放出籠子後，也會成虎的，只是野性還沒有被激出來而已。」金氏嘴角翹起。「她不會叫我失望的。」

五娘在馬上，緊緊地跟在雲家遠的身後。馬上的顛簸讓她一時有些吃不消，但她想起臨走前金氏的話「金家沒有孬種」！這話像是鞭子一樣打在身上，不論多艱難，她都不能是孬種。

通州的碼頭，一艘不起眼的船已經揚起了帆。

雲家遠跳下馬，馬上就有一隊黑衣人上前，二話不說就接過馬的韁繩。

五娘從馬上一下來，就有人躍上馬背，只一眨眼，就騎遠去了。

「走了！」雲家遠招呼了五娘一聲，就快步朝那艘船而去。

五娘跑著才能跟上雲家遠的腳步，一登上船，剛剛站穩，船就動了。這效率，真的是沒話說了，每一個環節都安排得妥妥的。

這船外面看上去半點都不起眼，可裡面的設施卻極為周全，甚至舒適度也極高。

等簡親王追到碼頭時，早就不見人影，也不知道這些人馬是已經搭船走了，還是他們只是從通州路過的？

到了船上，雲家遠才擔憂地看著五娘，問道：「怎樣，還吃得消嗎？馬騎的不錯，大嬤嬤要是知道一晚上就將妳教成這樣，會很高興的。」

五娘搖搖頭，道：「沒事，還行。」

「把手伸出來，我看看。」雲家遠不信地瞪了五娘一眼。

五娘咧嘴一笑，慢慢地伸出手。手因為拽著韁繩，已經磨出血泡了。

雲家遠看了五娘一眼。「疼吧？我開始騎馬的時候也這樣。別怪咱娘。」

「我知道。」五娘笑道：「整天在宅子裡圈著，出來才覺得天大地大，渾身都輕鬆了。」
「哪怕受罪也願意？」雲家遠指著她手上的血泡問。
「可能娘就是覺得，我的人跟我的手一樣，需要磨一磨才能真的當用。」雲五娘看著手掌上的血泡道。
雲家遠點點頭。「娘要是聽到妳這麼說，她會很高興的。」說著，就拿了傷藥過來，扔給一邊的春韭，道：「給妳主子把血泡挑了，再上藥。」
這次跟過來的就是春韭、水蔥、綠菠三人。
「姑娘，咱們這一路走，不會靠岸的，您還是把窗戶關上吧。再多看幾天，我怕姑娘會看著外面就犯噁心。」綠菠見雲五娘坐在窗邊朝外面看，就勸道。
「現在習慣不了，等飄到海上，就更習慣不了了。」雲五娘看著太陽的光灑在水面上，反射出耀眼的亮光，微微地瞇了瞇眼睛。
春韭拿了針在火上烤了，才道：「姑娘，把手伸出來吧。」
「我自己來。」雲五娘拿過春韭手上的針，自己挑破了血泡。其實，這些泡不挑的時候不是最疼的，等挑完才真是疼得鑽心。
春韭擔憂地看了一眼五娘，馬上麻利地將藥給抹上、包紮好，安慰道：「三五天就好。到時就上岸了。」
上岸還是得繼續騎馬，繼續磨。明知道前面等著自己的事情可能並不美好，但雲五娘的心還是止不住地飛揚起來。

福州，讓雲五娘非常的驚訝。

她不知道現在的蘇杭是怎樣一番景象，但眼前的福州，就是讓雲五娘眼前一亮。

「這裡靠著海上貿易，成了舶來品的集散地。各地客商帶著銀子來，帶著貨物走，繁華是肯定的。」雲家遠帶著雲五娘下了船，簡單地說了一句。

一行人沒有停留，直接過了福州，往出海的港口而去。港口停泊著不少的船隻，雲五娘眼裡滿是讚嘆，這一艘船得耗費多少人力物力才能建造成？

雲家遠帶著雲五娘繞過港口，騎馬又走了兩個時辰，才又到了一處不大的臨海的鎮子。

不知道是不是五娘的錯覺，一進入鎮子，雲家遠就放鬆了下來。

雲五娘跟著雲家遠在一家不起眼的客棧門口下馬，然後很快有小二打扮的人過來，引著眾人朝裡面去。客棧的掌櫃是個留著一撮小鬍子的中年男人，看上去跟大多數商人沒什麼兩樣，他見了雲家遠極為恭敬。

「有什麼異動嗎？」雲家遠朝四處看看，然後壓低聲音問道。

「回主子的話，沒有。」那掌櫃的看了雲五娘一眼，就收回視線，然後道：「主子現在就要走嗎？」

「嗯，馬上走。」說著對那掌櫃的道：「這是姑娘，不用遮遮掩掩。」

那人眼睛一亮，馬上就跪了下去。

雲五娘親自伸手扶了。雲家遠肯介紹自己給他，就證明他在金家的地位十分的重要。

「這是金六叔。」雲家遠對雲五娘介紹道。

金六？一如既往，還是金氏的取名風格。跟大嬤嬤、二嬤嬤一樣，用數字排名。

「金六叔。」雲五娘叫了一聲，回了半禮。

「不敢、不敢！」金六擺擺手，想扶著又見這是姑娘家，只能用手懸空半托了。

雲家遠對於雲五娘的反應覺得滿意。「自家人，都別客氣了。」然後對金六道：「咱們這就走吧。」

金六馬上應了一聲。

一行人跟在金六的後面，先是進了客棧後院的一個小院子，從小院子的正房進去，金六在牆壁上扭動了一個不起眼的機關，馬上就傳來低軋的磨擦聲，放在屋子中央的桌子下面，出現了一個不大的洞口。

雲五娘見雲家遠毫不猶豫地走了過去，連忙跟上。順著洞裡的臺階，一直往下走，在雲五娘心裡默數到九十九的時候，腳下的路才平了。青石板的路，足可以容三、四個人並行通過。牆壁上每隔一、兩公尺，就有一個燃燒的火把，地上似乎還有什麼拖行過的痕跡。顯然，這個暗道，是經常用的。

雲家遠看著雲五娘邊走邊記，朝哪邊轉彎、走多少步，都記在心裡，就道：「別費神，記了也沒用。咱們能一路順暢著走，是因為已經安排人將暗門打開了，這裡我都說不清楚有多少暗門。但我來過幾次，走的卻從來都不是同一條路。」

「難不成只有起點和終點一樣？要真是這樣，這也就是說，這根本就是一個迷宮。若不是自己人，而是外人想擅闖，想走出去的可能性不大。」雲五娘問道。

「差不多就是這個意思了。」雲家遠點點頭。「除了娘，沒有一個人知道這個迷宮完整的地圖。其實，就算是拿著地圖的人，彼此也都很難知道彼此。金六叔只守著這一個入口。」

言下之意，該是還有別的入口的。

要做到這一點，也就意味著，外面的整個鎮子都是金家的人，而鎮子的下面，卻藏著一個迷宮一樣的地方。

厲害！雲五娘在心裡讚了一聲。

只在這地下的密道裡，就走了一個時辰左右，眼前才豁然開朗，是一個幾百平方公尺大的石室。順著石室往前走，又有數百公尺，看著有水光出現，才一走近，就有一個竹排撐著過來，船上的黑衣青年對著雲家遠行了一禮。

雲家遠點點頭，率先上了竹排。

雲五娘緊跟了上去。這竹排上面一下子載了十二個人，叫雲五娘十分的憂心。

沒有任何東西可以扶住借力，隨著竹排的移動，雲五娘的心一直就提溜在空裡。在這石洞的水裡，又轉了好幾道彎，等水越來越深的時候，終於看見亮光從外面透了進來。

洞口，停泊著一艘大船。

從竹排轉成大船，雲五娘站在甲板上，才覺得心裡踏實了一點。

誰也不會想到，這裡藏著一個港口。船駛出一刻鐘，就是茫茫的大海。水鳥在低空盤旋，不時有魚兒躍出水面。

這才真是天高任鳥飛，海闊憑魚躍。

雲五娘這才發現，這一行人，除了自己，好似都對這大海沒什麼好奇心。

「姑娘，先回船艙吧，再過一會兒就會有些顛簸搖晃。」春韭上前小聲地道。

雲五娘扭頭看了春韭一眼。「這裡妳們很熟？」

「我們在這海島上出生的，自然熟悉。」春韭看著遠處，眼裡多了一些懷念。

原來從根子上，她們就是金家的人，根正苗紅的金家人。

等遠遠地看見濃霧的時候，春韭就不由分說地扶了雲五娘進船艙。

座位上竟然有綳帶，類似於可以固定住人的身子。這樣的設計，是得多顛簸啊？雲五娘的心開始有些緊張了。慢慢地，船晃了一下，既而開始密集的左右不停擺動，像是在躲避什麼。雲五娘心裡有些了然，這裡只怕是有不少暗礁，若是不熟悉地形的人貿然經過，恐怕有觸礁的危險。

雲家遠道：「福州一直流傳著什麼鬼船，就是這麼來的。都知道這裡不能進出，但凡遠遠地看見咱們的船隻，就都躲開了。」
原來如此。再加上不知道什麼原因蒸騰而起的霧，可不就顯得更隱秘了嗎？
這般的顛簸過了一刻鐘就停下來了，雲五娘回到甲板上，發現船後雲霧依舊不散，落日的餘暉照在霧上，真是說不出來的美。等到太陽要從海平面躍下的時候，小島就出現在雲五娘的眼前。海島的邊上，停泊著十幾艘巨大的船隻，顯然，這大概只是離海岸最近的一個補給站。
「這是霧靄島。咱們在這裡吃頓飯。」雲家遠扶著雲五娘下船，解釋道。
果然，這還不是目的地。
島上的海鮮還是不錯的，真是鮮得能叫人將舌頭都吞下去。
陪坐在一邊的婦人看著雲五娘吃的香甜，十分的歡喜。
雲家遠問道：「五嬸，五叔不在？」
「一艘船出了點問題，他帶人修去了。主子是知道咱們家的規矩的，不安全的船，不能上路，哪怕是船帆上有個小洞都不行。他這急脾氣，估計今晚就想修好。」五嬸這般道。
原來負責這裡的是金五。這島不光充當補給，還負責後勤和維修。
「那我們就不等了。回來的時候，再見五叔也是一樣。」雲家遠放下筷子道。
雲五娘趕緊將烤好的大蝦往嘴裡再塞了一隻，才放下筷子。

「急什麼？叫姑娘把飯吃飽。」五嬸愛憐地看了一眼五娘，就道。

「飽了，五嬸。就是您這做的太好吃了，肚子飽了嘴沒飽。等我回來的時候，您再給我烤一盤！」雲五娘接過春韭遞過來的帕子，邊擦嘴邊道。

五嬸馬上爽朗地笑道：「這不值什麼！別的地方，這些玩意稀罕，在咱們這裡，到處都是！」

好饞人啊！

雲家遠對五嬸笑道：「別聽她的。在島上待上十天，她就再也不想吃什麼海鮮了。」

五嬸馬上理解地笑笑。

因為是晚上，這座島到底有多大，雲五娘還真的不知道。只是看近處，也是屋舍儼然，草木豐茂。

靠著火把照明，雲五娘不用細看，也知道這次上的這艘船和普通的船是不一樣的。

這艘船形如梭子，甲板上竟是有二十五門火炮。船艙設在甲板下面中間的位置，兩側則是架著強弩。而最下層，才是搖櫓的船夫。

等風帆升起來，雲五娘才真正感受了一把速度之美。

「這是一艘速度和安全性都最好的船。老叔這是怕咱們遇上意外，才叫戰船出來的，這可是不輕易出動的寶貝。」雲家遠解釋道。

當然是寶貝了。

連火炮都裝置了的戰船，可以在任何一個想登陸的地方登陸。如果真是一個有野心的人來操控這一切，那就太可怕了。

雲五娘問道：「哥哥說的『老叔』是誰？」

「金家排名的這些管事，很多都是跟娘親還有死去的舅舅們一起長大的，他們名為主僕，但感情……很好。老叔就是排名最小的一位，跟娘……年紀相仿。妳見了叫老叔就好。」雲家遠低聲說完，就又咳嗽了一聲。

雲五娘看了雲家遠一眼，總覺得他說話的語氣有些奇怪啊！

等經過了半晚上的顛簸，船終於靠了岸。雲五娘站在甲板上，看著船下燈火輝煌處站著一個英姿筆挺、氣勢軒昂的男人時，就有些明白哥哥說話的語氣為什麼奇怪了。她看到這個男人的第一眼，竟是覺得他跟自家娘親十分的般配！

這種感覺叫雲五娘想起了一個詞——坑爹。

但自家爹確實是個坑貨，坑了也就坑了。

「那就是老叔嗎？」雲五娘不敢用手去指，只微微地抬了抬下巴，小聲地問雲家遠。

雲家遠點點頭。「老叔排行十八，叫金雙九。」見扶梯已經放下了，就道：「以後再詳細地跟妳說。」

雲五娘有些怨念，這應該早點跟自己說才對嘛！

金雙九，雙九，可不就是十八嗎？這名字取得真讚！

下了船，金雙九就迎了過來，雖然雲五娘在他的臉上沒看出歡迎的意思來。

「就是再緊急的事，難道就等不了一晚上？明天白天再過來也不遲，這大半夜的，萬一起了風浪怎麼辦？你這急性子到底是隨了誰？」金雙九看著雲家遠，劈頭蓋臉地道。

原來是擔心夜裡出事啊！

雲五娘覺得十分的有趣。這位老叔對哥哥可不像是其他幾位那般的恭敬。

就聽雲家遠道：「老叔，這不是我娘有交代嗎？」

金雙九明顯一愣，然後沈默了半天才道：「……你娘……也胡鬧。」

雲家遠也不在意，笑著就道：「老叔，這次我把寶丫兒也帶來了！」說著，就推了雲五娘一把。

雲五娘趕緊上前，福了福身。「給老叔請安。」

金雙九點頭應了，毫不客氣地受了，半點沒有迴避的意思。

雲五娘越發覺得這位老叔的身分在金家絕對不一般。

見他轉身就走，雲家遠拉了五娘的手跟了過去。

雲五娘正走著，眼睛打量著周圍的景色。雖然夜裡什麼都看不分明，但對於陌生環境，人本能就想先看個清楚。不想，突然聽到金雙九開口問話——

「妳那混帳爹還活著吧？」

雲五娘頓時就意識到這是在問自己，於是不假思索地道：「可不還活著嗎？都說好人不長命，禍害活千年，他還有的活呢！」說完，就聽雲家遠咳嗽了一聲，雲五娘立即恨不能打自己嘴巴子。媽呀，怎麼就順嘴把實話說出來了？她頓時就尷尬了起來，直往雲家遠身後躲。

走在前面的金雙九腳步頓了一下，嘴角微微翹起，似乎對雲五娘的回答十分的滿意。他「嗯」了一聲，道：「他最好給我好好活著，我好騰出功夫來，慢慢地跟他算帳。」

雲五娘從中聽出了咬牙切齒的味道，跟在後面點頭認同。是得有人跟他算算帳的，自家老娘顧忌哥哥和自己多些。

再往前走了一段，就有幾匹馬等在那裡。騎馬行了半個時辰，才在一個像是軍營的地方停了下來。

金雙九扭頭對兄妹倆道：「叫你們的隨從都在外營房，你們隨我進去。家遠是懂規矩的，進了裡面，就是金家水師的一員。沒有任何特殊的待遇，不再有隨從、丫頭伺候。」

雲五娘知道，這話是對著自己說的。雖然對於突如其來的變故有點不知所措，但她還是明智地趕緊點點頭，道：「是！老叔。」

雲家遠擔憂地看了一眼五娘，她可是從小就被丫頭、嬤嬤伺候著長大的，叫她什麼事情都自己來，可別再折騰得病了，這一路上已經夠辛苦了。

跟著就有一個三十來歲、非常幹練的女人走了出來，看了金雙九一眼，才對五娘道：「姑娘，跟我來。」

雲五娘朝春韭三人示意了一眼，叫她們放心，就要轉身跟著那人走。

「別稱呼什麼姑娘，叫雲五就好。」金雙九淡淡地朝那女人說了一聲。

五娘還有點懵，這怎麼鬧得跟軍訓似的？而且是不想叫別人知道自己的身分吧？

就見那女人不贊同地看了一眼金雙九，才應了一聲。

雲家遠趕緊道：「妳跟幼姑去吧，沒事。」

這是介紹了這女人的身分。能被稱呼為姑姑，就代表十分的親近。

雲五娘點點頭，儘量讓自己的表情看起來自然一些。但這是沒事嗎？對自己來說，這是要出大事啊！

幼姑走在前面，雲五娘緊緊跟在她的身後，進了兩重崗哨的大門，眼前是一排整齊劃一的房間。

「今晚先在這裡歇息。」幼姑說著，就將雲五娘帶進了一個房間。房間裡黑漆漆的，但這絕不是一個人住的，裡面傳來清晰的呼息聲，這應該是個集體宿舍。

天啊！她一個人擁有一個好幾畝大的院子，住著三進的宅子，但是，現在叫她跟人住集體宿舍？有沒有搞錯？

借著燈籠不怎麼明亮的光，雲五娘愕然的表情是那麼明顯，幼姑都有些不忍心了。

「休息吧，明天還得早起。」幼姑說了一句，就馬上轉身離開了。她怕再不走，就真的不忍心了。

「哎……」雲五娘站在門口，手裡就一盞燈籠。

上哪裡找水？還沒梳洗呢！也還沒有吃點東西，這顛簸了一路，真的餓了。娘啊！您這是叫我幹什麼來了？

雲五娘只得自己提著燈籠進去，舉著燈籠一照。裡面的架子床一個挨著一個，由於光線實在有限，竟然看不到頭，這房間裡面是打通的。

找了好久，才在一個上鋪找到一床空位。

「妳誰啊？」

背後突然響起一個聲音，將雲五娘嚇了一跳。

雲五娘一回頭，才發現床邊上冒出不少腦袋，看來是把別人驚醒了。猛地聽人這麼不客氣的問話，雲五娘愣了半天才道：「雲五……新來的。」

「哪個島上的？怎麼才來？你們島上就妳一個人到年齡了嗎？」又有人問。

這話什麼意思？每個島上年齡到了的孩子都要送來嗎？雲五娘心裡那點不滿馬上就煙消雲散了，笑道：「我們遇上風浪了，耽擱了點時間。」

「就妳一個女的？還是她們都去了外營？」下鋪的姑娘從被子裡鑽出來，問道。

「都去了外營。」雲五娘道，春韭等人都去了外營。內營外營有什麼區別，鬼才知道。

「行了、行了，都睡吧！」側上面一個姑娘出言道，這話一出，所有的人都迅速的躺好了，她又道：「雲五，早點睡，明天還得早起呢！」

雲五娘朝那姑娘點頭笑笑，才踩著邊上的架子上去。到了新地方，她也不敢褪衣服，只胡亂躺下。可能是真的累了，竟然馬上就睡著了。

一聲尖銳的哨子聲響起，雲五娘被嚇得趕緊坐了起來。就見整個寢室的人都麻利地穿衣，沒有說話的聲音。

下鋪的姑娘小聲地對她道：「趕緊換衣服啊！愣著幹什麼？」

雲五娘一瞧，邊上有一套藍色的衣服，跟這些姑娘身上的是一樣的，忙起身要換。可當雲五娘將衣服一褪，眾人都朝雲五娘看來，嚇得雲五娘趕緊用衣服擋住身體。

突然，眾人聽到幼姑的聲音——

「都看什麼？還不快點！」

雲五娘這才覺得落在自己身上的視線少了，再一看，才知道她們在看什麼。自己身上白嫩細膩，猶如一塊美玉，可這些姑娘常年在海上，麥色的肌膚已經算是白的了。

側上方的姑娘又多看了雲五娘一眼，眼裡閃過一抹深思。

雲五娘已經知道自己是來幹什麼的，自然不敢大意。穿了衣服，將頭髮跟這些姑娘一樣，編成辮子盤在頭頂，用帕子包了。儘管自己已經盡了最大的努力，但是出去的時候還是比較晚。這些姑娘跟戰士似的，排著隊，雲五娘湊過去站在最後。

還不等站穩，隊伍就已經跑起來了，穿過了營房，一路朝海邊。海邊的這條路，應該是繞著島一周的。天矇矇亮，海風吹拂在人的臉上，耳邊是海水退潮的聲音。整個島上，都是腳步聲。

雲五娘呼吸著帶著海洋鹹味的空氣，腳步變得越來越沈重，呼吸也變得越來越急促，但她不敢掉隊啊，金家人丟不起這個人！

金雙九站在路邊，問另一邊的幼姑。「怎麼樣？」

幼姑「哼」了一聲，道：「你不是已經看見了嗎？沒掉隊。」這對於養尊處優、一個人有幾十個人伺候的大家姑娘，已經殊為難得了。「衣服是自己換的，頭髮是自己梳的，別人做得到的她都能……這孩子在雲家是不是不好過啊？」

雲家遠在一邊舒了一口氣，見金雙九和幼姑都看他，就馬上道：「別人不知道，老叔還不知道嗎？為了照顧她，咱們在雲家就放了幾十個人，哪裡就不好了？她自己不是那種被人寵就能寵壞的姑娘。」

金雙九嘴角一翹，就轉移話題問道：「她真的差點殺了戚長天的閨女？」

雲家遠點點頭。「用瓷片抵著這裡……」說著，就指了指脖子上的致命位置。「就差一點點。」

金雙九的嘴角就一直上揚著，對幼姑道：「今兒男女一起練。」

幼姑瞪了金雙九一眼，這人又要折騰孩子了！

雲家遠閉了閉眼睛，也不明白娘這麼固執要送五娘來是為了什麼？他忙出聲道：「老叔，咱們有正事呢！」不是已經派哨船去查倭寇的蹤跡了嗎？

金雙九似笑非笑地瞥了一眼雲家遠。「哨船來回一趟需要多久？難道咱們就什麼也不幹，乾等著？」

雲家遠就閉上嘴了。這是成心要訓練五娘啊！

雲五娘跟著隊伍跑完，就躺在沙灘上不想起來了。

「起來吧。再不回去，就沒早飯了。」一個看著有十五、六歲大的姑娘道。

雲五娘聽出來了，這就是昨晚叫大家都睡的姑娘，看來在眾人中很有威信。

「我叫海石。」說著就笑了，露出一口的白牙。

雲五娘挑眉，這個姑娘不光是有威信，而且很有腦子。只怕，已經從自己的身上看出了什麼貓膩。

雲五娘隨著海石回了宿舍，然後迅速地擦洗一把，就去了膳房。膳房最靠裡面的位置，是一排大木桶，木桶裡放著飯菜。

雲五娘手裡拿著兩個碗，好不容易排到跟前，就見打菜的師傅舀了一勺菜進碗裡，這勺子真大，一勺就是大半碗；另一邊的師傅馬上給放了兩個雜麵的饅頭上來；再往側面走，又有一個師傅打了半碗湯。

這些人吃飯都很快，也沒人說話。還有很多人沒打到飯，而最開始打到飯的卻已經吃完了。她現在能看到的，就有數百人。她想，這還遠遠不是全部。

雲五娘找了個位子坐下去，就見海石坐在了她的對面。

「趕緊吃吧！吃不飽就撐不住。」海石看雲五娘拿著手裡的饅頭打量。

菜裡燉的應該是什麼海魚，雲五娘也吃不出來，反正是帶著淡淡的腥味；雜麵饅頭也還算宣軟；湯是紫菜湯，這個雲五娘倒是吃得下去。

「都得吃完。不能浪費，不許挑食。」海石又提醒了一句。

可這腥味確實不在雲五娘的承受範圍之內。難怪哥哥說，在島上待上十天，就再也不想吃海鮮了。別說十天，一天她都幾乎想要賴逃走了！看海石吃得狼吞虎嚥，雲五娘只能咬牙忍了。這魚還好，只有幾根粗大的刺，倒也不費事，就著饅頭硬嚥下去，然後用紫菜湯沖沖口裡的味。

海石見了雲五娘吃飯的樣子，心裡就更詫異了，這絕對不是一個在海島上生活過的人。要知道，這魚一般也是不常吃的，算得上是好飯了，她還吃得這麼艱難，那平日裡又過的什麼日子呢？

聽說少主子來了，難道這是未來的少夫人？她心裡有了猜測。能到主子身邊，誰不樂意呢？如今機會就在眼前，可不能白白地糟踐了這個好機會。

將這些飯菜吃完後，雲五娘就覺得胃裡頂得難受。這碗實在是太大了，在家一日三餐，也吃不了這許多啊！

海石見她難受，就道：「碗給我，我來洗吧。」

雲五娘趕緊搖頭，都堅持到這分上了，可別因為幾個碗，叫人說自己搞特殊化，就笑道：「還是我自己來吧。正好撐得慌，走動走動。」

海石就抿著嘴笑。這位姑娘還挺好強的。

早飯完，休息了不過一刻鐘，就又開始中午的訓練。海石領隊，將人都帶到了海邊。

雲五娘這才發現，另一邊站著人數更多的一隊男隊，而且男隊個個光著膀子，只穿著一條大褲衩子。

雲五娘頓時大窘，不由得朝雲家遠看去。

雲家遠站在主位上，朝雲五娘看了一眼，微微地搖頭，叫她不用擔心。

突然，金雙九喊了一聲。「全體下水！」

然後眾人馬上就朝海裡跑去。

雲五娘看著身上的衣服鞋襪，就這樣下水嗎？

「雲五！」金雙九喝斥道：「下水！沒聽見嗎？」

聽見了！但是萬一被水草纏住怎麼辦？太危險了！心裡這麼想著，但還是快速地朝海邊跑去。海水冷冰冰地灌進了鞋子，打濕了鞋襪，然後一點一點的，渾身都濕了。海水起起落落，這跟溫泉池子和浴池是完全不一樣的感受。身上的衣服墜得人伸不開手腳，而眾人還在向更遠的地方遊去。真是要人命了，光是這海浪的阻力，就叫她寸步難行！

等眾人游了一圈回來，雲五娘還在原地打轉。她奮力地游幾公尺，就又被海浪掀回來了。

不少回來的人看見雲五娘這樣，都忍不住笑了起來。在海邊，五歲的小娃兒也不會這麼沒出息。

金雙九就喊道：「雲五！妳是在澡盆裡學游水的嗎？」

眾人一陣哄笑！

笑個毛線！雲五娘心道：我還真就是在澡盆裡學游水的！

要不然一個大家小姐，上哪兒游水去？先在澡盆裡學會換氣了，才去了溫泉池子。那池子約莫就七、八公尺長，三、四公尺寬，在煙霞山浴室的池子，也就那麼大。

可不就是澡盆裡學會的嗎？

雲家遠咳嗽了一聲，對金雙九小聲道：「寶丫兒就是在澡盆裡游的。」

金雙九愣然地看向雲家遠。「那我叫她下水你怎麼不攔著？」

雲家遠一驚。「老叔沒派人護著嗎？」

金雙九搖搖頭。「她連游泳都不會，你娘叫我訓練什麼啊？」說著，一扭頭，海上哪裡還有雲五娘的身影？

雲家遠面色大變，邊往海邊跑，邊把身上的衣服扒了，迅速地跳了進去。

五娘只是潛了下去，下面沒有海浪的拍打，勁道還在能承受的範圍之內。

金雙九見過了一會子，五娘就露頭換了氣，然後又鑽了下去，就衝雲家遠喊道：「少主，回來！沒事了！」

雲家遠浮起來一瞧，就明白怎麼回事了。這也太冒險了！

幼姑叫了兩個年長的女子下了水，將雲家遠換了回來。

周圍的人就算再怎麼遲鈍，也知道這個下水的姑娘身分不一般了。

就有人問海石。「妳知道雲五是誰嗎？」

「看少主那般緊張，不會是……」有人猜測著。

「不對，雲五姓雲。八成是傳說中的那位姑娘！」有人又說了一句。

島上的人都知道金夫人有一兒一女，兒子是記在金家族譜上的，那位姑娘卻是國公府的小姐，金尊玉貴的。

眾人心裡一驚，還別說，這種可能也是有的！要真是公侯府邸長大的小姐，能做成這樣已經不容易了！

雲五娘拚盡全力，游到了規定的地方。這地方有人船等著，雲五娘朝船上的人擺了擺手，表示自己可以游回去。回來的時候，順著浪，比去的時候稍微輕鬆一點。

等到了岸上，雲家遠就把自己的衣服先給雲五娘披上。「還好嗎？」

感覺到眾人都看著自己，雲五娘搖搖頭，強撐著站起來，朝隊伍的最後走去。

金雙九呼出一口氣，才道：「都不用好奇地看了，那個是雲五娘，咱們主子的女兒，金家的小少主。因為到了受訓的年紀，主子就將她送來了。她跟你們一樣，但也不一樣。一樣的是，她跟你們吃一樣、住一樣、受一樣的訓練；不一樣的是，她會比你們每個人都過得艱難。肅國公府的小姐，從小飯來張口、衣來伸手，一個人就有幾十個人伺候著，她如果能受得了這份辛苦，你們誰都別叫苦。主子受過這樣的訓練，少主在年僅十歲的時候也受過這樣的訓練，現在，小少主跟你們一樣，也在受這樣的訓練。主子們以身作則，你們還有誰不滿嗎？」

「沒有！」場上頓時響起了響亮的應答聲。

沒錯，金家的主子常年不在海島上，時間久了，就會缺少一份凝聚力。

前幾年的是哥哥，現在則輪到了自己。

海上的訓練，除了每天日常的下水訓練，更有將人用船帶到海上，然後一個一個扔下去，下面海上漂著的有木板、有原木，這是訓練眾人怎麼在海上生存。這每一項訓練，都帶著風險的，畢竟海上風雲變幻，什麼情況都有可能發生。

在這樣密集的訓練了半個月之後，這一日，又被帶到了船上。

金雙九站在甲板上，對著跟雲五娘一批的五十個人道：「從這裡跳下去，西南方向，是一個不大的荒島。妳們必須在荒島上生存三天，三天後，就有人去接妳們。祝妳們好運。」

野外生存訓練？我的老天啊！

海石看了雲五娘一眼，第一個跳了下去。

雲五娘深吸一口氣，也縱身往下一跳。從船上跳下去，這得六、七公尺高。如今，她都被訓練得不怕了。

一個個地從甲板上跳下來，就跟下餃子一樣。

雲五娘望了一下，從這裡算起，離海島還有不短的距離。遠遠地，也有船跟著，防止意外發生。

等到了海島上，都已經過了中午了。人困馬乏，躺在沙灘上，真是連一根手指都不想動彈。

以前嚮往的白色沙灘，此刻就在身下，雲五娘卻看不出任何的美來。

她感覺到周圍的人都慢慢地起來了。

得先找到能喝的淡水，然後要找到宿營地，要不然真遇上惡劣的天氣，到了晚上才抓瞎呢！她們都默契的沒有叫自己，只怕也是想叫自己多歇息一會子。

雲五娘站起身來，跟著眾人，卻對海石道：「要不然分組找吧？」

見海石看過來，連詢問的力氣都沒有，雲五娘又往地上一坐，就道：「找水、找住的地方、找乾柴、找吃的。這是咱們需要的。」

海石點點頭。「前三組每組十人，找吃的留二十個人。姑娘跟著找吃的一組吧。」

「我對海裡的東西不熟，還是找水吧。」雲五娘知道海石是想照顧自己。找吃的光只在沙灘上就能找到不少，可找淡水有時候真的是十分的艱難。

海石見雲五娘堅持，就點點頭，大家自動分開。

大量的體力消耗，人都口乾舌燥的。水，成了目前最急需的東西。

「姑娘，要不然，我先爬上去看看，看看這個島上的大概情形。」海石指著一處二、三十公尺高的岩石道。

「對海島，妳們比我熟，妳作主就好，不用事事問我。」雲五娘搖搖頭。自己別外行指揮內行了，只要別掉隊就好。

海石看了看剩下的幾個人，那幾個人都點點頭。

有個瘦高的姑娘叫水草，她道：「我在這裡陪著姑娘，叫海藻陪妳一起上去。」

雲五娘扭頭一看那叫海藻的，是個十分瘦小的女孩，瞧著也就十三、四歲。「行不行啊？這岩石早就腐蝕了，並不把穩啊！」

那海藻靦腆的一笑。「姑娘放心，幾十公尺我都爬過。」

看著海石和海藻徒手向上爬，雲五娘的心都提起來了，但眾人看著都不緊張一般。

水草笑道：「咱們打小就在海上漂，有時候也會在我們島附近的海礁上玩，這些都是我們常幹的事。只是這裡環境生疏，才叫兩個人一起去的。」

雲五娘點點頭。了不起，真的很了不起！

「留一個人在這裡看著她們，咱們繼續找水，再這麼下去大家都要脫水。」雲五娘自己就渴得受不了，而且渾身都是海水的味道，其實一點都不舒服。

水草點點頭。「石花留下，剩下的都跟著姑娘走。」

眼前能看到的就是棕櫚樹和灌木叢。

幾個人先從海灘上撿了不少大貝殼帶著。以前，這些東西在雲五娘的眼裡只是裝飾品，屋裡也有不少貝殼做的擺件，但在這裡，貝殼是當作器皿使用的。

在沒有找到水源以前，灌木的樹坑裡存著的雨水、葉片上的露水，都是淡水，不定就能救命呢，哪裡能浪費呢？

這海洋氣候，雨說來就來，存下水是非常常見的，這是目前最把穩的淡水水源了。收集這些水十分的艱難，畢竟貝殼實在不是什麼理想的器皿。

水草手裡的貝殼，有碟子大小，淺淺的，收集滿了水，先遞給雲五娘。「姑娘，喝吧。」她見雲五娘搖頭就道：「咱們先喝了，才能給她們帶。」

雲五娘看看自己貝殼裡的，就把自己的喝了。「妳喝妳的。」這水的味道，還是帶著淡淡的腥味、鹹味，而且還有一股子臭味，應該是時間長了，有點壞了。

水草看見雲五娘皺眉，就道：「慢慢的習慣了就好了。不過我們生活也不是這樣的，島上都有水井，用水很方便，也都是甜水井。像現在這樣的訓練，我們也是頭一次。」

正說著話，就見海石、海藻和石花三個人走了過來。

「怎麼樣？」雲五娘上下打量了三人一眼，見身上除了蹭得髒了些，沒什麼大礙，就把另一隻手上半貝殼的水遞過去問道。

海石接過來，一口喝了，才道：「不規則，南北長大約兩、三里，東西長最長處也只有六、七里，不大，不大。」

不大，就意味著資源相對匱乏。要在這裡找到五十個人所需要的，實在艱難了一些。

「繼續說。」雲五娘抿著嘴，看著海石道。

「這裡海鳥聚集，所以，地下的淡水應該是不成的。」海石搖頭道。

地下水被鳥糞污染了，不能使用。

雲五娘心裡罵了一句娘！她就知道，老叔不會讓自己好過的！這是逼著人不得不挑戰自己的極限了。

另外兩人也喝了水。

海藻抹了嘴就道：「有海鳥，就有鳥蛋，這個得生吃……」

估計找吃的那一組，找得最多的就是鳥蛋了。

「先看看再說，也不能說就完全沒有辦法了吧？」雲五娘道。

海藻就道：「還有幾棵椰子樹，只是太高了，風險太大。地面上落下來的倒是有可能還能用。」

雲五娘心裡一動，就道：「先去看看。」

這一路，腳下的鳥糞堆積了厚厚一層，這裡的氣候又濕熱，散發出濃重的氨氣味道，幾乎叫人厥過去。

二、三里路，從這一邊穿越到另一邊並不是一件難事。

椰子樹十多公尺高，樹下有一些已經完全乾澀的椰子，也有褐色的，裡面應該還有椰汁。這是如今唯一能找到的好的水源了，樹上的確實叫人沒辦法。幾人將這些椰子收集起來，每人倒也能分上一個。暫時就只能這樣了，樹上的只能眼看著，卻真的拿它一點辦法都沒有。這些女孩能攀岩石，但對於筆直的樹幹顯然不行。

這椰子是好東西，椰子肉砸成泥狀，抹在臉上、手上也能得到護膚的作用，她臉上都已經起皮了。臉上被海水的鹽分浸泡，然後又暴曬，真是一下海，海水一沾上就火燒火燎的疼。

一隊人回到聚集地，見是靠著海灘的岩壁，下層應該是曾經被海水沖刷，凹進去數公尺深、一公尺高的凹面，十分狹長。她們將棕櫚葉、椰子擋在外面，大致能遮住風，人躲在裡面倒是乾燥又避雨。

那領頭的姑娘叫海鷗，是個活潑愛笑的，見了雲五娘就笑道：「姑娘，妳瞧我們還發現了什麼？」說著，就指給雲五娘看。

雲五娘一瞧，竟是幾個不算太完整的陶瓷罐子。應該是被海水沖上來的？「不漏吧？」

「這幾個不漏，咱們試過了。」海鷗笑道：「也洗刷乾淨了。」

雲五娘就看了海石一眼。

海石馬上從綁腿上抽出匕首。「咱們將椰子汁先倒入罐子裡，省著點喝。」留在椰子裡，一旦破開，就得一次喝完。
眾人歡呼一聲，可不都渴了嗎？
另一邊也用乾海藻將火燒起來了。火摺子都濕了，只能用最原始的辦法攢木取火。
雲五娘道：「有沒有漏的罐子？拿一個來保存火種，誰知道這天什麼時候下雨？」生一次火實在是太艱難了。
有人遠遠地應了一聲。
另一隊撿柴火的將細碎的乾草鋪進要棲息的岩層凹面裡，如此又能儲存乾草，晚上又能保暖。等火燒了起來，就分作了十個火堆，每五個人一組，烤吃的。
雲五娘分到一尾兩、三斤的魚，這是大家照顧的結果。她也沒客氣，先用匕首將魚從中間切開，然後吸食魚身體裡的水分。淡水是極為珍貴的，不管是以什麼形態存在，都得十分珍惜。濃重的腥味在口腔裡蔓延，讓人只想嘔吐。魚的眼睛是水分最多的部位，但是雲五娘實在是沒有那般重的口味。
海石挖過去吃了，雲五娘才拿棍子插在魚身上烤。
魚的腥味，帶著淡淡的鹹味，在口腔裡蔓延，雲五娘幾乎是捏著鼻子往下嚥。但比起她們吃那些千奇百怪的貝殼類的東西，魚還是比較容易接受的。
吃完飯，每個人都挖了一個坑。坑外面用木棍做一個三腳架，三腳架上掛上匕首；坑裡面鋪上寬大的葉子，在匕首的正下方放上貝殼。若是夜裡不下雨，但潮濕的空氣因為溫度驟降也會形成露水，匕首上凝結的水珠掉落貝殼裡，好歹能緩解一二；若是下雨，這些坑裡的樹葉上就能聚集更多的水，省著些，許是能抗兩天也不一定。

海島上的夕陽很美，看著太陽一點一點地落到了海平面的下面，是一種壯觀的美。這些日子，雲五娘每天都看，卻怎麼也看不膩。

以前被關在小小的宅院裡，再是沒見過這麼美的夕陽的。

蔚藍的海面，火紅的落日，時不時躍出海面的魚，還有那飛在海面上的白色海鳥，叫人頓時覺得心都寬闊了起來。

哪怕在雲家錦衣玉食，似乎也沒有在這個島上來得叫人暢快。

水草低聲問海石道：「妳說姑娘天天對著海看，看什麼呢？」

海石搖搖頭。「我哪裡知道？」她抬頭看看，只要在大海上，景色都差不多。她從小看到大，實在是沒看出什麼特別的來。

待夜幕降臨，眾人都回了岩壁的下面，這裡面只要相互依偎著倒也能睡。幾個破碎的瓦罐裡的木炭透出微微的光亮，叫裡面不至於伸手不見五指，但蚊蟲卻叫人哪裡合得上眼睛？

夜一點點的沈，但外面可一點也不寂靜。海島本身就不大，海浪拍打岩石的聲音好似就在耳邊，挾著海風的呼嘯聲。且島上不知道有多少海鳥，不時不安地叫一聲，雲五娘的精神已經接近崩潰了。

即便背著風，那風還是從棕櫚葉子中透進來，帶著呼嘯聲。

身邊幾個人明顯都已經睡著了，雲五娘也不好翻身，就這麼僵著，時而迷糊地睡一會兒，時而又醒來聽一聽外面的動靜。

只盼著趕緊下一場雨，也好緩解用水的壓力。

第二十六章

當鳥雀的叫聲大作的時候，肯定是海平面出現亮光了。

眾人伸著懶腰都起身了。

外面沒有下雨，倒是貝殼裡都接下水了，每個人都將自己的水喝了。

海石道：「趁著太陽沒出來，先收集露水吧！」這是唯一一個可行的辦法了。

還是分作幾組，一組一個罐子，收集好就放進罐子裡。

雲五娘還是跟海石她們一組，往海島的另一側而去。東西方向比較長，昨天根本沒有時間過去瞧瞧，今兒先過去看看，希望能有發現。

因為海風的關係，露水蒸發得要比陸地上快很多。一隊人除了自己喝了一些以外，只收集了半罐子，這已經是難得了。

這島不大，植被的種類十分有限，僥倖地發現了一片長勢不錯的竹子，這東西雖然應用廣泛，但因為每個人手裡只有一把匕首，想砍掉這樣的竹子，根本是不怎麼可能的。也只能望竹興嘆了。

這裡的灌木叢中棲息著鳥雀，地上卻佈著各種蛇蟲鼠蟻，而且大部分的蛇五彩斑斕，讓人看了就毛骨悚然。

雲五娘以前在菜園最多見過菜花蛇，哪曾見過這些？可這半天時間，跟著這些姑娘們，也學會了捉蛇、殺蛇了。

怎麼把蛇有毒的部位去掉、怎麼將蛇扒皮抽筋，她也慢慢的學會了。這樣的蛇肉，是比海魚更美味的食材。

等中午的時候，一行人已經到達另一邊的海岸了。此時，雲五娘才一屁股坐下，總算能歇一歇了。

一眾人跟雲五娘一樣，頓時就癱軟了下來。雖然路是不怎麼長，卻十分的難走，且渾身都得戒備起來，防止被什麼東西給咬上一口。

「這個島上，確實是沒有可用的水源了。」雲五娘往沙灘上一躺，說道：「這點水，只能勉強撐到天黑，看來，還得想辦法。」

「實在不行，就只能抓海龜或者魚了，牠們的血液足夠咱們撐到後天早上。」水草接話道。

話才一落，眾人一陣哀嘆，誰都不想喝那玩意兒。

雲五娘道：「將咱們扔上來的時候，咱們就該想到，這島上若是要什麼有什麼，就不會叫咱們來訓練了，這是逼著咱們習慣在海上惡劣的環境下生存。」

海石點點頭。「姑娘說的沒錯，我也隱隱感覺到這種意思了。想來咱們上島之前，已經有人先來島上探查過了。」

眾人又跟著哀呼了一聲。

這個島從南到北、從東到西都被看過一遍，確實是沒什麼能用的資源，只能從海裡想辦法捕食了。

其實還有一個辦法，就是蒸餾海水，給罐子裡灌上海水煮沸，然後將布或者帕子蒙在罐口上，讓蒸汽打濕，再將這些水擰出來。

但先不說有沒有那麼多的罐子，就只每個人身上的衣服都是在海水裡浸泡過的，上面的鹽分一點也不少，就算打濕了，水擰出來估計還是鹹的。

再或者，是從植物的枝幹上取植物的液體，可這除了某些能食用的植物外，別的植物上就算取了，誰知道有沒有毒？

看來從今天開始，最好是能生吃魚肉了，這樣才能保證水分的供給。

看著如此美的海，有時候它就是這麼冰冷殘酷。

雲五娘坐起身，忍著太陽光的照射，看著海面。她以為會有船隻在島的周圍，好歹能及時營救，但各個方向她都看了，真的沒有。難道真的這麼放心，將包括自己在內的這麼多人放在島上？雲五娘忍不住擰住了眉頭。

「姑娘，妳看那是什麼？」海藻突然出聲道。

雲五娘順著海藻的視線看過去，海上有什麼東西飄過來。

「是人！」有人道：「這是有船遇到了海浪吧？快去救人！」說著，就有三五個人朝海邊跑去。

這麼巧？雲五娘來不及細想，直接就喊道：「站住！」

「姑娘！咱們海民沒有見死不救的！」有一個高壯的姑娘直言道。

「我說不救了嗎？但妳們想過沒，怎麼就這麼巧？」雲五娘指著海裡的人道：「看他們的速度，始終維持一定，沒有咱們迎過去，他們也可以順利登陸。妳再看每個人的速度，和每個人之間的距離，是不是大致一樣？這是普通的海民嗎？」

眾人不由得一愣。她們都是經過訓練的，自己這些人想要做到這一點只怕都不容易。在視線裡根本看不見船，那麼他們是從哪裡漂來的？這麼久了還能保持這樣的速度，確實不是一般的海民。

「我……我……」那姑娘趕緊退回來，不好意思地道：「姑娘，我不知道……我錯了。」

雲五娘點點頭。「第一反應是救人，這一點沒錯。」她看了眾人一眼，道：「這些人要嘛是咱們的人，來試探咱們的；要嘛可能就碰上別的什麼人了？海盜？海匪？倭寇？都有可能。所以，咱們分兩組，一組回去報信，將人集結起來隱蔽；另一組跟著我，先藏起來，盯著他們。他們在明，我們在暗，先確認了他們的身分再說。」

「是！」眾人應了一聲。

海石就出列分配，挑了水草、海藻、石花，跟著雲五娘。

剩下的人一組，原路返回報信。

看著那一組人重新鑽進灌木叢，雲五娘她們五人也快速地掃除了海灘上留下來的痕跡，往灌木叢裡藏了起來。

「海石，能想辦法將這些蛇毒收集起來嗎？」雲五娘突然低聲問道。

海石一愣，就道：「能。姑娘想做什麼？」

「匕首上淬毒，有備無患。」雲五娘小聲道。

海石看著雲五娘說殺人說得如此輕描淡寫，簡直不敢相信這真是公侯小姐。愣了半天，她才點點頭，道：「好，我這就辦！」說著，扭頭看了一眼水草，兩人迅速地離開。

只海藻和石花，守在雲五娘的身側，盯著海平面。

「別緊張，按著剛才目測的距離，和他們的速度計算，他們到達海岸的時間，大概還有一刻鐘。」

石花呼了一口氣。「不會真叫咱們碰上海盜、海匪吧？可咱們這片海域不敢有大船靠近的。」

「所以，咱們根本就沒看見船，不是嗎？」雲五娘將匕首抽出來，輕聲道。

「可人也不可能在海上漂太久啊！」石花又說了一句。

雲五娘看著遠處。「要是有一艘小漁船呢？這漁船不走遠途，只在每個海島、海礁之間來回，還艱難嗎？」

「姑娘是說，要真有這樣的人，他們一定會先派人探查這些小的島礁？」海藻問道。

雲五娘點點頭。「說不好。總之小心沒大錯，謹慎的人才能活的長久，不管在什麼地方。」

石花又呼了一口氣。「要真是這樣，咱們的運氣可真是夠好了。」

雲五娘理解地一笑。「怕了？」

石花點點頭。「整天在島上聽大人說海盜、海匪、倭寇，沒想到自己也能遇到。」

「不怕。他們也是兩個肩膀扛一個腦袋。」雲五娘手心裡出汗了，但誰都能害怕，就自己不行。

「姑娘，我再去數一下他們到底幾個人？」海藻說著就要起身。

「不用了。我剛才數過了，一共八個。看著體力，應該是壯年男子。」雲五娘看了兩人一眼。「八個，不會錯的。」

兩人頓時面色一變。「要是咱們十個人，面對八個，咱們或許還能有勝算，可如今咱們只有五個人……」

「別忘了，咱們背後還有四十五個人。」海石的聲音從背後傳了出來。「難道叫姊妹們一點準備都沒有嗎？舍小顧大，妳們不懂嗎？」

雲五娘一笑道：「沒關係，這種擔心是正常的。但咱們不是沒有優勢，以逸待勞，未必沒有勝算。」說著，就看著海石問：「怎麼樣？取到蛇毒了嗎？」

海石點點頭，將一個小貝殼遞了過去。「姑娘小心。」

雲五娘拿過來看了看，裡面是淡黃色的液體。她用樹葉將毒液一點一點滴在匕首上，快速讓它乾燥。「妳們也塗上吧！咱們沒有解藥，使用的時候千萬要小心。」

四人對視一眼，這方法哪怕不能殺敵，但做到自衛還是夠的。這要真是賊人，自己這幾個姑娘家，還不知道會是什麼境遇呢。

五人藏好後，雲五娘就道：「趁著他們疲累的時候下手最好。」

四人應了一聲，都靜靜地盯著海平面。

一個海浪打到海灘上，順著浪頭就沖上來三個人。

「看著在海裡借助海浪的本事，絕對是行家裡手。咱們下了海，肯定不是他們的對手。」海石小聲道。

雲五娘點點頭，見那三個人從海灘上迅速爬起來，查看海灘上的各種痕跡，她心裡不禁一跳。這些人不光是身體素質強悍，而且行事謹慎小心。

等確認海灘上沒有人停留的痕跡，他們才一聲呼哨，緊接著，另外五個人才上了岸。

海藻舒了一口氣，幸好剛才清除痕跡清得夠仔細！

遠遠地，聽不見幾人的說話聲，但瞧著八個人相互互為犄角，小心地往裡面查看灌木叢的動作，雲五娘心裡就有了不祥的預感。要是自己人，想要試探她們的自己人，肯定知道她們這些姑娘都是什麼水準，根本就不用這麼小心謹慎的。這張烏鴉嘴，還真是說中了，這一夥人絕不是自己人！她們這些人在灌木叢裡活動的痕跡並沒有加次掩蓋，也掩蓋不了。不一會兒，就聽到一聲口哨聲，八個人都朝自己等人來的那條路尋了過去。

「怎麼辦？」水草問雲五娘。

聽著沒了動靜，雲五娘就站了起來，回到沙灘上，沙灘上還有幾個人的腳印。雲五娘看見一個光著腳踩下的腳印，馬上變了臉色。

「怎麼了？姑娘。」海石看著那個腳印道：「這個人大概在海裡丟了一隻鞋，這很正常。」

「妳看那些腳印。大拇趾和第二趾的距離，」雲五娘用手指比了一下。「是不是大了些？」

海石面色一變，驚道：「這是倭人！」

雲五娘緊了緊手裡的匕首，瞇著眼睛看著灌木叢。這樣的印記，是長期穿木屐的人才有的。所以，這夥人一定是倭人。那些接下來就不是輸贏的問題，而是生死的博奕了。

「金家沒有孬種。」雲五娘看著其他幾人。「敢不敢跟我一起，宰了他們？」

海石第一個回應，她拔出自己的匕首。「幹了！」

「跟殺魚、宰雞一樣，只要割到要害的地方就行。」水草點點頭。「幹了！」

其他兩人對視了一眼。「我們都是金家的人。姑娘都不怕了，我們怕什麼？」

雲五娘點點頭。「那咱們就幹了。」她朝倭人離開的方向看了一眼。「咱們跟他們比起來，算是熟悉島上情況的。通過這片林子，他們不會比我們快。而且林子裡情況複雜，想要八個人始終保持在一起也不太容易。走，悄悄地跟過去，尋找戰機。只要有落單的，就果斷地幹掉他！少一個，咱們就多一分勝算。」說著，就率先往林子裡去。

剩下的幾人對視一眼後，都迅速跟了上去。心裡的膽怯，不知道什麼時候起就那麼不見了，只迅速地在灌木叢中穿梭。

這些人很小心，幾乎沒有留下多餘的痕跡，這般的專業素養，讓雲五娘更謹慎了起來。剛要往前走，石花輕輕地拉了一下她，她回頭，就見石花指了指腳下一根不大的枯樹枝。

雲五娘彎下腰一看，上面帶著血。這裡面有個人，是少了一隻鞋的，被枯枝刮傷了腳也是很正常的，那麼，為了不留下更多的蹤跡，這個人一定會隱蔽起來，而不會跟著其他幾人在林子裡穿梭。她站起身，朝石花豎起了大拇指。膽大、心細、眼尖，好樣兒的！

雲五娘沒發出聲音，只用口型道：光腳的，在附近。幹掉他！

四人點點頭，順著找尋帶血的痕跡。不過，很可惜，沒有再發現。往前走了三十多公尺後，海石指了指一棵樹下的枯草，草被什麼磨擦過，全都朝一面倒地貼著地面。

雲五娘朝樹的後面指了指，幾人迅速退開，然後從幾十公尺之外再繞道，想繞到他的背後。隔著藤蔓，可以看見那人正用什麼在處理腳上的傷，好機會！

雲五娘要上前，海石一把拉住她，要自己上前。雲五娘搖搖頭，此時她不能退縮，誰都能退，就她不能。只要她在，主心骨就在；只要她敢拚命，她們就不會退縮。

狹路相逢，勇者勝。雲五娘這麼跟自己說。

這人十分的謹慎，若是兩個人靠過去，目標有點大，估計不等靠過去，他就會警覺。其他四人留在十多公尺開外，雲五娘悄悄地匍匐前進。地上鳥糞遍佈，如今也不覺得噁心了。越來越近，可以看得更清楚，這是一個二十多歲的男子，他的左腳搭在右邊的膝蓋上，腳底板都是血，邊上放著一塊沾著血的布條。怪不得除了一點帶血的樹枝外，再也沒有找到帶血的東西，原來是處理過了。再往前走，這藤蔓相互牽絆，只要碰到一根，就會叫他警覺。這個地方他選擇得可真好，藤蔓成了最好的警報器。

就見他將一種葉子咬碎了往腳底上塗，可能太疼了，雲五娘聽見他小聲地罵了一聲「八嘎」。

雲五娘的雙拳握緊，這是倭人無疑了！人在潛意識裡，最自然的反應都是使用母語。原本僅存的一點僥倖心理也沒有了。

接下來該怎麼辦？怎麼才能悄悄地過去？正在兩難的時候，雲五娘瞧見一條慢慢遊走過來的小紅斑蛇。這蛇顏色看著可怖，蛇毒卻只有叫人麻痺的作用，不會要了人的命。

她摸了旁邊的枯枝，猛地挑起蛇往那人的身上扔去。人的本能遇險就是防備，就見他立馬往下一趴，防止被蛇咬到面門上。

好機會！雲五娘快速躍起來，在那人抬起頭的一瞬，用匕首直插進對方的脖子！不讓對方發出叫聲，這是最好的辦法。以自己現在的力道，割喉想割得索利只怕有些困難，但要是用足了力氣，一把插進去，取對方的性命卻足夠了。脖子是最脆弱的地方。

鮮血就這麼噴了過來，噴得雲五娘滿頭滿臉都是。她此刻沒有絲毫害怕的想法，只迅速地扭頭朝四個人擺手，告訴她們自己沒事，然後又迅速地拔下自己的匕首，在這人的身上抹了抹。再一次確定對方死透了，才將人翻過來，找找看身上都有些什麼標識和裝備。

海石四人走了過來，兩個人戒備，兩個人走到雲五娘身邊。剛才她們可是看得清清楚楚，姑娘殺個人比殺雞還索利！

「姑娘，妳沒事吧？」海石看著雲五娘身上的血，不禁又問了一聲。

雲五娘將這人身上的裝備都解下來，道：「沒事。咱們得快點處理了這人的屍體。」

海石和水草兩人搭了把手，用藤蔓將人掩蓋住了。

「這些人是倭人無疑了。」雲五娘將這人身上的袖箭拿出來綁在手腕上，又將兩把匕首插在腰上，才道：「快速追上去，我怕他們找到咱們的人。」

海石連忙應了一聲。幾人不敢耽擱，速度快了很多。

七個人！還有七個人！

雲五娘一路上邊將鳥糞往身上塗抹，遮掩住身上的血腥味。

這一追，就將近半個時辰，可還是沒有看見對方的蹤影。越是這樣，雲五娘就越是著急，因為這就意味著對方已經接近她們的大本營了。也不知道另一組的五個人有沒有將消息送到？她們有沒有隱蔽好？

估計很難，島只有這麼大，想聚集幾十個人一起隱蔽，本就是一件不怎麼明智的做法。但是分組落了單更麻煩，這些姑娘，沒有一個殺過人。

正要往前走，突然樹枝響動，雲五娘心道不好。果然，從三個方向湧出來三個人，將五人堵在了中間。五人迅速回防，背對背圍著圈站定了。

「女的？」其中一個面相憨厚的人，朝另外兩人奇怪的一笑，就道：「真沒想到，在這樣的地方，還能見到身段這麼好的姑娘。」

雲五娘心裡一動，就低低地罵了一聲「chikushyou」，這是日語的發音，意思是混蛋、畜生。這也是上輩子她學會的為數不多的罵人的日語中的一句。在這情形下使用，很容易讓人相信這是一種本能的反應。

那人面色一變，朝另外兩人看了一眼。「沒想到還是倭人。」

雲五娘面色一冷。「你們是什麼人？什麼倭人？我聽不懂！」話一說完，她覺得這幾人的防備馬上鬆了幾分。

那人呵呵兩聲，十分理解的一笑。「姑娘，我們的船出事了，所以漂到這裡。妳們呢？」

雲五娘瞇著眼打量這人幾眼才道：「一樣，船遇上風浪了。」

三人對視一眼，這幾個姑娘難道跟他們一樣？那可真是太巧了！

那人就笑道：「這還真是緣分。我們無冤無仇，在這島上，還是該相互協助的。」

雲五娘將三人看了一遍，道：「我信不過你們。」

「hajimemashiteyoroshikuonegaishimasu」那人對著雲五娘道。

這是日語，大致是說「第一次見面，請多多關照」。

雲五娘臉上就露出驚疑不定的神色，又打量了這三人一眼，然後站直了身子，將手裡的匕首收了起來，嘴上卻道：「我不知道你說的是什麼？」

嘴上不承認，但收了武器，就代表放下了防備。

而海石幾人臉上的驚詫則不是假的。眼前的情景不能不叫她們驚詫，她們儘管不知道雲五娘的打算，但還是跟著雲五娘做了一樣的動作——將匕首收了起來。

那三人會心一笑。這姑娘還挺懂規矩的，的確是不能隨便向人透露自己的身分。他們也將手裡的武器收了。

雲五娘朝說話的那人笑著走去。「我們收集到了不少水，我想你們應該會需要。」

沒錯！在海裡漂了那麼長時間，最急需的就是補充水分！

三人舔了舔乾裂的嘴唇，對視一眼，那人才道：「那真是多謝了！」

雲五娘點點頭，看了其他四人一眼，指了指剛才說話的那個人，淡淡地說：「我的多，給他喝。」接著又指了指水草和石花，說：「妳們倆收集的水，給左邊的大哥喝。」最後再看著海石和海藻道：「妳們兩個收集的，給右邊的大哥喝。」

四人對視一眼，明白雲五娘的意思。這是說，她要對付那個說話的男人，叫她們兩人一組，向左右兩邊攻去。她們朝雲五娘點點頭，表示明白她的意思。

雲五娘朝那男人看了一眼，展顏一笑，道：「那就走吧！」話音一落，她袖子裡的袖箭就射了出去！

這般近的距離，又在對方幾乎沒有任何防備的時候，一擊即中。對方的臉上露出愕然的神情，胳膊就立刻抬了起來！雲五娘知道，他的胳膊上也有袖箭，因此不敢大意，用匕首朝他的胳膊上劃去，傷口處的血馬上成了黑的。

毒！那人面色一變。

雲五娘用足了渾身的力氣撲了過去，匕首插在他的心口才放手，能感受到這人嚥氣了，雲五娘才鬆了口氣。

回頭一看，就見海石壓著一人的胳膊，防止他放袖箭；而海藻緊握匕首，一遍一遍往那人身上捅。她閉著眼睛，臉上和身上全都是噴濺的血液。

另一組的水草一手擰著另一人的脖子，一手將匕首插在對方的肚子上；石花則將那人戴著袖箭的胳膊削得都已經快剩下骨頭了。

幾人體力消耗大，又沒有補充食物，想對付成年男人，靠的就是出其不意和這一股子狠勁。

「都死了，放手吧。」雲五娘喘著氣道。

石花手裡的匕首就落在了地上。她不會殺人，但卻實實在在的殺了人。心裡突然湧出一股子噁心的味道來，胃裡直犯噁心，可是張了張嘴，卻什麼也吐不出來。從昨天黃昏到現在，眼看已經過了午時，只吃了一點的東西，胃裡什麼都沒有。

雲五娘看著石花，她剛才的動作不像是殺人，倒像是片魚片，能做成這樣已經不容易了。而海藻不知道在那個人身上捅了多少刀，這會子已經癱軟下來。

雲五娘掙扎地坐起來，道：「別把他們當人，這就是幾個畜生。若是不殺了他們，咱們會遭遇什麼，妳們心裡都清楚。現在，咱們幹掉四個了，但還有四個也許正要禍害咱們的姊妹，我們還得繼續。都站起來，將這些人身上的裝備卸下來，咱們快點離開。」

海石和水草立即站起來，從屍體上卸下袖箭還有匕首，然後給自己套上。還有一套，給了海藻，畢竟石花的狀態看上去最糟糕，她的手顫抖得幾乎拿不住匕首。

「海藻，妳注意著點石花。」雲五娘吩咐了一聲，就要往前走。

石花抓住匕首，道：「沒事！姑娘，我沒事。」

雲五娘點點頭，率先往前。

又走了半個時辰，已經是宿營地了。這裡的痕跡很雜，也很難看出是不是有外人來過。

雲五娘不敢大意，但又不得不去查看一下。

「姑娘，妳聽。」海石指了指遠處被棕櫚樹葉擋住的地方，那正是山崖下昨晚的休息之處，裡面隱隱的有「嗚嗚」之聲傳出來。

「去看看，可別是被那些畜生禍害了！」水草說著就站起來，跑了過去。

這地方開闊，沒有遮擋物，要是有人等著她們自投羅網就遭了。可雲五娘能不去嗎？見死不救可是原則問題。

金家人不是孬種！也許救不了自己的人，但可以陪著她們一起死，絕不能拋棄任何一個人。這是一道明知道是坑，可還是必須跳進去的選擇題。

雲五娘咬牙站起身，跟了過去。掀開棕櫚葉子，裡面是五個姑娘被捆在一起，嘴裡堵著東西。

她們見是雲五娘，拚命地搖頭。

雲五娘一愣，只見那五人身後，站出兩個男人來。雲五娘下意識地往後一退，就聽見海石的聲音——

「姑娘，身後還有兩個。」

雲五娘幾人背靠背圍成圈，退到寬闊的地方，而裡面的兩個黑衣人也押著五個姑娘走了出來。

「我們的人呢？」一個大疤臉男人眼神陰鷙地看著面前這些身上還殘留著血腥味道的女子，問道。

雲五娘眼睛一瞇。「想找你們的人，我可以帶你們去，但是，你得放了她們。」

「別跟我玩心眼，妳們身上都沾著血！」大疤臉冷笑一聲，道：「說！我的人是不是已經被妳們殺了？」

「你們的人得多不濟事，才會被我們趕盡殺絕？你是太看得起我們，還是太低估自己？」雲五娘輕輕一笑。「不想交換也可以。提你們的條件，我十分有誠意換回我自己的人。」

在海上漂著，多一個同伴，就意味著多一絲活著的希望，雲五娘要換回自己的人一點也不奇怪。

刀疤臉倒真有幾分懷疑她們是不是真的能殺了自己的人？

雲五娘神色一冷，道：「本來我們都是過路的，可以井水不犯河水，誰叫你們的人色膽包天！不給點教訓，還當我們是好欺負的？」

刀疤臉看了另外三人一眼，就見一個臉上有黑痣的道：「老大，我哥哥雖然有點好色的毛病，但身手您應該是清楚的，我不信這些小丫頭能殺了他。」

原來死了的人的親弟弟在這裡面？這就好辦了！沒見到屍體，這些人不會輕易放棄他們自己的人。

另一個矮個子的人就道：「你別自亂了陣腳。如果他們還活著，他們自己就能找過來。這幾個丫頭又怎麼可能知道他們的位置呢？除非這幾個丫頭將他們制伏了。可若是如此，為什麼不殺了他們，還要留著呢？」

「你們不也沒殺我們的人嗎？你們為了什麼，我就為了什麼，這不是一個道理嗎？」雲五娘挑眉道。

黑痣就對刀疤臉道：「大哥，不管是不是真的，咱們都得看看去。她們只有幾個丫頭，況且咱們手上還有人質。」

刀疤臉看著雲五娘，道：「他們在哪兒？叫妳們的人去帶來！」

那可不行！我沒人給你不是嗎？

雲五娘笑道：「你當我傻啊？我們在一起尚有一戰之力，分開可就不妙了。你不傻，我也不傻，要走一起走。」進了林子再說。或許找到剩下的四十個人是個不錯的主意。

矮個子就道：「大哥，小心有詐！」

「去不去隨你們。要不，你們自己派人去找找看？如果我說的屬實，你放了我的人，咱們橋歸橋、路歸路。」雲五娘哼笑一聲道。

「妳當我們傻啊？分散了人好叫妳個個擊破嗎？」矮個子瞪著眼睛道。

「大哥，要是她們真的沒殺咱們的人，就好說了，咱們還有要緊事，犯不上……能橋歸橋、路歸路最好。非得拚個你死我活對咱們的事情……主子還等著咱們的消息呢！」黑痣勸道，說著又低聲道：「先找到咱們的人，到時候，這幾個丫頭還不是想怎麼處置就怎麼處置？」

刀疤臉的臉上一鬆，對雲五娘道：「妳們走在前面，我們跟在後面。」

「我不習慣把自己的後背留給別人。」雲五娘一笑就道：「我們兩個人帶路，三個人斷後，你們走中間。」

刀疤臉又打量了雲五娘一眼，這才道：「成交。」

雲五娘看了海石和石花一眼，石花眼尖心細，海石精明穩重。「妳們倆在前面帶路。看著點咱們沿路的記號，整整四十個，別漏了。」

海石和石花對視一眼，這是叫沿路找自己人。

海石應了一聲。「明白！」兩人就率先走在了前面。

雲五娘朝刀疤臉揚揚下巴。「請吧！」然後看了一眼被捆著的五個人，朝她們點點頭。

刀疤臉和一直沒說話的瘦高個的人便押著五人往前走，然後是矮個子和黑痣兩人，雲五娘和水草、海藻跟在最後。石花手裡握著匕首，細細地盯著地上的痕跡，海石卻一路倒著走，緊緊地看著後面的人。

石花的腳步越來越輕鬆，讓雲五娘的心裡微微地鬆了一口氣。

再往前走，當雲五娘聽不到林子裡鳥雀的叫聲時，就知道已經離眾人的聚集地不遠了。有人的地方，鳥雀不會久待。

那刀疤臉也意識到了，他馬上頓住腳步。「妳們耍詐！」話音才落，就見四周躍出不少漁民裝扮的男人。

雲五娘心裡一驚，這不是自己的人！

她迅速地朝黑痣攻了過去，匕首劃在黑痣的胳膊上，趁黑痣被黑色的血分散了注意力，雲五娘又快速地射出袖箭，在他躲閃的時候，用匕首架在他的脖子上。

水草和海藻雖然沒有抓住矮個子，但也劃傷了他。

雲五娘喘著粗氣。怎麼還有這麼多人？她剛才一急，以為這是刀疤臉的人，如今看刀疤臉的反應又不像是。但她需要確定，於是冷笑道：「你們耍詐！這也是你們的人？」

刀疤臉怒看了雲五娘一眼，就朝圍著他們的人道：「閣下都是什麼人？」

此時，從這夥人的後面走出來一個十七、八歲的少年。他看了場中的情形一眼，眼裡閃過驚訝，然後就不由得朝雲五娘看了過去，上下打量著，像是要確認什麼。

雲五娘將這些人都打量了一眼，看不出是什麼來路。

她不由得對這個少年道：「我的人呢？」這些人在這裡，那自己那四十個人豈不是都被俘虜了？

那少年一招手，就見樹叢後站起了被捆住手腳的姑娘們。

「姑娘，怎麼辦？」海石在另一邊問道。

雲五娘心裡頓時有些亂了。刀疤臉那邊是倭人，手裡有自己的五個人質，而自己這邊殺了他們四個人，手裡還有一個他們的人質；可這少年一夥人，卻將自己這邊的四十個人都俘虜了。他們是什麼人？雖然跟刀疤臉不是一夥的，但是敵是友依舊分不清楚。

一邊是五個人，一邊是四十個人，如何抉擇呢？難道真要在這裡喪命嗎？

雲五娘朝那四十個人看去，見她們雖被捆著，卻對自己使勁搖頭，這是叫自己不用管她們，只管逃命。雲五娘見她們的手腳都被捆住了……等等，這繩結有問題！這些捆人的繩結打得很結實，但卻有一點奇怪，就是絕對不會對被捆綁的人造成什麼傷害。

他們是什麼人？為什麼害怕傷了這些姑娘，甚至連繩索的摩擦傷都顧忌？她腦子裡亮光一閃——這個少年應該是老叔派來試探自己這一批人的，是自己人！她扭頭看著那少年，別有深意地道：「你們的繩索打得很好。」

那少年一愣，被認出來了！他朝雲五娘單膝跪地。「姑娘，屬下來晚了，讓姑娘受驚了！」

隨著他的動作，其他漁民裝扮的人也都跪下了。就憑姑娘剛才的表現，值得他們這一跪。

海石和石花對視一眼，兩人頓時就癱軟了下來。

水草不敢相信地呢喃道：「是自己人？」

「可算來了……」海藻抹了一把頭上滾滾而下的汗水。

就是後面那四十個人也一愣，這是玩什麼花樣？

雲五娘呼了一口氣，差點嚇死了好嗎？她站了出來，看著刀疤臉，微微地笑了笑。「這些全都是我的人，沒有我的允許，你是走不了了。」她指了指中了毒的黑痣和矮個子。「這兩個人沒有解藥，是不可能活下來的，你還有四個人在我手上。放了我的人，我保你活著離開。咱們本來就井水不犯河水，何必魚死網破呢？我們少了五個人，其實不影響什麼大局，但對於你們而言，可就是全軍覆沒了。沒必要做不必要的堅持，你好、我好，大家好。和和氣氣的，多好啊！」

刀疤臉看著雲五娘。「我怎麼相信妳？」

「你不需要相信我，因為你沒有別的選擇。兩條路，一條肯定是死路，一條有活著的可能。怎麼選擇，完全在你。」雲五娘眉梢一挑。「我又累又渴，沒時間跟你在這裡磨蹭，要選擇就快點。再說了，你沒傷我的人，我沒必要跟你為難不是嗎？」

瘦高個小聲道：「老大，放了吧！她說的對，無冤無仇的，她不必跟咱們為難。」

刀疤臉看著雲五娘道：「我要一艘小船，要食物和水，還有解藥。另外的四個人，妳也得給我帶過來。」

「我們馬上就走，給你們留下船、食物和水，我馬上給他們解毒。我們走後，你們自己找自己的人去。」雲五娘就道。

瘦高個一聽，就知道另外那四個人多半是遭遇不測了。可是如今不按她說的做，只怕自己等人也沒有活命的機會了。本來出來就是九死一生，但身上的使命不能不完成。這夥人也不知道是什麼來歷，盤踞在海上，看人數就知道勢力龐大。光是這一條消息，只要能順利地帶回去，自己等人就不算白來了。他給刀疤臉使了個眼色，如今，活著比什麼都強。

於是刀疤臉就道：「既然如此，那不用了。姑娘若是守信用，就任他們自生自滅吧。現在，妳只需要帶著我們幾個上船就行，我們上了船，你們的人我們自然會還給你們，還請姑娘親自送我們一程。」只要到了海上，活命的機會就大了很多。

想得美！那少年就要說話。

雲五娘擺擺手，嘴角微微一撇。「好啊！我送你們。」

「姑娘！」那少年攔住了雲五娘。「姑娘，這裡交給我處理。」

雲五娘搖搖頭。「這些姊妹是一起來的，我得將她們完整地帶回去。」

海石上前，一把拉住雲五娘。「姑娘，我去！」

兩人正爭執，就見那五個被捆的姑娘毫無徵兆地猛地朝刀疤臉和瘦高個撞了過去！

那少年手裡的劍就刺向刀疤臉的手腕，雲五娘則順勢劃了瘦高個一刀。

但那五人中，還是有一個姑娘因為撞到了對方的匕首上，受了傷。

「救人！」雲五娘對那少年喊了聲。

那瘦高個看著自己胳膊上的傷口滲出黑血，就對著雲五娘道：「姑娘可不怎麼講信用！」

「誰說我不講信用了？」雲五娘冷笑一聲，反身拿了身後那少年手裡的劍，朝瘦高個的胳膊砍了過去，隨著瘦高個的慘叫聲，一股子血噴了出來，他的胳膊被雲五娘從手肘的地方砍斷了！「斷腕求生。放心，你肯定能活著，我也肯定會帶你離開的！」

瘦高個的眼裡就有了驚懼。小小年紀，出手也未免太狠辣了一些！慢慢地，他的眼前越來越模糊，這是失血過多的緣故。

雲五娘聽到跟隨來的大夫說，那姑娘沒被傷到要害，才鬆了一口氣。

「姑娘，這都是什麼人？」那少年見雲五娘下手毫不留情，就趕緊問道。

「倭人！」雲五娘扭頭，道：「一共八個，目的不明。這四個盡力救治，要活口！」

那少年面色一變，還沒有說話，就聽見遠遠的不知誰喊了一聲「少主來了」！

雲五娘抬頭一看，正是雲家遠和金雙九，兩人疾步走了過來。大概也是剛好在附近的島上，臨時接到消息趕過來的。

雲家遠剛才遠遠地用千里眼看見雲五娘毫不猶豫的一劍砍了對方的手臂，當時他真的不敢相信這人是自己的妹妹。這需要怎樣的磨礪，才能叫她迅速蛻變，動手殺人毫不手軟？

「確定是倭人？」金雙九面色一變，忙問道。

雲五娘點點頭。「不會有錯。我是確定了之後，才下殺手的。」

金雙九點點頭。「妳們殺了四個？」

「是。屍體就在林子裡，老叔派人去找出來，或許上面還有什麼我們忽略的線索。」說著就對水草道：「妳帶路。」

水草應了一聲，邊上就有人將水囊遞給她。她接過來灌了幾口，就帶著十幾個人離開了。

雲家遠將自己的水囊給了雲五娘。「快喝點！」

雲五娘接過來，對金雙九道：「跟著我的這四人，我全要了。她們體能消耗大，安排人多照看著。」

金雙九看著眼前頭髮蓬亂、臉上看不清楚模樣，只有一雙眼睛明亮中透著野性、渾身散發著血腥味道的小姑娘，艱難地點點頭。他也沒想到會遇上這樣的事情，如今想起來還真是十分後怕。要是五娘有一點點的懦弱跟猶豫，後果簡直就不敢想像，他真是以死謝罪也贖不了自己的罪過。

雲家遠將雲五娘帶到船上。

春韭三人正等著，看到雲五娘的樣子，就驚呼一聲。「姑娘！」

「好好伺候姑娘梳洗，檢查一下身上，只怕也有不少傷。」雲家遠扶著看起來並沒有什麼不妥的雲五娘，對三個丫頭交代道。

雲五娘泡在水裡，溫暖的水、搖晃的船、熟悉的熏香味，叫她渾身都鬆懈了下來。眼皮越來越重，最後慢慢地失去了知覺。

春韭扶住雲五娘的頭，聲音有些哽咽。「姑娘什麼時候受過這樣的罪？這次多險吶！」綠菠輕輕地擦拭著雲五娘的身子。她們雖然是金家的人，但跟五娘的感情卻深，打小伺候姑娘，相伴著長大。這些年，因為跟著姑娘，所以才錦衣玉食。「以後，說什麼都不離開姑娘半步了。」換了幾次水，才將雲五娘收拾好。

雲五娘臉上都裂開了皮，水蔥用藥膏給塗了，才道：「參湯我端來了，這會子也不燙了，就這麼餵吧。累成這樣，是醒不了的。」

等給雲五娘灌了參湯，再給身上上了藥、換好衣服，才叫雲家遠進來。

「怎樣？」雲家遠看著雲五娘那張臉，心疼地問。

「身上有幾處蹭傷，沒有大礙，只是這臉曬傷了。」春韭道。姑娘家的臉面多要緊啊！如今這樣，都沒法兒見人了！

雲家遠從懷裡拿出一個小瓷瓶。「用這個吧，養半個月就好。」

雲五娘的夢裡，都是血腥的味道。滿地五彩斑斕的蛇、手持利刃佞笑的敵人，到處都是刀劍碰撞的聲音……

等再度睜開眼睛，柔和的光線從窗戶裡透了過來，窗外是宜人的鳥雀叫聲，靜謐而安寧。

「醒了？」幼姑看雲五娘睜開眼睛，就走了過去。

雲五娘見是幼姑，微笑了一下。「幼姑，我餓了，給我點吃的。」這是現在最直觀的感受。

幼姑就朝門外道：「進來吧！」

就見春韭、水蔥、綠菠端著托盤走了進來。「姑娘是下來吃，還是放在炕桌上吃？」

「我下去吧。」雲五娘起身下床，再也回不去嬌小姐的狀態了。

海鮮粥、幾樣清淡的小菜，雲五娘吃的分外滿足。

雲家遠一進來，就見到雲五娘狼吞虎嚥，莫名的有些心酸。「寶丫兒，有沒有覺得哪兒不舒服？」雲家遠坐過去問道。

「哥，你來了？」雲五娘搖搖頭。「就是覺得餓了，其他的都好。」

「這次的事情……」雲家遠又是心疼、又是後怕、又是愧疚，話到嘴邊，卻怎麼也說不下去。說這是意外？說這是誰也沒想到的事嗎？他說不出口，太兇險了。

雲五娘擺擺手。「我知道是意外，誰也沒想到會遇到這事。這幾十年來大概都沒人摸到這片地盤上了，要不然老叔哪裡真放心我去？」

「沒錯。」金雙九的聲音從外面傳來，緊跟著，他就走了進來。三十多歲的他，叫人覺得如一柄古樸厚重的寶劍。「這次是我大意了。那個島一直是咱們訓練用的，上面雖有毒蛇，但海岸上到處都是治療蛇毒的水草，而且兩天內一般不會要了性命，所以我才敢叫妳們去。沒想到倭人給摸上去了。」

「老叔坐吧！」雲五娘站起來，讓金雙九坐下，手裡還端著粥碗，捨不得放下，嘻嘻一笑。「有驚無險，老叔就不要自責了。」她轉移話題道：「那幾個活口招了沒有？」

金雙九搖搖頭，道：「我正想問妳，妳是怎麼確定他們是倭人的？我問過跟妳在一起的幾個姑娘，她們說妳會倭國話，到底怎麼回事？」

雲家遠就朝雲五娘看過去。「妳什麼時候學的？跟誰學的？」

雲五娘心裡咯噔一下，春韭幾人是從小伺候自己的，自己會不會倭國話，她們比誰都清楚！這個謊可不好圓。

她若無其事地放下手裡的碗，笑道：「我哪裡會什麼倭國話？事情是這樣的……」雲五娘笑道：「我們先在海灘上發現了一個光著腳的腳印，這個人的腳印很奇怪，大拇趾和第二趾之間的位置特別寬。」說著，她就對雲家遠道：「還記得來的路上，哥哥給我說過倭人的生活習慣的事吧？」

雲家遠點點頭，他確實說過。

「我當時就懷疑了，所以打發了人返回去報信，叫其他的人都先隱蔽起來。」雲五娘接著道：「這夥人非常專業，肯定不是漁民。當時我本懷疑是不是老叔派來試探我們的人，因此，最開始我也沒想過要下殺手。後來我們在他們走過的地方，發現了一根沾著血的枯枝時，我就知道有人落單了。當時那個人就藏在藤蔓裡，我們幾個人根本沒辦法全部靠過去，於是，我就自己過去了，主要是想觀察這個人到底是什麼來路？結果，那個人的腳受傷不輕，他自己處理傷口的時候，表情有些憤憤的，對著他同伴的方向說了一句『chikushyou』，這肯定不是漢話，也不像任何一種方言。」雲五娘接著道：「看他的表情，我猜這大概不是什麼好話，想來是罵那幾個將他拋下的同伴的。所以，我基本就斷定他是倭人了，於是乘機殺了他。等遇到第二批人的時候，我們被三個人圍在了中間。他們發現了我們，我們卻沒有察覺他們。正面衝突肯定是要吃虧的，我猜他們也不知道我們的底細，於是就現學現賣，說了一句chikushyou，他們就放鬆了警惕，顯然，是將我們當成了跟他們一樣的人。而那人後來也說了一句什麼，我已經記不清楚了，都是看著他們的神情猜的。見他們放鬆了，我就更徹底地擺出自己人的樣子，才靠近過去，乘機殺了他們。」她搖頭一笑。「僥倖的很！有時候，運氣還是很重要的。」其實，當時腳受傷那人說的是「八嘎」，而自己遇到那三個人的時候，說的才是「chikushyou」。

金雙九搖搖頭。「這不光是運氣，還得要有足夠的冷靜、理智、果敢、狠辣。缺一點，喪命的就是妳們呢！」他看著雲五娘笑道：「妳知道我會派人試探妳們？」

「不知道！猜的。」雲五娘搖搖頭。「這些訓練章程一定是老祖定下來的。」

金雙九挑挑眉，看了雲家遠一眼。

雲家遠搖搖頭。「我沒說過。不過，寶丫兒打開了那個匣子。」

金雙九看著雲五娘的眼睛就亮了。「要不是妳娘不答應，我還真捨不得放妳回去了！」

雲家遠心想：我娘肯定是樂意的，就怕遼王不樂意啊！

金雙九站起身。「我還要去看看那幾個活口，要去嗎？」話是對雲五娘說的。

雲五娘無所謂地點點頭。「看看也好。」說完，拿起一邊的茶壺，用壺嘴對著嘴，灌了一氣，就道：「那走吧！」

雲家遠不禁嘆了一聲。學好三年，學壞三天。這才幾天的時間啊，那點大家小姐的規矩就全都丟了！

出了門，就見海石、海藻、水草、石花站在外面，雲五娘上前道：「妳們先歇著，不用跟著我。」說著，就對綠菠道：「妳安置好她們。」

海石幾人忙應了一聲。跟在主子身邊，是多少人求都求不來的事，她們當然願意。

第二十七章

雲五娘跟在雲家遠的身後，繞過了幾重營房，才到了一處由石頭建造的大片建築前面，高牆上是鐵絲網，鐵絲網上纏著鐵刺，這裡該是牢房了。進了這裡，只怕真是插翅難飛。

「這裡很長時間不關人犯了。」金雙九說著，就走了進去。

牢房裡陰暗，透著發黴的味道。被綁在柱子上的是那個刀疤臉，他被那個少年挑斷了手筋，但傷勢卻是幾人中最輕的。

刀疤臉抬頭看著雲五娘的眼神透著陰鷙。

「你是倭人。」金雙九看著刀疤臉道。

刀疤臉愕然地看了一眼金雙九，他不知道自己是哪裡露了破綻？既而又恍然地看向金雙九身後的雲五娘。「妳早就知道了？」

「不然我做什麼非得跟你不死不休呢？」雲五娘輕笑一聲，走了上去，對著刀疤臉一笑。「我欣賞你的骨氣，我喜歡有骨氣的人。」

「臭丫頭，妳死心吧！我是什麼也不會說的！」刀疤臉露出幾分猙獰之色。

「我知道啊！我知道你不會說的，」雲五娘走過去，一把捏住他的下巴。「所以我不會問你什麼。」說著，她鬆開手。「我是有些好奇，要是在你的身上劃上幾百幾千的小傷口，然後在海水裡浸泡上三天三夜，再撈出來，裹上棕櫚葉子，丟在海灘上曝曬三天，你說，會不會將你的皮剝下來？最後再給你渾身塗上蜂糖，放在林子裡，什麼蛇蟲鼠蟻都喜歡這樣的味道呢！你猜猜，螞蟻將你啃食完，大概需要多長時間？三天？五天？你的塊頭不小，估計得十天。你放心啊，我一定天天讓人給你餵吃餵喝，好讓你看著你的手腳鼻子是怎麼被啃乾淨的？哎呀……也許看不到，不知道那些螞蟻會不會先吃眼珠？」疑惑地歪著頭想。

別說刀疤臉了，就是金雙九都愕然地扭頭看向雲家遠！臉上那表情十分的明顯——難道雲家就是這麼教養家裡姑娘的?!

雲家遠噝了噝唾沫。這絕不是誰教的，全都是無師自通的。雖然雲家不好，但也不能這麼冤枉人家。

刀疤臉的眼裡閃過驚懼，他盯著雲五娘，想從裡面看到撒謊的痕跡，可是沒有，那眼睛裡真是躍躍欲試的興奮！他不由得牙齒打顫。

雲五娘一笑。「你們已經摸到了我們的地盤，目的是什麼不言而喻。其實你什麼都不說我們也知道，所以，你就繼續當你的硬骨頭吧！碰上你這麼一個硬骨頭，也算是難得。以前幾個要嘛被嚇死了，要嘛剝皮的時候疼死了，還有一個運氣更不濟，泡在海水裡時不知道怎麼把鯊魚給引過來了，被咬得只剩下上半身，所以我這實驗也沒法做了，真是可惜死了。」

「妖女！妳這妖女！」刀疤臉瞪著雲五娘。「妳是吃人的妖女！」

雲五娘看著金雙九道：「老叔，這個人罵我，我看叫人開始吧！不割一千刀不行，皮不好剎。」說著，就對著刀疤臉道：「怪血腥的，我就不看了，你慢慢享受吧！」說完，轉身就出了門，到了門外才笑開了。

雲家遠跟了出來。「從哪裡聽來的古怪東西？以後收斂點，叫人家知道了還了得？」

「知道了。」雲五娘馬上笑著應了。她哪裡真敢這麼折騰人啊！

兩人說著，就從監牢裡出來，至於金雙九在裡面做什麼，他們也不管。

站在海灘上吹著海風，雲五娘問道：「怎麼樣了？有那夥子倭寇的消息了嗎？」

雲家遠點點頭。「老叔判斷，妳這次遇上的這夥子人，可能跟倭寇有關，還需要印證一下消息。如果屬實，就要準備一鍋端了他們。」

「哥哥也會去吧？」雲五娘問道。

雲家遠點點頭。「這是自然。」身先士卒，是最基本的。

「我也想去。」雲五娘看著雲家遠道。

雲家遠才要說話，就聽見後面有腳步聲，是金雙九過來了。

「想去，就還得練。」金雙九看著雲五娘。「回去換衣服，我就在這裡等著妳。」

雲五娘趕緊應了一聲，跑了兩步，才回頭問道：「老叔，那刀疤臉招了嗎？」

金雙九點點頭。「我已經叫人進去按著他交代的畫海圖了，放心。」

看著雲五娘跑遠，金雙九才對雲家遠道：「五娘的恐嚇是有效果的，一動刀，他整個人就崩潰了。這夥子倭寇野心不小，想在海上紮根，不除掉他們，後患無窮。」

雲家遠看著海面。「那就準備吧。半個月的時間，夠嗎？」

「足夠了！」金雙九肯定地道：「咱們的前哨，偵查時間最多十天。」

「好。」雲家遠點點頭。「一定要做到萬無一失。」

「五娘這事……」金雙九咳嗽了一聲，才繼續道：「你打算怎麼跟你娘說？」

雲家遠愣然了一瞬，然後才抬頭看金雙九，見他有些尷尬、有些赧然，似乎還有些躲閃，就有點明白了。他不敢跟娘說，他怕娘會埋怨。於是雲家遠就笑道：「就算我不說，難道五娘回去不會告狀？那就是個告狀精！還有，老叔，你看五娘那張臉，來的時候是什麼樣，這才半個月又是什麼樣？我娘難道看不出來嗎？還不定怎麼心疼呢！」

金雙九就瞪眼道：「要想磨練一番，又捨不得叫受罪，這哪裡能行？你娘以前不是這樣的，對你也狠得下心，怎麼到了五娘這裡，就成了這樣了？」

「要不是我娘自己知道她下不了狠手，也不會送過來叫你教她了。所以，這練不好，你要落埋怨；你要是練得狠了，也一樣會落埋怨。」雲家遠搖搖頭。「你就跟我娘實話實話吧，橫豎都是落不到好！」說完一笑，就扭身走了。

雲五娘過來的時候，只見到金雙九沈著臉看著自己，她剛走過去，就被提溜起來，一個過肩摔給摔在了沙灘上！

「老叔！你跟我有仇還是怎麼的？」雲五娘起身，揉著屁股問道。

金雙九心說：小樣！我跟妳沒仇，但跟妳爹有仇！

既然怎麼做都是要落埋怨的，那就狠點吧！

好一會兒後。

雲五娘不知道摔沙袋爽不爽，但被當作沙袋摔一點都不爽！

「……老叔，要不您老歇會兒？」雲五娘朝後一退，海浪追到沙灘上，褲腿又濕了。

金雙九呵呵一笑。「繼續吧，老叔不累！」

雲五娘面色一苦。「我這也幾十斤重呢，老叔您這麼提溜來、提溜去的，咋能不累呢？要不叫幼姑來，換換您？」雖然都是可抓著我一個人這麼摔，但好歹幼姑下手輕啊！

金雙九眼睛一瞇。「別廢話！看好了我的動作，我都是怎麼摔的？妳是個人，又不是沙袋，為什麼不想辦法躲避？」

我躲得了嗎？雲五娘只得一咬牙，伸手扣住他的腰，死活不撒手，即便人被舉起來，頭朝下吊著，也不撒手。不料，她只覺得對方的腰怎麼一扭，她就被掙脫了出去，整個人又一次跟沙灘有了親密接觸。

她眼睛一亮，還算堅持了一下子。於是，她反覆變換方位進攻，然後不停地被扔出去。

等到了晚上收攤時，雲五娘覺得收穫還是挺大的。

剩下的日子，每天都一樣，早上被老叔當沙袋扔，下午跟海石她們對摔，晚上還要跟著島上的先生學各種船的知識，充實到無以復加。

這樣的日子也不知道過了幾天，反正等雲家遠來告訴自己要出發的時候，聽說已經是半個月後了。

「都準備好了？」雲五娘換了雲家遠帶來的軍裝，問道。

雲家遠點點頭，表情有些嚴肅。「都好了。妳跟在我身邊，不許亂跑。」

雲五娘應了一聲，海上是有許多的規矩和禁忌的，她還是多聽多看，少說為妙。

這次出門，雲五娘也將春韭、水蔥、綠菠、海石、海藻、水草、石花給帶上了，加上自己，夠一支戰鬥小組了。真遇上什麼突發狀況，她也不怕。

衣服雖然是最普通的兵丁樣式，但裝備卻是最好的。腰上掛著的防水袋裡是一些乾糧還有一個水囊；腿上綁著匕首；胳膊上是袖箭。另外還有一把大刀、一副弓箭。

要是沒有這段時間的訓練，光是這些裝備，雲五娘覺得，自己就揹負不起，太沈了。

想起古代的水戰，雲五娘能記得的只有諸葛亮的草船借箭和赤壁之戰，還有朱元璋和陳友諒之間的鄱陽湖之戰。但這都是在內陸的江河湖泊上進行的，真正的海戰，她竟然一個也想不起來。近代史那點糟心事，她也不願意想了。

從島上登船，向前行駛了大概一個時辰，眼前鋪排開幾十艘戰船，每一艘都是裝備了火炮的大船。雲五娘知道，這些船上，都裝備至少五十隻小船，根據情況來適當的調配。現在可沒有無線通訊，一切都是靠旗語。旗語，也是五娘要學習的功課之一。

幾十艘大船，用浩浩蕩蕩來形容一點也不為過。開足了馬力，足足四天，才到了據說是倭寇盤踞的海島。這裡距離海岸並不算遠，離戚家尤其近。

此時的簡親王就坐在戚長天的對面。在戚家的地盤上，想查出什麼來，本就是異想天開。皇上的意思還是在敲打戚家，告訴他們，皇上不是傻子，正因為有疑心，所以才查的。簡親王看到了這裡的繁華，看到了海洋貿易的利潤，也看到了戚家的手段。至於在海上的事情，說實話，他真是無能為力。

「……事情本王已經查得差不多了，也就不多留了。今兒……」本打算說告辭的話的，但話還沒說完，警報的鐘鼓就敲響了。

多少年了，都沒聽到過這樣的鐘鼓之聲了。

戚長天面色一變，趕緊站起身來，也顧不得簡親王還在，就往外跑。

簡親王跟了出去，這到底是戚家跟自己演戲，還是海上真的出現了變故？

剛跑到府衙的門口，一匹快馬就奔了過來，看來是報信的。

來人從馬上跌下來，就要行禮。

戚長天道：「什麼時候了，行什麼禮？快說！」

那人站起來道：「海上出現了幾十艘大船，正朝海岸方向而來！」

「大船？什麼叫大船？什麼船型你們看不清楚嗎？」戚長天問道。

「大船……咱們沒見過的船型啊！」那人道：「看著比咱們的戰艦大了不止一點！」

戚長天心道一聲不好，不會真是那些倭人要找事吧？那這可真是引狼入室了！

「走！去看看！」說著，戚長天就翻身上馬，朝駐紮著水師的海港而去。

簡親王也從門口解了馬，跟了過去。他本還想著自己帶著十幾個隨從，在繁華的大街上應該並不好走，到處都是人，若踩傷了人終究是事端。可到了街上才發現，警報一響，街上的人都馬上避了，十分的迅速。

「主子，這是那位東海王當年定下的規矩。說是為了避免不必要的傷亡。」隨從在後面揚聲解釋了一句。

簡親王點點頭。他這些天滿耳朵都是當年東海王的事蹟，可見東海王在沿海百姓心裡的威望是何等之高，即便過去這麼多年了，人們還是口耳相傳著。他的規矩，也還在嚴格的被執行著。這只怕也是戚家無奈的地方，儘管戚家能治理這一片地方，但終究替代不了金家在百姓心中的地位。

戚長天見簡親王也上了船，就道：「王爺，海上變幻莫測，什麼事情都可能發生，實在是兇險，還請王爺……」

「不用說了。」簡親王伸出一手阻了他的話。「軍情緊急，不必顧忌本王。」

戚長天見簡親王堅決，就擺擺手。船馬上晃動了起來，緊接著，快速地朝前駛去。

此時的雲五娘站在甲板上，看著船分作兩隊，左右分開，朝兩側而去。

這是要將整個島合圍起來。

而站在甲板上，用望遠鏡也能看見對方島上的人已經開始登船了。

「放！」金雙九一聲令下，船上就有小戰船被放了下去。每艘船一百人，迅速的集結。

雲家遠跟著也躍上了小船。

「妳可敢去？」金雙九回頭，眼神灼灼地看著雲五娘。

雲五娘盯著金雙九的眼睛，毫不猶豫地從甲板上躍了下去，一躍入海裡，然後迅速游到小船邊緣，攀了上去。緊接著，幾個丫頭也跟著躍了下來。雲五娘站在小船上，挑釁地看著金雙九，然後小船就以更快的速度朝對面而去。

「咱們的任務是登島，跟在我身邊吧。」雲家遠小聲道。

雲五娘點點頭。「哥，你放心，別為了我束手束腳。要是我不能自保，老叔不會激我下來，他就是想叫我看看什麼才是真正的戰場。」站在小船上，雲五娘才知道為什麼形容小船都是「一葉輕舟」，這船在海上，真跟風裡飄搖的樹葉一般，感覺一點都不牢靠。

船上的其他人對雲五娘有足夠的尊重，卻並沒有多少驚訝。只要主子在，從來就沒有躲在後面的道理，這就是金家的規矩。這船上有一半都是雲家遠和雲五娘帶著的隨從，其實戰鬥力是最好的。

雲家遠簡單地交代了兩句，就顧不得雲五娘了。五十艘船，五千人登島，需要他的指揮。

「主子，位置差不多了。」海石輕聲對雲五娘提醒了一聲。

話音剛落，雲家遠就扭頭看了雲五娘一眼。「準備好了嗎？」

雲五娘點點頭，她知道接下來要發生什麼事。

果不其然，這邊剛用旗子揮動了幾下，炮火就彷彿在耳邊炸響了，是大船對著倭寇的船開炮了。

而自己這些人，需要從炮火的空隙穿過去，順利登島，將上面的人悉數清剿了。這島的周圍島礁遍佈，大船不能靠近，而不能靠近就使得整個島不在炮火的射程之內，所以，登島是必須要做的事。炮彈落在海裡面引起的震盪，叫小船更加的飄搖，已經有一艘小船因為被自家的炮火波及，翻了。

這該是金家第一次使用炮轟，對方估計正懵呢，這是最好的登島機會。

而自己等人唯一能做的，就是一往直前。

「什麼聲音？」戚長天拿著千里眼看了過去。

簡親王也嚇了一跳，這聲音怎麼這麼像是……像是火藥爆炸的聲音？這東西除了皇家，也就金家有了。

他拿起千里眼再看，遠處，黑黝黝一片，船身極為高大，不停的有火球升空，擊中對面的船。他的心不由得跳起來，這是金家，一定是金家！

誰說金家滅了？這樣的勢力在海上，誰他媽的說金家滅了？

金家但凡有一點異心，誰能擋得住這樣的攻勢？

「那島上是你們的人嗎？」簡親王問戚長天。

戚長天趕緊搖頭。「不是。」那裡是那夥子倭人的地方。他們這是招惹了誰，讓人家這麼圍剿？他頭上的汗都要下來了，這些人要是調轉矛頭，自己也抵擋不住啊！

簡親王問道：「你老實說，那島上究竟是什麼人？」

戚長天打死也不會說實話，就道：「我的王爺，我也想知道那是誰？惹來這樣的大敵，我心裡正沒底呢！」

簡親王冷笑一聲。「在你的眼皮底下，你竟然說你不知道？這夥人將金家激怒了，你還說你不知道是誰？」

「金家?!」戚長天又拿起千里眼看，他的呼吸都急促了。「不可能！這不可能……」

「什麼不可能？你當東海王是白叫的？」簡親王冷笑一聲。「你還是想想你幹了什麼叫金家動了這樣的陣仗！」

雲五娘半爬在甲板上，隨著搖擺不定的船前進，炮火的轟鳴聲、慘叫聲、呼救聲不停地傳來。落水中受傷的人，血腥味引來了鯊魚，叫這片水域的情況越發的複雜。

海浪不停地打在船上，濺起的飛沫落在人的身上，生疼。

「準備！」雲家遠的聲音在耳邊響起。

「一……二……三……跳！」

雲五娘機械地跟著雲家遠的指揮，跳進了海裡。海水冰冷，這種感覺並不好受，但也都已經習慣了。雲五娘知道，一旦棄船，便意味著島嶼就在跟前。因為對方的碼頭是駐守人員最多的地方，不可能將船停靠在他們的碼頭上，那樣目標太大，對方也不是吃素的，如此造成的傷亡，只怕也會很大。而且在碼頭前的水裡，下面的情形都不是自己所熟悉的，所以，唯一能做的就是駕船靠近海岸，然後在對方的箭簇射不到的地方果斷棄船，從海裡游過去，強行登陸。

雲五娘一跳進海裡，就被人抓住了腳腕子。這夥人也不是笨蛋，早早的就潛伏進水下了。在水裡，除了近身搏擊，沒有別的辦法。子彈在水下都不大好使，更不要想用箭簇和袖箭了。

一腳被抓，讓人不得自由。雲五娘本能地抬起另一腳踹在這人的臉上。他應該是什麼地方受傷了，行動有些遲緩。但即便是這樣，在力量上，她還是處於弱勢，只能借著自己的身體靈活，攻擊對方身體的薄弱點。本想劃傷對方的脖子，卻不想他低頭一躲，眼睛正好撞在自己的匕首上，疼痛叫他瞬間就撒開了手。

雲五娘暗道一聲「僥倖」，這次純屬運氣。剛露出頭，就見海石幾人朝自己靠過來。石花的身邊有血暈染開，應該是受傷了。雲五娘指了指海島，示意她們快點登岸。

雲家遠遠遠地看見妹妹從水裡露出了頭，就豎了一根大拇指。初一下水才是最危險的，只要露頭，就證明周圍暫時還是安全的。

箭簇從島上密集地射出來，只能又快速地潛進海裡，偶爾露頭換氣。聽見近距離的爆炸聲時，雲五娘馬上浮出水面，就見雲家遠帶著一隊人，從腰上解下什麼，朝海島上扔了過去。

這是……靠！

這東西跟手榴彈有些類似，投擲過去，威力還是不小的，最起碼壓制住了射過來的箭，已經有一隊人順利地登了上去。原來他們的防水袋裡裝著的不是什麼乾糧，而是這玩意兒！

雲五娘打了一個手勢，趁著這會子功夫，趕緊登陸。

另一邊的戚長天看得頭上的冷汗直冒，這絕對是金家！

「靠過去點！能看仔細。」簡親王對戚長天道：「快點！」

戚長天搖頭道：「王爺，太危險了。那東西只要偏一點，咱們就得遭遇無妄之災。」

「偏什麼偏？你瞧著人家哪個打偏了？」簡親王氣得直跺腳。這可是近距離接觸金家的機會，怎麼能放過呢？

「可對方並不知道咱們沒有惡意，萬一被錯認成……咱們可就真冤枉了。」說什麼都不能靠過去！戚長天不是不想觀察金家，而是怕那些倭人以為自己是去救他們的，這可就真的糟了。想起這夥子東西，他就憋氣。花了那麼多金子，結果什麼都不頂用，這才幾天，就被人家連根都拔了！再想起自己先前竟然跑到京城去跟金氏談條件，就覺得可笑。這個女人若發起怒來，他辛苦積攢的家業恐怕就要毀於一旦了！

簡親王見戚長天死活再不敢向前一點，就知道那島上的人一定有鬼！他深深地看了一眼戚長天後，沒再說什麼，只拿著千里眼盯著海島的方向。

……等等！怎麼還有女人？

從海裡上岸的不是女人是什麼？身手還都不錯，兩人一組，一攻一守，配合得十分有默契。簡親王默默地觀察著，站在甲板上就沒有動彈過。

幾千人的登島之戰，是誇張了點，但也足夠震懾戚長天了。這一戰，就是兩個時辰。除了海上漂浮的屍體，就是戰船的殘骸。

如今，炮火聲停了，喊殺聲停了，意味著島上的戰端終止了。

「咱們撤吧，王爺。」戚長天站在簡親王身邊道。他怕對方調轉矛頭，對準了他。

簡親王輕蔑地哼了一聲。「急什麼？人家要對付你，早就對付了，還用等到現在？這裡任何一艘船，都足以將咱們炸成碎片！」

雲五娘進了島上蓋起來不久的簡易屋子，裡裡外外查找了一遍，還真發現了幾封書信。

雖然沒署名，但看內容就知道是誰寫的。她將這些裝好，拿給雲家遠瞧。

雲家遠看了看，就冷笑一聲。「早就料到了。」說著，就將這些先收起來，誰知道以後會不會用上呢？

另一邊，有俘虜被押了過來，十多個人。

「一批押回去，交給老叔審一審。另一批，我覺得應該給觀戰的人送去。」雲家遠冷笑了一聲。「咱們再看看戚家見到這些俘虜後，還有什麼樣的手段？」

「讓我去吧！」雲五娘道。「放心，戚長天並沒有見過我。而且就我現在這樣，就算他身邊有羅剎，也肯定認不出來。」

雲家遠點點頭。「小心點。」

五娘需要在更多的人心裡樹立威信，所以，她需要這樣的機會。再說，送俘虜而已，也不會有什麼危險，關鍵是敢不敢有這麼一個遇事就往前衝的態度。

隨意指了八個人出來，給帶到碼頭。雲五娘眼睛一瞥，就瞧見這幾人來回使眼色。他們下了水都是好手，不得不防。

「挑了手腳筋。」雲五娘對海石吩咐道。

「是！」海石應了一聲。對於普通人來說極其殘忍的事，叫她們做起來，已經沒有任何的不適了。

「他們在做什麼？」簡親王問道。他只能看清人的身形，卻看不到人的臉。

戚長天沈聲道：「這是將俘虜的手腳筋都挑了，怕他們下水逃走。」

「我的天啊！怎麼叫女人幹這個？」簡親王不可思議地道。

戚長天嘟囔道：「金家的女人，從上到下，就沒有正常的！」

「這是朝咱們這邊來了吧？」簡親王看著一艘船駛了過來。

「是，王爺。」戚長天盯著這艘船，見船上站著的都是女子，他的心稍微放鬆了一點。

小船一點點靠近，簡親王的身子猛地就僵住了。這個姑娘……為什麼這麼熟悉？肯定是在什麼地方見過的。只是這姑娘黑不溜秋的，要是見過，一定會有印象啊！

雲五娘可不知道，自己覺得十分健康的小麥色，被簡親王認定是黑不溜秋。自己這樣都黑不溜秋了，那海石她們豈不是真成了黑炭？

等船再一靠近，雲五娘面上就一驚。她還真是沒想到簡親王到現在還沒有回京，而且還跟戚長天上了船！

見她神色一變，簡親王就肯定了，這姑娘必定也認識自己！

誰呢？跟金家有關的小姑娘，可就只有自己的小姨子——雲家五姑娘了。

難道是她？不能吧？再一細看，這眉眼不是她還會是誰？

這一驚，幾乎叫他一屁股坐在甲板上。剛才在千里眼裡，他可是看見了，拿著刀砍人的絕對有她一個！剛才在岸上挑這些俘虜的手筋腳筋時也毫不拖泥帶水！

金夫人一定是瘋了！怎麼可以叫小姑娘幹這個呢？他是見過雲五娘好幾面的，那就是個笑咪咪、白白嫩嫩、臉上稚氣未脫卻滿肚子鬼心眼的小姑娘啊！跟眼前這個女煞神可不一樣！

這才多長時間，就脫胎換骨了？

雲五娘的神色微微一變，就恢復正常。既然簡親王在船上，那麼原來的打算就能變一變了，於是揚聲道：「哪個是朝廷的欽差簡親王殿下？」

戚長天看了簡親王一眼。

簡親王也不知雲五娘打算幹什麼，就出言道：「本王就是。」他也不問對方是誰，這種廢話大家心知肚明，還是省省吧！

雲五娘道：「這是藏身島上的倭寇，交給王爺處置吧！我等海外漁民，不敢擅專。」

哄鬼呢！哪家的漁民用這麼大的船，且一出動就數千人？哪家的漁民說話文謅謅的？哪家的漁民這麼會坑人？

這扔過來的是俘虜嗎？不是！是燙手的山芋！既然是倭寇，又在戚家眼皮子底下的島上，這裡面的事情就十分的清晰了——戚長天這混蛋竟然勾結倭寇！

可知道了這個又能如何呢？有了證據又能如何？真把人帶回去，叫皇上怎麼辦？

罪證確鑿，辦了戚家嗎？這就等於是逼戚家造反啊！在手裡沒有能應對的實力之前，皇上發作不得。要不然，也不會養虎為患，留戚家到現在。

但要是不辦，皇上的臉面往哪裡放？還有誰會懼怕皇權？這俘虜一旦接下來，就是一個燙手的山芋，怎麼處置都是錯的！

雲五娘啊雲五娘，我跟妳往日無怨、近日無仇，妳真是會給我出難題啊！就算不看在我是妳姊夫的分上，妳好歹看在宋承明的面子上，手下留情吧？

簡親王看著被吊上來的俘虜，又回頭看了戚長天一眼。再扭頭，那艘小船已經離開了。遠遠地，還能看見雲五娘站在船頭上，十分的怡然自得。那小船在海浪裡搖擺，那些姑娘卻如同釘子似的釘在甲板上，半點都不曾搖晃，這還只是小姑娘呢！但就是這樣的素養，戚家怕是就不具備啊！

「回吧，靖海侯。」簡親王看見戚長天眉頭緊鎖，想來受到的震撼一定比自己還大。

雲五娘看著戚家的船緩緩地駛開，心思就有些起伏。

金家崢嶸重現，消息馬上會傳回京城。而這些，又會給朝局引來怎樣的動盪呢？

其實，朝局如何，與金家關係並不大。

真正受影響的，是遼王宋承明。

對他、對遼東，會有怎樣的衝擊呢？

等日暮的時候，這裡的一切都已經料理乾淨。

雖然全殲了對方，但是己方還是有了傷亡。二十七個兄弟戰死了，重傷了五十六個，輕傷兩百多人。能找回的遺體都已經找回來了，找不回來的，就永遠沈睡在這片海域裡了。

幾十艘大船，在夜幕裡起航，要回去屬於他們的地方。但這些年輕的生命，卻永遠再回不去了。

雲五娘心裡堵得慌。

「有戰爭，就有死亡。這是妳要學習的最後一課，看淡生死。」金雙九的聲音在雲五娘身後響起。

雲五娘搖搖頭。「不，不是要看淡生死，而是要更尊重生命、愛護生命，甚至守護更多人的生命。他們死了，但死的有價值。」為了這片大海，為了守護海那邊的領土，付出怎樣的代價都是值得的，包括生命。

這次的任務已經完成，此次回去，只怕就得離開海島，返回京城了。有生之年還能不能來，雲五娘自己都不知道。

她這幾天，在船艙裡畫畫。畫海上的美景，畫風浪裡的船，畫日出及日落，畫殘酷的戰場，也畫了許多自己娘親的畫像。有含笑品茶的、有皺眉沈思的、有站在高處往遠處眺望的。

雲五娘看著金氏的畫像，才發現，出來這麼長時間，唯一掛念的，就是這個娘親了。

回到了島上，只是休息了一晚，第二天一早，雲家遠就打發人，叫雲五娘趕緊收拾，他們要回京城了。

雲五娘簡單的梳洗了，重新又換回自己的衣服，將娘親的畫像放在匣子裡。

「老叔，這是給你的。」雲五娘將匣子遞給金雙九。在雲五娘眼裡，他就像是守護著金氏的騎士，他對娘親的心意，她如何看不出來？

金雙九也不知道是什麼東西，但到底是孩子的心意，他便從容地收下了。「快上船吧！這裡永遠都是妳的家，想回來就回來，不管什麼時候。」

雲五娘應了一聲，就鄭重地對著金雙九和幼姑行了一禮，這才跟著雲家遠上了船。

金雙九看著船遠遠地變成一個黑點，最終消失在海面上，才轉身往回走。

幼姑跟在他身後，問道：「小丫頭給你什麼了？該不會嫌棄你訓練的太狠，逮了條水蛇放在裡面吧？」

雲家遠就幹過這種事！他那時才十歲大小，被金雙九訓得跟狗似的，臨走了，逮了條海蛇放在匣子裡，極為鄭重地交給金雙九。等他走後，金雙九打開，可不嚇了一大跳？

金雙九叫幼姑說的也犯起了嘀咕。他慢慢地打開匣子，就見裡面卷著幾張紙，等他打開一看，眼睛就再也移不開了。

幼姑嘆了一聲。「兩個孩子心裡都是明白的，這是好事。」

是啊！這是好事。只要能等到重聚的那一天，十年、二十年、三十年，哪怕是一輩子，又有什麼關係呢？

朝發夕至，船行的並不快，但還是在日暮的時候，到達了霧靄島。

站在碼頭迎接的是一個中年漢子，不用說都知道這是金五。

「五叔！」雲五娘跟著雲家遠這麼喊。

金五嚴肅的臉上露出點笑意來。「平安回來了就好！走，你們五嬸準備了飯菜，先吃飯！」

桌上的飯菜，叫雲五娘激動得想掉淚，一碗紅棗粥、一碟子酸蘿蔔、一碟子清炒豆角，再加一盤子白麵饅頭。

終於不用吃海鮮了！五穀雜糧、白菜豆腐，這些才是百吃不厭的飯嘛！

「沒給姑娘烤大蝦，姑娘不會介意吧？」五嬸含笑問道。

雲五娘立刻擺擺手。「不介意！太不介意了！五嬸，還是妳貼心，總是知道我最想吃的是什麼。」

「不是知道妳想吃什麼，而是不習慣海上的人，人人都跟妳的想法一樣。小米粥、醃蘿蔔，就是最好的飯菜了。」五叔跟著一笑，又問雲家遠。「是住一晚上，還是馬上就走？」

「馬上就走。消息傳出去後，恐怕想找我娘的人更多了，我不放心。」雲家遠將碗裡的粥喝完，就道。

五嬸又去給盛了一碗。「這也太著急了。這來的匆忙，走的也這麼匆忙。」

「情勢如此，也是沒辦法的事情。」五叔低聲一嘆。金家的錢財糧食補給，主要靠陸上的貿易，所以，別看海上的勢力龐大，但真正的重心仍在陸上，這是沒有辦法的事。要不然，主子早帶著兩個孩子來島上了，在京城耗著幹什麼？

雲五娘又三兩口地吃了飯後，一行人便趁著夜色換了船。來的時候，覺得這一片十分的顛簸，等再走的時候，覺得也還好，在自己能承受範圍之內。

到子時的時候，就已經到了臨海的鎮子上，等在暗道口的還是金六叔。

「少主，歇一晚上再走吧？」金六看著夜色，就詢問道。

「不了，趁著天亮前趕到碼頭，順便就上船了，不能在福州多待。」雲家遠一路往外走，馬匹就在門外。

「也好。少主一路保重！」金六請幾人上馬，拱手道。

「六叔也保重！」雲家遠看著雲五娘上了馬，回頭對金六道。

雲五娘在馬上對著金六欠欠身，就打馬而行。

今晚的月色不錯，隱隱約約能看見前面的路。兩邊的密林裡，傳來各種各樣奇怪的叫聲，在朦朧的月色之下，像是藏著什麼怪獸似的。十多匹馬疾馳而過，風馳電掣一般，還沒等害怕，就已經躍過林子去了。而且，都是殺過人的人，還真沒什麼好害怕的了。

到江邊一處不起眼的碼頭，換了一艘看起來再普通不過的船，等船一路往北開動的時候，天邊有了魚肚白。

船上的都是自家人，一應準備的都十分妥當。梳洗過後，吃了早飯。

雲家遠就道：「都去安心地睡一覺吧，船上是安全的。」

奔波了一天一夜，雲五娘已經累得很了，點點頭，就帶著七個丫頭回了船艙。裡間只有一個床鋪，外間兩側是一個大通鋪，夠她們七個人睡的。

船行駛在江面上，比起在海裡的大風大浪，晃悠的程度完全可以忽略不計。雲五娘挨著枕頭，就睡踏實了。

這一覺睡得十分香甜，雲五娘是被滴滴答答的聲音給驚醒的。

「姑娘，下雨了。」春韭小聲地在外間回稟。

裡面漆黑一片，看來天已經黑了。這滴滴答答的聲音，是雨打在船頂棚發出來的。

「進來吧。掌燈。」雲五娘打了個哈欠。如今鬧得晝夜都顛倒了，看來得好好調一下生理時鐘了。

進來的是水蔥，她捧著油燈一進來，裡間一下子就亮堂了起來。「姑娘，用飯嗎？」

「好。」雲五娘坐起身又問道：「她們都起來沒？」

「都起了。海石她們沒見過江河，不知道這樣的地方該怎麼行船，這會子披著蓑衣，在甲板上看呢！」水蔥說著，就笑起來。

「大晚上的，能看出什麼？白天再看吧！聽著這雨聲，可不小呢！」雲五娘下床，坐在桌邊，問道：「少爺呢？起了嗎？」

「起了。剛才還來問過姑娘，說今晚風大，不准姑娘開窗。」水蔥話音才落下，綠波和春韭就提了食盒進來。

白粥、醃菜，雲五娘也吃得十分的香甜。

海石、海藻她們還在兀自興奮，雲五娘想，她們要適應陸上的生活，只怕也得一段時間。

吃完飯後，主僕又各自躺回去。大晚上的，睡不著也沒別的事情可幹。

雲五娘迷迷糊糊的，就聽石花在外間突然道——

「水下有鬼，聲音不對！」

她說的鬼，不是真的鬼，而是有人潛進了水下。

雲五娘蹭一下坐起來，迅速地將裝備綁在身上，穿好衣服。出了裡間，幾個丫頭都已經收拾好了。剛輕輕地打開艙門，就見雲家遠帶著隨從，就站在甲板上。

雨確實很大。

雲五娘站到雲家遠的身邊，見他的視線落在前面不遠處的一艘大船上，就不由得皺眉。

「怎麼了？不是衝著咱們來的？」雲五娘低聲問道。

雲家遠抬了抬下巴。「妳看那艘船的標識。」

「簡親王府？」雲五娘不確定地道。

船上燈火通明，標識十分的明顯，想看不清楚也難。還有那高懸的馬燈，全都標著王府的標記。

除非碰上皇上的御輦，否則，這船誰見了都得讓道。

但少了麻煩的同時，對別有用心的人，只怕也是指路的明燈啊！

「那船上有俘虜吧？」雲五娘這樣問。

雲家遠的嘴角露出幾分嘲諷的笑意。「且看熱鬧吧。簡親王這般的大張旗鼓，只怕另有所圖。」

雲五娘還沒明白這話是什麼意思，怎麼就另有所圖呢？又能圖謀什麼呢？就見雲家遠擺擺手，跟著，自家船頭上唯一的一盞燈也熄滅了。

暗處看明處，總是瞧得格外清楚。

雲五娘就看見十幾個人從水裡露出了頭，慢慢地順著簡親王那艘船的船體往上爬。

「能看出來路嗎？」雲五娘小聲問道。

雲家遠道：「不用看什麼來路。過了今夜，簡親王就離開了戚家的地盤，戚家這個時候不動手，還要等到什麼時候？不管是戚家派了自己人，還是雇傭了沿岸的水匪，都沒太大的差別。不過，我估計還是戚家自己的家將，因為他們的目標只是咱們送過去的俘虜，而不是簡親王。水匪可就不好控制了，他們見錢眼開，殺人越貨的勾當幹得很順手，即便是堂堂的簡親王，他們也未必就會害怕，幹一票就躲了的，是常有的事。戚家不敢叫簡親王在他們的地盤上出事，所以，應該不會是水匪。」

雲五娘點點頭，還真是這樣的道理。

扭頭再看，這些人已經登上了甲板，可奇怪的是，竟然連一個守夜的人都沒有。

大概持續了一盞茶的時間後，這些人又紛紛地躍入水中，眨眼就不見了。

再之後，船上才傳來驚呼聲——

「殺人了！」

「有水匪啊——」

甲板上頓時亂做一團。

「看出什麼門道了嗎？」雲家遠問雲五娘。

「這……這……這簡親王是故意的！故意叫俘虜被殺了！」雲五娘愕然地道。

雲家遠點點頭。「要不然呢？帶回去更棘手。到時候，龍椅上那位該拿戚家怎麼辦？管，還是不管？」

雲五娘的神色有些複雜。「那咱們豈不是做了無用功？」

「怎麼會沒用呢？第一，叫他們知道，咱們金家這次之所以大動干戈，究竟是為了什麼？要不是倭寇，金家是不會動的。給他們施壓示威，也省得他們多想。第二，就是將戚家的罪過擺到了明處。只要有了這些俘虜，其實是死是活，沒多大意義，因為金家開口說是，那就肯定是，咱們家的招牌，不會有人質疑的。如今俘虜被殺，而且是在戚家的地盤上被殺，就更耐人尋味了。不是只有留著活口才叫證據的。」

雲五娘點點頭，耳邊是大船上的人誇張的大喊聲。再看看周圍，遠遠近近的，有不少船都亮起了燈。只怕隨著這些商船的流傳，簡親王的船被水匪偷襲的事情，就不脛而走了。

戚家，太急切了。

雲家遠道：「走吧，不關咱們的事，咱們不摻和。」

回到船艙裡，換掉身上的濕衣服，雲五娘卻沒有將手腕上的袖箭取下來。在外面行走，不是自己的地盤上，什麼意外都可能發生。謹慎小心，永遠是擺在第一位的。

第二天，能看清外面的景色了，石花整個人都興奮了。「就跟在畫上似的！」她這麼稱讚道。

兩岸的景色都是最原始的自然美景，跟在海上看到的永遠是藍色的汪洋不一樣。水是清澈的，兩岸是翠綠的。

「慢慢的，看習慣了就不覺得有什麼了。」雲五娘笑道。

越往北走，天氣就慢慢地涼了下來。

「趕到京城，就已經是八月了，天可不就涼了嗎？」雲家遠在船頭釣魚，回頭對雲五娘說了一句。

五娘覺得這樣釣魚十分有趣，也叫人拿了釣竿出來，塞上魚餌垂了下去。

釣了半天，也就釣了兩尾三、四兩重的魚上來。「都不夠一碗湯的量！」順手就給扔下去，放生了。

「妳這性子，還得磨一磨。急什麼？難道廚房還指著妳的魚下鍋不成？」雲家遠說著，指了指邊上的小凳子。「再來。」

於是，到通州以前，雲五娘每天都在甲板上釣魚，唯一要記住的就是兩個字——耐心。

又行了數日，才到了通州的碼頭。

時間點選在清晨的時候，此時，碼頭上的人並不多。一行人快速地換了馬，就朝京城而去。

路上，還碰上了走得並不快的簡親王一行。

簡親王見這一隊人馬正是自己離開京城時就碰上過的，如今自己回京城，又一次遇上，說是巧合，也沒人相信。這次這些人雖然還是頭戴帷帽，看不清長相，但還是能從身形上看出，這裡面有一半都是女子。他心裡瞬間就有了猜測，這就是金家的人，而雲五娘一定在這些人裡面！

看來，回去後得叫自己的王妃請這位妹妹過府一敘了。

第二十八章

金氏站在山頂上，看著遠處的路，等遠遠的看到黑點靠近，她嘴邊才泛起笑意。可算是回來了！

雲五娘一行人沒有從京城穿行而過，而是繞過京城，直接回了煙霞山。在山下下了馬，雲五娘撒丫子就往山上跑。「娘！」遠遠地，雲五娘就衝著金氏喊道。

金氏的嘴角就翹了起來。「看來這一趟收穫不小，趕了那麼久的路，還能一口氣跑上來。」

雲五娘嘿嘿笑著，就直接撲上去，在金氏的臉上「吧唧」地親了一下。「娘！想死我了！」

「髒死了！」金氏故作嫌棄地拍了五娘一下，就道：「趕緊回去，梳洗了好吃飯！」

雲五娘應了一聲，一進院子，香荽和紅椒就迎了出來。

「姑娘，您可算回來了！」香荽上下打量著雲五娘，黑了，瘦了。不一樣了。

紅椒拉了雲五娘就進屋子。「先洗洗，這一身的土！」

泡在浴池裡，雲五娘完全沒有在裡面游兩圈的心情了。就跟把鯨魚塞到魚缸裡的感覺一樣，憋屈的厲害。這真的就只是一個浴池，她再也沒心情讓它充當泳池了。

臉、脖子和手，跟身上徹底成了兩個顏色。

「這得過一個冬天才能養回來呢！」香菱心疼地道。「這要是出門見人，咱們怎麼說啊？誰家的大家小姐曬成這樣了？還叫姑娘下地了不成？」

雲五娘就道：「就是下地了！誰都知道我愛種地嘛！下地曬的，就這麼說。」

紅椒不一會兒也從外面閃了進來，對香菱道：「姑娘這樣的，都算是好的了！妳瞧瞧春韭她們，再瞧瞧姑娘這回帶回來的四個姑娘，這一比，妳就知道姑娘這樣實在是算不得什麼。」

雲五娘就道：「那四個妳現在去妥善安置好。以後，屋裡的事情妳們照看，我出門的事情，有春韭她們照看。這四個是幫我處理外事的人，她們十分緊要。」

「姑娘這麼著緊？」香菱不由得問了一聲。

「妳們跟她們不一樣。後宅的事情妳們在行，管家理事妳們樣樣拿手，我信妳們，就如同信我的左右手。妳們陪著我長大，情同姊妹。但她們也是陪著我一起殺過倭寇的人，是戰友、是袍澤、是從屬關係，不是我的奴僕，明白嗎？真到了危險的時候，我敢把後背交給她們。」雲五娘看著二人，認真地解釋道。

她身邊的人，成分有點複雜。

香菱、紫茄、紅椒是雲家的人，但對自己的忠心不是假的。

水蔥、綠菠、春韭，是金家派去從小伺候自己的，是金家的人，卻在雲家長大。

海石、海藻、水草、石花，卻是地地道道的金家人。在哪裡都有競爭，主子身邊的丫頭也是一樣。所以，得提前跟她們說清楚，她們之間是不存在競爭關係的。每個人都很重要，都有自己的用處。

香菱手裡的浴巾隨著雲五娘的話語掉進了水池裡。「姑娘……姑娘您說，您殺……」香菱的聲音都有些顫抖了。

雲五娘點點頭。「知道就好了，不要大驚小怪。」

相比香菱的震驚、害怕，紅椒卻十分興奮。

雲五娘心想：這就是個傻大膽！

兩人將雲五娘上上下下都仔細地檢查了一遍，確認沒有其他的傷，這才放心。

等五娘出來，海石四人都已經在外面候著了。

「先跟著她們用飯，然後休息。從明天開始，咱們的訓練繼續，不能把手藝給扔下了。」五娘怕這幾人覺得自己沒用處，就安撫地道。當然，這也不是假話。

四人果然歡喜地應了一聲。

雲五娘這才去了正房。

金氏正跟雲家遠說話，看見五娘就招招手。「怎麼樣？當時嚇壞了吧？」說的是她遇見倭人的事。

「真到了要緊的時候，就不知道害怕了。」雲五娘笑道。

金氏拉著閨女的手緊了緊。「先吃飯，吃完飯咱們再說話。」

夏天剛過，瓜菜都十分的豐盛，這一頓飯吃得雲五娘特別滿足。

「這幾天，估計雲家會派人來接妳。」金氏突然道。「一則是金家亮了一下牌，京城裡馬上就會傳出消息，雲家肯定是要探一探虛實的。二則，是顏氏在上個月生了，應該是叫妳回去看看的。」

「生了？」雲五娘皺眉，問道：「生了個什麼？」

「兒子。」金氏搖搖頭。「聽說身體極弱，生下來才三斤多一點。如今還不能自己進食，得拿筷子蘸了乳汁，一點一點地往嘴裡滴。」

雲五娘對這些事沒有發表任何評價，對於她來說，這些事情都不再是她關注的重點了。這天下風雲將起，朝堂波雲詭譎，她真的沒有太多的心情放在後宅上。

金家出了一把牌，會在京城引起怎樣的反應？會對金家造成怎樣的結果？

而宋承明那邊的情況如何了？龍刺有沒有收到自己遞過去的消息？是不是有什麼急事找過自己？

這些事情，樁樁件件都比顏氏生孩子來的要緊。顏氏想生下繼承人，可是等孩子長大了，還有沒有肅國公府給他繼承，都是一個問題。他的出生，真的沒那麼要緊了。

吃完飯，雲五娘跟著金氏和雲家遠去了書房。

金氏卻回頭道：「妳先處理妳的事情去吧，棗樹上的紅絲帶已經掛了有些日子了。」是龍刺！

雲五娘看了雲家遠一眼，這邊的事情，雲家遠一個人能說的清楚，自己留著的意義也不大，因此轉身就告退出來，叫了春韭，快速地下了山。

山下已經有了自己的院子，雲五娘打算將田韻苑的丫頭都慢慢地挪出來。她才進了房間，龍三緊跟著就閃身進來了。以自己現在的警戒性，竟然也沒有發覺。

龍三進來，見雲五娘做了一個習慣性的警戒和防備的動作，眼神就是一閃。看來，這位主子離開，一定經歷了非比尋常的事。「姑娘，是屬下。」龍三開口道。

雲五娘點點頭。「我給你們留的信，可曾收到？」

「是，收到了，姑娘。」龍三有些焦急地道：「只是姑娘此次出門，時間久了一些。主子來信催了好幾次，十分的擔心。」

雲五娘點點頭，也沒有要解釋的意思，只道：「著急找我，有什麼急事嗎？」

龍三也不好深問，將主子的態度轉達到就是了。「這是主子前幾天就發過來的信，說是姑娘一旦現身，第一時間將信交給姑娘。」

雲五娘伸手接了過來，沒急著看，就問道：「府裡留下來的人，可都還好？」

龍三知道雲五娘的意思，這是想問人心還穩不穩？他點點頭。「能留下來，都是主子信得過的人，姑娘放心。沒有什麼特殊的大變故，該是不會有事的。」

雲五娘也就是提醒一下，她相信以龍刺的謹慎，即便沒有監視，這些人的一舉一動也逃不出他們的視線。

她想了想，走到書案的前面，寫了一封簡單的書信，將戚家可能迫不及待要動手的事簡單地提了一句，然後交給龍三。「以最快的速度送給你們主子。」

龍三應了一聲，就要走。

雲五娘想了想，還是道：「你先等一等。」說著，就拆開宋承明送來的信。信上的內容不能不叫她變了臉色，成家竟然已經在兩個月以前就跟西域諸部開戰了，如今節節勝利！可京城沒有絲毫的消息啊！按說這樣的大勝仗，該好好請功的，成家為什麼秘而不宣？

雲五娘的心怦怦直跳，對龍三道：「你快去吧，沒什麼要交代的了。」

龍三看雲五娘的手都攥緊了，顯然事情十分的要緊。他也不多問，趕緊就離開了。

雲五娘不敢耽擱，一路跑回了山上。

大嬤嬤正守在書房的外面，見了雲五娘就道：「姑娘稍等。」

顯然，金氏這裡有人在稟報要緊的事情。

雲五娘在門口不停的徘徊，很是焦急。

大嬤嬤就道：「姑娘，天大的事情，也得慢慢來。」

雲五娘點點頭，坐了下來。事實上，現在的局面，只能想辦法應對，但誰也改變不了什麼。

「進來吧。」裡面傳來金氏的聲音。

雲五娘掀了簾子就走了進去。「娘，大亂真的來了！」

金氏和雲家遠對視一眼。「這話怎麼說？」

雲五娘坐下來。「成家已經收服了西域不少部落，我懷疑，成家是在給他們自己找一塊立足的地方。」說著，她掀開地圖上的簾子，伸手在西北的更西邊畫了一個圈，剛好是青藏一帶。「這一帶，如今只怕在成家手裡了。再加上他們對西北的實際掌控，成家起事恐怕就在眼前。」

金氏蹭一下站了起來，也站至地圖前。「消息確實嗎？」

「不會有錯的。」雲五娘有些慌亂地看著金氏。「成家坐擁西北，已經有了覬覦天下的實力。」

雲家遠搖搖頭。「這個變故可真是……就在剛才，我們得到的消息還是西域諸部發兵西北，西北邊關告急，皇上已經派了成家父子出征，務必要穩定西北的大局。」

「什麼?!」雲五娘先是愣然，然後頹然地坐下。「成厚淳不愧是沙場的老將，運籌帷幄於千里之外。人在京城，西北的格局卻已經大致形成了。」她扭頭對金氏道：「娘，早做準備吧！」

金氏看著西北，又盯著西南看了看。「一旦西北成家自立，戚家又哪裡肯居於人後？確實是該做準備了。」

母子三人在書房商量了半晚上。

第二天吃完早飯，剛要進書房，就見大嬤嬤來報。

「山下送消息上來，說是雲家請姑娘回去一趟。」

「不去！」雲五娘煩躁地道。覆巢之下安有完卵？都什麼時候了，她沒有心思在後宅裡磨嘰！

金氏揚聲道：「先等一下！」這話是跟大嬤嬤說的，然後轉臉就對雲五娘道：「短期內，還是朝廷占了上風，這一點是毋庸置疑的。亂局誰都不想，但誰也控制不了。妳不想看到生靈塗炭，又有誰想看到？悲天憫人是好事，但首先要做的，就是保全自己。在妳沒到遼東之前，妳就是雲家的五娘，而且只能是雲家的五姑娘，明白嗎？」

雲五娘點點頭。她明白，怎麼會不明白？她站起身，果斷地走了出去。

雲家遠就道：「我去送送。」也追了出去。

兄妹倆，一前一後往山下走。

「寶丫兒，妳不光是金家的女兒，還是遼王未來的王妃，妳要明白。」雲家遠輕聲道。

雲五娘扭頭看雲家遠。「哥哥更看好遼王嗎？」

「難道他不好？」雲家遠反問道。

雲五娘看著遠處，久久沒有說話。

「如今，遼王的勢力或許是最薄弱的，但遼王也是正統中的正統。」雲家遠低聲道。「哥哥不是一個只看中血統的迂腐之人，但天下間這樣的人卻更多一些。妳不用覺得自己幫不上金家什麼，金家的勢力孤懸海外，離不了這塊大後方的支持和供給。而妳，若能輔佐遼王成就這天下，對金家的意義是不可估量的。」

雲五娘頓住腳，扭頭看雲家遠。「哥哥，這是娘的意思？」

「不，不是娘的意思，也不是我的意思，但卻是客觀的現實。是妳自己選擇的路，妳先選擇了遼王。」雲家遠看著五娘。「保全妳，關係著金家的未來，所以，妳並不是無用的。」

雲五娘長出了一口氣。「哥哥這麼說，我心裡好過多了。」

山下的小院，雲五娘重新梳洗後，換上錦衣華服，她自己都覺得陌生了。

海石幾個還真沒見過什麼是大家小姐，如今見雲五娘轉眼跟換了一個人似的，頓時驚為天人。

「別這麼盯著姑娘看。」春韭小聲提醒道：「家裡的姑娘個個都是這樣的，慢慢妳們就習慣了。」

寬大的袖袍，迤邐的裙襬。蓮步輕移，端莊華美。

「走吧！」雲五娘說著，就走了出去。

雲家遠也換了一身錦袍，馬車已經準備妥當了。

看見雲五娘又成了大家閨秀，雲家遠含笑點點頭。說心裡話，他還真擔心妹妹再也變不回來。

馬車晃晃悠悠，走的並不急切。等到了雲家，已經過了午時了。

才三個月而已，為什麼有一種特別陌生的感覺呢？馬車在大門口停下來，雲五娘在車上跟雲家遠道別，然後在他的注視下，馬車從側門進了雲家。然後，停在了二門門口。

紫茄帶著毛豆幾個小丫頭，在這裡迎接。

「姑娘，先回院子，還是先去請安？」紫茄問道。

一進門，就感覺得出來，家裡的氣氛十分的壓抑。下人們不敢高聲說話，連腳步都輕了幾分。

「先回院子吧。」雲五娘抬腳就走。請安什麼的，不急。

院子裡，這些丫頭打理得不錯。才簡單的梳洗、換了衣裳，榮華堂老太太就打發春桃過來了，請雲五娘過去吃飯。

「知道五姑娘今兒回來，老太太特意將午飯推遲了，想等著姑娘回來了，一道用。」春桃十分殷勤地道。

「這倒是我的罪過了。」雲五娘起身。「那就趕緊走吧！」她看了紫茄一眼。

紫茄就默默地跟在雲五娘的身後，小聲道：「聽說國公爺昨晚歇在榮華堂，今兒還沒有離開。」

那就是說，急著要見自己的並不是老太太，而是雲高華了。

雖然想到消息會傳出來，但沒想到會這麼快。雲家這麼迫不及待的想打聽，他們又想從中謀劃什麼呢？雲五娘臉上帶著清冷的笑，這般想到。

午飯沒有設在花廳裡，而是設在園子裡。

雲五娘到的時候，已經坐了不少人了。她詫異地挑挑眉，看來今兒除了顏氏，在家的都來了。

她笑語嫣嫣地過去，先給長輩們見禮。「要知道長輩們等著，我就騎馬回來了！真是罪過。」

雲高華道：「如今天氣正好，一家子在一處聚一聚，也不是專門為了等妳，不必覺得不安心。快坐吧！」說著，他就指了指身邊的位子。

靠著國公爺坐，這可是殊榮。雲五娘面色不變地坐過去，剛抬起頭，就見四娘朝自己眨眼睛，也不知道是為了什麼。她對四娘笑了笑，又朝六娘點點頭，才覺得跟雲家的眾人其實已經慢慢的陌生了起來。

「妳這丫頭，整天在山上都做什麼呢？怎麼曬成這個樣子？妳娘也不說說妳！」老太太成氏嗔道。

雲五娘心裡一嘆，成家幹的那些事，老太太肯定是不知道的。就是不知道事情鬧出來以後，老太太會怎麼樣？不過想到四叔的本事，想來國公爺也不會太過為難吧？但打擊和衝擊一定是很大的。她心裡這般想著，面上不露聲色，只點頭道：「祖母是知道孫女的喜好的，您還有什麼猜不出來的？」

「這丫頭，就是個野性子！妳娘定是禁不住妳的磨纏，捨不得管妳吧？」老太太挾了螃蟹到雲五娘的碗裡。「快點吃，這螃蟹還不錯。」

螃蟹這東西，雲五娘現在真心不是太喜歡吃，但還是做出一副十分歡喜的樣子，道：「一路上顛簸，還真是餓了！」

雲順恭就扭頭問道：「妳娘最近在忙什麼呢？也沒功夫管妳嗎？她沒工夫管妳，就該將妳送回來的。妳在家裡這麼些年，妳母親什麼時候叫妳曬成這個樣子了？」很有些質問的意思。

雲五娘手裡正擺弄吃螃蟹的「蟹八件」，裡面就有一把剪刀，是方便剪去螃蟹腿和螯的工具，她當即就想將剪刀朝雲順恭甩過去！自家娘親哪一天忙的不是正經事？要不是聽說金家滅了倭寇，他們會急不可耐地叫自己回來嗎？這會子想打聽事情，還擺出一副這樣的嘴臉，真是噁心！一個男人，整天蠅營狗苟，自己娘親的胸襟氣度，他哪一點配得上？如今還好意思責問？他以為他是誰！

她手裡的剪刀又握得緊了幾分。不給他點教訓，他就意識不到他口裡所說的人代表的是什麼意思。別以為那是他的女人，他不配！

雲順謹坐在雲五娘的斜對面，看見她手裡緊緊攥著那把剪刀，心想這孩子一定是知道了當年的事情，正對她爹不滿呢，如今聽人說了對她娘不滿的話，只怕要發作。他正想打岔，就聽見邊上的丫頭傳來一聲尖叫。原來不知道什麼時候，石凳上爬上一條蛇來。園子裡草木繁茂，有蛇一點也不奇怪啊！再說了，一條菜花蛇而已，也不至於這般的大驚小怪吧？這叫他的心裡不喜了起來。雲家怎麼說都是武勛出身，如今竟不濟成這樣，家裡的小子，一個個的都趕緊站了起來要躲避！

他正要斥責，就見雲五娘猛地將手裡的剪刀擲了出去，正是朝著雲順恭的方向！

「五丫頭！」雲順謹趕緊喊了一聲。

眾人都不免一驚。五丫頭這是瘋了吧？那是她親爹啊！

就見那剪刀擦著雲順恭的面頰耳邊飛了出去，卻剛好釘在蛇的七寸上！

眾人鬆了一口氣的同時，都對雲五娘驚詫莫名。這是巧合嗎？沒點把握，她也不敢叫剪刀貼著她親爹的臉劃過去吧？但她什麼時候有這本事了？

只見雲五娘對眾人的神情視若無睹，她若無其事地坐下，指著那條被釘死的蛇，對在一邊候著的丫頭道：「送到我院子裡去，晚上正好吃蛇羹，怪肥的。」說完，低頭看了碗裡的螃蟹。有丫頭機靈地又添了一副蟹八件來，但雲五娘擺擺手，直接用手撕著吃，十分的暴力粗魯。自始至終，她的頭都沒有再抬一下。

雲順恭剛才差點以為五娘是衝著他的眼珠子而去的，那剪刀真的是貼著他的眼角、耳邊飛過去的！

其他眾人更是嚇得不敢說話。

雲順謹心裡的擔心沒了，倒對雲五娘露出這一手十分讚賞。好本事啊！剛才那身上迸出來的氣勢，絕對不是練幾手功夫就有的。她敢對著人的方向甩剪子，就不可能不知道後果。

雲順謹看著五娘黑了許多的臉，心裡已經有了猜測。

為什麼之前請五娘回來，金氏一直不放人，現在就輕易地放回來了呢？因為這段時間，五娘根本就不在煙霞山，而是去了金家的地盤。要不然，她也不至於曬成這樣。再加上，這孩子這次回來，還添了四個黝黑的丫頭。身邊跟著伺候她的人，一半白白淨淨，一半卻曬黑了。主子都黑了，這下人沒道理不下地吧？所以，這些白淨的丫頭，肯定是沒跟著五娘身邊伺候的人。

金家果然了得，短短時間，就將一個弱質女流、纖纖閨秀訓練成這個樣子。

金氏真是不一般，竟然能狠得下心叫自己的兒女上了戰場。

如今的雲五娘，可不再是只會在內宅裡周旋的五娘了。

雲順恭看著雲五娘，面色鐵青。

雲五娘猛地抬起頭，朝雲順恭淡淡的一笑，順手拿起蟹八件裡的鑷子。要是他再敢說一句不中聽的，今兒可不能就這麼善了了！

雲高華朝雲五娘拿著鑷子的手一看，心裡就一跳。剛才速度太快，沒瞧清楚，如今看清楚了，那動作、那神情、那不慌不忙的態度，這可真是行家一出手，就知有沒有。她絕對是衝著教訓她爹去的！他哈哈一笑，打岔道：「有蛇羹吃了，這個好！做好了一定要給祖父嚐嚐！這都好些年沒吃這玩意兒了，五丫兒一說，我還真饞了！」

「是！跟雞雜燉在一起，味道更鮮美，正是一道名菜，龍鳳湯。」雲五娘輕笑著道，好似剛才那一言不合就要大打出手的人不是她一般。

一頓飯吃的徹底變了調，雲高華也沒多提什麼。其實現在什麼也不用提，看五娘就什麼都知道了。

雲五娘吃完飯就直接回了田韻苑，只打發紅椒去了春華苑，告訴顏氏一聲，就說小孩子嬌弱，她剛從外面回來，還是先不去看望為好。要是這孩子將來真有個什麼，而自己又確實是殺了人的，有些煞氣，可別說被自己衝撞了才好。連送給新生兒的東西也是用金子做的長命鎖，夠大、夠重，但就是絕對不會貼身佩戴。

宴席上的事，顏氏回頭就聽說了。她嘴角抿了抿，往身後的迎枕上隨意一靠。

五娘如今是御賜的遼王妃，沒什麼是自己能拿捏得住的了。再說，五娘對世子爺不滿，卻也沒對自己有過什麼過分的舉動，自己又能說什麼呢？再加上，自己的三娘還有剛生的兒子都需要自己的心力，她也沒精力再關注其他的事情了。

遮羞布一旦掀開，再遮掩其實沒什麼意義了，不是嗎？

「就說我知道了，叫五姑娘好好歇著。再把前幾天就做好的換季的衣裳給田韻苑送過去，如果不合身，叫針線房小心伺候。」顏氏吩咐下人去傳話。如今這位可真成了姑奶奶了，半點都得罪不得。

雲五娘換了家常的衣服，叫春韭在書案上鋪了地圖出來。她想看看，宋承明如今在什麼位置？他給自己的消息很重要，但卻唯獨沒將他自己的消息傳遞回來。

不知道是沒有進展呢，還是不想叫自己跟著擔心？

雲四娘和雲六娘匆匆而來，往常都是直接進了屋子的，今兒倒是被幾個面生的丫頭給擋住了。

「兩位姑娘，實在對不住，我需要進去稟報主子一聲。」海石站在書房的門外，對著四娘和六娘道。她又不是這家的奴僕，所以顯得不卑不亢，沒有半點妥協的意思。

四娘和六娘對視了一眼，這是怎麼了？五娘不是一個翻臉不認人的人，況且姊妹之間也沒什麼不愉快的事情啊！

四娘點點頭就道：「去吧。」

雲五娘聽了海石的稟報，就將桌上的東西收起來，道：「妳做的很好。」如果以後接觸的東西多了，書房確實不是一個可以隨意叫人進來的地方了。說完，她就親自迎了出去。

「四姊和六妹來了，快進來坐。我給妳們帶了好玩的，一會兒叫人給妳們送到院子裡去！」邊說，邊拉了兩人往裡面去。這回並沒有再返回書房，而是直接去了廳堂，臉上也跟原來一樣，透著一股子熱切。

「五妹，妳這到底是怎麼了？」四娘進來，跟以前一樣，就坐在了榻上。

香荽上前，奉了茶，才默默地退出去。

五娘指了指桌上的果子給六娘，才對四娘笑道：「沒事，不過是因為一些過往的陳年舊事而已。」

「是二伯父跟金夫人的？」四娘又問了一句。

五娘點點頭，一副不想多說的樣子。

四娘也就不問了。金夫人的身分如今在京城根本就不是一個秘密，這樣的一個人怎麼會委身給二伯父做妾？這裡面肯定有許多不足為外人道的隱情。再看五娘的態度、祖父祖母包括父母在內的態度，就知道理虧的一方是誰。

這些事情，不是他們這些晚輩能打聽和議論的。至於這裡面牽扯到的正事，就更不是自己能問的了。可能跟金家有關吧？連父親都不開口，自己就更不好再多問了。她上下打量了一眼顯得有些清瘦的五娘，只道：「妳這段時間還好嗎？」

五娘笑了笑。「還好。整天被圈在這四四方方的一塊地方，出去了才知道天高海闊。有機會，妳們也出去看看，外面的天是不一樣的。」

四娘微微一笑。「我也想。每當看到別人做的詩、畫的畫，就覺得要不是親眼目睹過美景，不是心裡自有丘壑，是寫不出那般絕美的句子，畫不出那麼有神韻的畫的。」

這話也沒錯。兩人說些沒營養的閒話。

六娘轉移話題笑著道：「五姊，妳今晚真的要吃蛇羹啊？」

「一條蛇沒多少肉的，我叫人做了龍鳳湯，晚上一起吃飯吧！」五娘看著六娘笑道。六娘是一個在吃的方面尤其執著的人，來者不拒，只要好吃就好。

六娘笑笑，點點頭。她不管那些亂七八糟的事情，五姊對自己好，知道這些就夠了。誰還沒點自己的秘密呢？

晚飯的時候，雲五娘果然叫丫頭給雲高華和雲順恭一人送了一碗湯。

雲高華和雲順恭、雲順謹，此時正在書房裡。

看著桌上的龍鳳湯，雲順恭的臉色頓時就鐵青了。「這個忤逆不孝的東西！」說著，就要伸手將湯碗給砸了。

雲順謹忙伸手端到自己跟前。「二哥這是做什麼？好歹也是孩子的一番心意，你不喝，給弟弟就是，何苦糟踐東西？」

他就是看不上雲順恭這一點。做了對不住人的事，自然該付出代價，在十幾年前他就該有這樣的覺悟了。就憑他幹的那些個事，人家怎麼報復都不為過。現在，孩子們都長大了，被他們握在手裡的棋子的五娘，其婚事也以他們不能抗拒的形式解決了，人家還有什麼要顧忌他的？只要是個有血性的孩子，就不會認同他這個爹。五娘的表現，已經夠克制了。

再說了，二哥明明對不起人家，還大言不慚地在人家孩子面前說些不好聽、也不該說的話，這不是找事嗎？他自始至終都沒明白，人家金夫人肯委屈必然是有緣故的，而不是給他生了兩個孩子就是他的女人、他的妾。在人家面前擺家主的款，他不是上趕著找抽嗎？

雲高華看著雲順恭，嘆了一聲。「行了！做這副樣子給誰看？你也有不對的地方。金氏是你能用那樣的語氣評價的嗎？僅憑金家做的事，站在道義的點上，皇上都不會對她說話不客氣，你當你是誰？再說了，你還別忘了，五娘是御賜給遼王的王妃，遼王的身分一直就是宗室裡十分超然的，你還想怎樣？不想著彌補裂痕，還想著徹底翻臉不成？」說著，也端起桌上的湯碗，慢慢地喝了一口。今兒送來的不管是什麼，也得好好地嚥下去。

雲順恭喘了一口氣道：「就是再怎麼樣，她也是我的女兒！我跟她娘的事，還不需要一個小輩跟著摻和！」

雲高華將湯碗重重一放，問道：「那你打算如何？你又能如何？她還能回來，就已經是給臉面了！你還想怎樣？還能怎樣？」

雲順恭苦笑一聲。「這怎麼就是個狼崽子呢？這些年，養的不可謂不盡心，用的心血一點兒也不比三娘少，給她的也從來都是家裡的頭一份，怎麼到頭來……」說著，他看著雲高華就道：「父親，您今兒是見到了，那孩子真是在一瞬間動了殺念，兒子感覺得到的！」

雲順謹就恥笑一聲。「我記得東海王曾說過一句話，叫做『有心為善，雖善不賞；無心為惡，雖惡不罰』。二哥，這家裡的人，有幾個對五娘好不是抱著別的心思的？連你這個當爹的都是如此，那就怪不得別人了。」雲順謹沒說的是，怎麼就說什麼動了殺念的話？真想殺他，他早死了，還能叫他活到現在？不過是刻意的嚇唬罷了。五娘不會蠢到自己揹負一個弒父名聲，他這話，實在是言過其實了。

雲順恭轉頭看著歪在一邊，手裡捧著湯碗，卻說著涼薄話的弟弟。他想說什麼，到底還是嚥了下去。這個弟弟，不是自己能隨意喝斥的，畢竟是位居高位，手握實權。

雲高華將兩個兒子的神情收在眼底，心裡一嘆，就轉移話題道：「金家的事，只怕戚家知道的最清楚。」而戚家，也是自己的第一任岳家，是雲順恭的外家。如今的戚家當家人戚長天，是雲順恭的表兄。這些年雖然不親近，但相互之間也沒疏遠多少，聯繫總是有的。

雲順恭搖搖頭。「別的事還罷了，只怕這事，就算問了，戚家也不會說實話。看五娘的樣子，五娘該是什麼都知道的，但今天她這樣的態度，雖然是對我這個當爹的不滿，可又何嘗不是她自己的一種態度？她是寧可撕破臉，也不會多說的。」

雲順謹笑道：「可這孩子自身，本就是答案。金家的實力和能力，毋庸置疑。」

雲高華點點頭，就道：「只是不知道，金家這突然一露面，會對戚家造成什麼樣的影響？畢竟受危險最大的是他們。」

雲順謹就道：「無非是兩條路。一則是嚇的縮了回去，徹底的不敢露頭，本本分分地做他的靖海侯。二則是孤注一擲，放手一搏，或許就柳暗花明，海闊天空了呢？」說完，他就看著雲順恭問：「二哥以為，以戚長天的性情，他會選擇哪一條路呢？」

雲順恭的面色有些沈重。「戚長天這個人，不會甘於平庸，也不是一個會被嚇得裹足不前的人。」

雲順謹點點頭，就不再說話了。

雲家要是出了戚家這樣的叛臣姻親，那可真就是有趣了。

但他萬萬沒想到，雲家姻親中的第一個叛臣不是戚家，而是成家。

誰也沒想到，西北之變來得這般的迅猛又勢不可擋。

天下大變，風雲驟起，戰火開始蔓延……

東宮。

李山跪在宋承乾的身前，哽咽地道：「殿下，早作決定吧！」

宋承乾的面色蒼白中帶著青色，頹然地坐在椅子上，好半天才道：「悄悄地，找付昌九。就說，孤有極為機密的事情，要找父皇。」

李山愣然地抬頭。「殿下！您這樣不是自投羅網嗎？」

宋承乾看了李山一眼，眼裡迸射出幾分銳利的冷光。「快去！」

李山再不敢耽擱，快速地離開了。

付昌九得到消息的時候，還十分的詫異，什麼事情叫太子殿下這般的謹慎，連光明正大找皇上都不敢了？但太子的身分不一般，又向來不是一個沒有成算的人，他說是要緊事，自然是十分緊要的事情了。於是趕緊進了大殿，附在天元帝的耳邊說了。

天元帝點點頭。「避著人的耳目，將人帶出來。去奉先殿。」

付昌九應了一聲，快速地退下了。

奉先殿。

天元帝見了穿著太監服侍的太子，看他雙眼通紅，面色慘白，心裡先是一驚。

大殿裡只有父子二人。

「什麼事，讓你這麼小心？」天元帝問宋承乾。

宋承乾一跪，小聲道：「父皇，成家反了。」

「什麼？」天元帝以為自己聽岔了。

「成家反了。」宋承乾仰起頭，看著天元帝道：「成家將西域諸部攆往了更西邊，如今連帶西北一起……父皇知道，這一片疆域究竟有多大。」

天元帝先是愕然，繼而只覺得天旋地轉。「這是什麼時候的事情？你又是什麼時候知道的？」

「才知道。」宋承乾搖了搖頭道：「兒子也不想的。兒子姓宋，咱們宋家的江山還輪不到別人來坐。」

天元帝看著宋承乾的眼睛，是的，太子的話他信。

「那麼之前，成家父子要出征……」天元帝眼裡閃過一絲精光，馬上就明白了。「好好好！成家當真了不得，將朕耍得團團轉！」

太子垂著眼瞼，沒有說話。成家這一手，也實在是出乎他的意料。

「成家這些年在西北，年年都跟西域諸部多有磨擦，朕以為成家能守住就已經是功德了，沒想到，西北軍完全是有能力戰勝西域的。但成家卻沒有這麼做，為了什麼？現在朕明白了，因為只要邊陲還有危險，成家的價值就不會降低！」天元帝如同暴怒的野獸，但卻絲毫沒影響他理智的判斷。

太子就更不能說話了。這個主意，是他當初暗示給成厚淳的。保全自己，有時候，是需要給對手培養敵人的。他如今也想一巴掌拍在自己臉上，說來說去，還是人心難算。

「你想怎樣？」天元帝壓下心頭的怒火，看著宋承乾問。

宋承乾抬頭，沒有絲毫迴避地看著天元帝。「成家偷偷送了消息來，想叫兒子去西北。」

天元帝眼睛一眯，看著宋承乾的眼神透著深意。

宋承乾像是毫無察覺一般，繼續道：「西域畢竟不是漢人的地盤，成家雖然打了下來，但治理並不是一個短期的過程。西北他們不會放棄，也不能放棄，但是想繼續控制西北，只怕名不正、言不順。成家想要起事，就成了亂臣賊子，所以他們需要一個名正言順的藉口，而兒子這個太子就是。一則，他們認為兒子有野心，也有魄力，能去坐鎮西北，繼而覬覦天下。所以，兒子不會反對，甚至會積極配合。二則，他們需要一個傀儡，一個藉口，來安定西北的人心。

「父皇，不管您承不承認，大哥的崛起、戚家的咄咄逼人，都讓將來變得撲朔迷離起來，誰也不敢肯定，兒子這個太子就能順利地繼承一切。翻開史冊，太子沒幾個有好下場的。如果，有西北加上西域，以兒子的性情，當然願意一搏，哪怕明知道是被利用的角色。所以，他們篤定兒子會答應的，會去冒這個風險的。即便兒子不答應，他們也有辦法逼得兒子答應。畢竟，成家跟兒子綁在一起的時間太久了。成家反了，父皇還能信任兒子嗎？這跟兒子造反，其實也沒差別了。如果不去西北，等待兒子的命運又將是什麼呢？留下是死路，去西北尚有一線生機，兒子沒有選擇。」說著，宋承乾的眼淚就流了下來。「父皇，您要是處在兒子的位置上，您會怎麼做呢？」

是啊！自己會怎麼做呢？

天元帝看著跪在地上的太子道：「起來吧！你既然坦誠地告訴了朕，就直說吧，你心裡是怎麼打算的？」

宋承乾看著天元帝，半點不迴避地道：「兒子希望得到父皇的允許，去西北。」

「說下去。」天元帝也看著宋承乾，眼神裡有前所未有的認真。

「江山是咱們宋家的，這一點，兒子和父皇的心思是一樣的。所以，兒子目前只有兩條路，一條，是為了避免成家繼續想辦法逼迫兒子，父皇將兒子直接給圈禁了；另一條……」宋承乾盯著天元帝，一字一頓地道：「另一條路，就看父皇怎麼想。您是想叫成家在西北稱王，還是兒子在西北代替成家稱王？」

與其便宜成家，何不留給自己的兒子？天元帝馬上就有了這樣的念頭。「你是想將計就計，乾脆就跟著成家去西北？」

「成家現在孤注一擲，兒子阻攔不了。但既然他們需要兒子做這個傀儡，那倒不妨兒子去慢慢籌謀。有父皇在暗處相助，西北總落不到別人的手裡就是了。」宋承乾淡淡地道。

「如果你敗了呢？」天元帝不由得問道。

「橫豎都是死，也沒多大差別。所以，兒子只能勝。」宋承乾雙拳握緊。

「是啊！你留下來，朕就不得不治你的罪；你走了，反倒有了一線生機。不光你有了一線生機，就是西北，也不一定就會真的旁落。這一點，朕無法否認。」天元帝沒說出口的就是，放他走，也有天大的隱患。那就是，他若是真在西北扎下根，那這天下，他一樣是要覬覦的。但是給自己的兒子，似乎心裡接受起來並不困難。再說了，他本來就是太子。天元帝深吸一口氣後，道：「按所想的做吧，付昌九會配合你的。」

「父皇！」宋承乾啞著嗓子喊了一聲，眼淚順著臉頰就流了下來。他跪在地上，膝行兩步，抱住天元帝的腿。「父皇……」這一聲叫得情真意切。

他們都知道，這一別，今生再活著相見的可能性不大了。

從今以後，父子明面上就只能是仇敵了。

宋承乾想起小時候的情景，一幕一幕在眼前不停地閃過。這一次離開，要嘛爭不過成家父子，被人家卸磨殺驢；要嘛就是勝了成家父子，可他依然是叛臣，除非能再打下這天下，將自己的父皇趕下皇位。

他們是天下最尊貴的一對父子，可卻突然發現，他們也有掌握不了自己命運的那一天。

天元帝不敢轉身，不敢低頭去看太子一眼。耳邊的哭聲，跟十多年前太子出生時的哭聲相交疊，叫他頓時心痛如絞。

「記住，這江山必須姓宋。不管付出什麼代價，不能落到旁姓人手裡，否則，朕就是死了，也沒臉見先皇了。」天元帝輕聲叮囑，不由得將手放在太子的頭上，輕輕地揉了揉。

良久，他才狠下心，掙脫了太子的手，大踏步的快速離開了。

「父皇……」宋承乾對著天元帝的背影叫了一聲。

天元帝的腳步微微一頓，就又繼續往前走。

從此，父子只能反目。

宋承乾的眼淚怎麼也控制不住，他對著天元帝的方向，一遍又一遍的磕頭。沒有人知道，他這個決定，作的有多艱難。

成王敗寇啊！這個選擇，對於他，誰都知道究竟意味著什麼。

一旦離開京城，自己就是反賊。這個名聲也許會刻在丹書史冊，歷史上又會有一個不得善終的太子。

可是，誰又給過他更多的選擇呢？

第二十九章

幾天之後，就有消息傳出來，皇上將太子打發到城外的潭拓寺禮佛了。

這消息讓人覺得十分的莫名其妙。成家正在得用的時候，這個時候，怎麼能這般的對待太子呢？皇上究竟有多不待見這個太子啊？

這事，過了三天，大家還沒想出個所以然來，就突然聽說，太子在潭拓寺失蹤了！

太子失蹤了？

太子竟然失蹤了！

堂堂的一國太子，怎麼會失蹤了呢？

這個消息讓整個京城都炸開了。

聽到消息的時候，雲五娘正在跟海石訓練。她只輕輕地點了點頭，沒有多說什麼，這都是早就料到的結果。

太子去了西北。

四娘跑過來，問道：「太子失蹤了，三姊怎麼辦？」

五娘失笑，都這個時候了，四娘還糾結這個？等太子成了反賊，三娘只怕會更尷尬。

但，這跟老太太成氏和四叔的處境比起來，應該還算是好的吧？

成家人一夜之間消失了，成蒲悄悄地前來肅國公府找老太太告知。

他一覺醒來，府裡的主子，連同得用的下人，都人間蒸發了。除了躺在床上、不能起身的母親，全都不見了。剛想要報官，就聽說連太子也失蹤了。他就算再傻、再怎麼天真，也知道事情不對了。

自己的母親江氏，除了躺在床上不停的謾罵，什麼都不知道。他唯一能商量的人，就是這位老姑奶奶了。

成老太太知道消息的時候，整個人都懵了。哥哥真的跟姪兒帶著成家的一家老小要謀反嗎？可即便這樣，為什麼要扔下這個嫡長子不帶走呢？自己是出嫁女，無所謂，可丟下成蒲是什麼意思？

「你娘怎麼說？」老太太問成蒲。

成蒲咬牙道：「我娘她好似糊塗了一般，只說我爹知道了什麼事情，我再細問，她又不肯說了。」

「再去問！不問清楚，你就沒命了！」老太太煩躁地打發成蒲先回去問清楚再說。

直到成蒲離開後，老太太才覺得眼前一黑，暈了過去。

老太太醒過來後，趕緊將事情一五一十地告訴了雲高華和兒子。娘家是要緊，但關鍵是怎麼保全兒子！

雲高華整個人都懵了。

還是雲順謹第一時間穩了下去。「兒子去宮裡。」

成家有西北可以去，雲家可沒有這樣的實力。如果連皇上的信任也失去了，那可真是舉步維艱了。

成老太太看著兒子的腳步匆匆，就要離開，馬上喊道：「兒子！」

雲順謹笑著轉過身，安撫道：「娘，您放心，有兒子在，不會有事的。」

老太太點點頭。「保全自己要緊。成家……斷了也就是了。」說著，眼淚就從眼裡流了下來。

雲順謹應了一聲，心裡不是滋味。

這些年老太太跟成家的關係不可謂不親密，真是將成家放在心裡，極為看中的。如今，就這樣不聲不響的被拋棄了，還因為他們，讓老太太和自家陷入了極為尷尬的境地，老太太不光是擔心，只怕也傷心了。

皇宮。

看著跪在下面的雲順謹，天元帝嘆了一聲。「起來吧。你是什麼樣的人，朕心裡是有數的。」

雲順謹也沒推辭，就站了起來。雲家跟成家不一樣，雲家手裡沒有屬於自己的兵符了，除了皇上，誰也不能依靠。所以，皇上或許會不信任他們，但絕不會因為成家而遷怒雲家。

他主動過來，就是來表達態度的。

「成家的事，確實十分突然。若不是成厚淳的長子成蒲去找臣的母親商量，只怕我們也不知道成家的事情。」雲順謹十分坦然地道：「這件事是不是跟太子殿下有關？成家究竟要做什麼臣不好妄言，但還請陛下早作應對才好。」

「不用誠惶誠恐。禁衛軍、京城，連同朕的性命，還是要交到你的手上的。朕對你，信得過。」天元帝說著，就指了指邊上的椅子。「坐下說話。」又朝屏風後道：「上茶吧。」

元娘從屏風後閃出來，給兩人倒了茶。

雲順謹的心就落在了實處。皇上身邊還有雲家的姑娘不離身的伺候，這就是一種態度，表明他從未懷疑過雲家。

君臣就西北的事，簡單地交換了看法，雲順謹就告辭出了皇宮。他以為皇上會因為他在西北待過，問一些西北佈防的事，可是皇上沒有。他心裡說不上是什麼滋味，皇上對雲家的信任，應該還是有所保留的。

皇宮裡，天元帝疲憊地躺在榻上，拉著元娘的手道：「可怪朕不信任妳的娘家人？」

元娘搖搖頭。「西北的佈防，是機密之事，自是該慎重的。」

天元帝拍了拍元娘的手，心裡一嘆。此次派去的人，一方面得防禦西北，另一方面，還得暗地裡配合太子牽制成家，這卻不是雲家能勝任的。

「妳能理解就好。」他拉著元娘的手，慢慢地閉上眼睛。

雲順謹回了府裡，簡單地跟雲高華說了皇帝的態度。瞧見雲順恭眼裡的嘲諷與不屑，瞬間說什麼的心情都沒有了。

鼠目寸光的蠢貨！也不想想，太子還是他的準女婿呢！要說反賊，不管真相怎樣，成家明面上輔佐的都是太子，所以太子才是主犯！他站起身來，道：「二哥還是將三娘接回來吧，也不用給太子祈福了。」說完，直接回了秋實苑。

太子都成反賊了，還祈福？這不是鬧笑話嗎？

雲順恭立馬臉色一變，趕緊告辭了出去。這事得跟顏氏商量商量！

莊氏看著男人氣沖沖地走了進來，就趕緊過去。「怎麼了？」

雲順謹見莊氏神情惶恐，就先笑了笑。「沒事。是二哥，簡直就是個拎不清的，這時候還有功夫看咱們的笑話！」

莊氏鬆了一口氣，就道：「他爹，要不然，咱們辭官吧？不管去哪兒……」

「糊塗話！」雲順謹白了她一眼。「皇上還不得以為咱們要投奔成家了？」

莊氏一愣，面色一白。「那該如何是好？成家這次也太過分了，咱們一點準備都沒有！」

傻話！要真是提前告知了自家，才真是將自家給害苦了！只這話卻跟女人說不清楚。

「別擔心，我心裡有數呢！」雲順謹就道：「就算真有意外，以咱們跟金夫人的交情，還有當年的人情，求她看顧看顧兩個孩子還是能的。只要兩個孩子無恙，咱們還有什麼好怕的？」

莊氏一愣，也是這個道理。「我聽老爺的。」

三娘靜靜地跪在蒲團上，瑪瑙一身僧尼的灰袍快速閃身進來。

「姑娘，出事了！」瑪瑙走到三娘身後，輕聲道。

三娘手裡的木魚聲頓了一下，又繼續響起來，眼睛慢慢地睜開。「出了什麼事？」

瑪瑙看著一如既往、沒顯露出多餘神色的姑娘，心裡又開始堵得慌，急忙道：「姑娘，太子殿下失蹤了！」

三娘一愣，手裡拿著的木魚就落在了地上，發出一聲清脆的聲響。「妳……妳說什麼？誰失蹤了？」

「太子殿下失蹤了！」瑪瑙的聲音有些顫抖。「姑娘，咱們該怎麼辦？」

「失蹤了？」三娘覺得十分荒誕。「到底發生了什麼事，妳打聽清楚沒有？」

瑪瑙搖頭道：「外面都傳遍了，可到底發生了什麼，哪裡是咱們能打聽清楚的？」

這話沒錯。三娘站起身，有一瞬間她幾乎想不管不顧地衝出去，但是，她不能。

渾身的力氣像是一點一點的被抽幹，又一點一點的回籠。

太子怎麼會失蹤呢？要嘛死了，要嘛就是走了。一國太子，在京城裡失蹤，被人擄走的可能性幾乎為零。可若真是遭遇了不幸，又有什麼可隱瞞的呢？死了也比失蹤好解釋不是嗎？畢竟失蹤還是太容易引人遐想了。

「成家呢？成家人都在幹什麼？妳去打聽打聽。」三娘慢慢地撿起地上的木魚，一點一點擦拭上面根本就不存在的塵土，一遍又一遍。

瑪瑙應了一聲，快速地出去了，剛準備再下山一趟，就碰見四娘的丫頭紙兒。

「妳怎麼來了？」瑪瑙匆匆地點了點頭之後，就問道。

紙兒將一封信交給瑪瑙。「我們姑娘叫我轉交給三姑娘的。我得趕緊回去了，這次出來，是藉口給姑娘買東西才出的門，得趕在城門關閉之前回去。」說著，就又上了一輛不起眼的馬車。馬車邊跟著府裡的小廝，應該是兩人背著府裡的人雇的馬車。

看著馬車迅速的下了山，瑪瑙就趕緊地轉回去，將信交給三娘。「姑娘，這是四姑娘打發人送過來的。」

「四娘？」三娘接過信，眼裡閃過疑惑。等拆開了信，看了信紙上簡單的兩行字，她的臉頓時就慘白了。

成家除了留下成蒲照看江氏之外，其餘的人，彷彿一夜之間都消失了。

太子的失蹤跟成家眾人的失蹤，時間上，完全是吻合的。

四娘信上沒有多餘的話，也沒有寫她自己的判斷。但三娘還是從字裡行間獲得了想要的訊息——成家怕是要起事了！或者說，是太子要造反了！

信紙從三娘的手裡滑落，慢慢地飄在了地上。怎麼會這樣呢？他走了，毫不拖泥帶水的走了，可有想過自己的處境？一個跟反賊有婚約的姑娘，往後的人生該怎麼辦？也許今生就該到此為止了吧？

她的身子不由得顫抖了起來，臉上的血色一點一點褪去，可眼睛卻越發的幽深。

她該認命嗎？

不！絕不！

肅國公府，雲家。

紙兒站在四娘的跟前回覆。「看著瑪瑙急匆匆的，應該是我到之前就得到一點消息了。因為趕時間，我也沒有多留。」

四娘點點頭。「妳先下去吧。」

等紙兒退下，四娘的神色才露出幾分慌亂。怪不得自己當初去問五娘，她會露出奇怪的神色。如今才明白，問題竟然出在了成家身上！

家裡的風聲驟緊，再往後，可能真是誰也顧不上誰了。

四娘坐在五娘對面，眼睛還有些紅。「五妹，妳能不能告訴我，祖母和我爹會不會受牽連？」

雲五娘將茶推了過去，就道：「妳想多了。四叔當初從西北回來，祖父又不答應妳和成蒲的婚事，這意思就已經很明顯了，有跟成家劃清界線的意思。只是礙於祖母，也礙著一些大局，不能將事情挑明了。皇上心裡比誰都明白，雲家跟成家是不一樣的。」

四娘認真地看著五娘，似乎在衡量五娘的話到底是真還是假？她轉著手裡的茶杯。「還是有些影響的吧？」

這就是廢話了。五娘無奈地看著四娘。

四娘一直轉著手裡的茶杯，半晌才道：「那成蒲呢？成蒲會如何？」

五娘怎麼也沒想到都這個時候了，四娘還記掛著這個人！「四姊這是放不下？」

「不是。」四娘搖搖頭。「妳別想多了。只是我們從小一起長大，這人雖然有些軟弱，但小時候的情分還在，要真是叫我看著他丟了性命，如何能忍心？況且，我怎麼也想不通，成家怎麼會把嫡長子扔下？這不是叫他送死嗎？」

這話五娘沒法兒回答。江氏和天元帝的事情，即便是成家也不會暴露出來，成厚淳丟不起這個臉。

「蘇芷想偷偷出去，我沒攔著，放她走了。」四娘輕聲道，這話說的風馬牛不相及。

五娘幾乎都要將這個姑娘給忘了的時候，四娘突然提起她來。五娘摸不清四娘的意思，沈吟了半晌才道：「以蘇芷的聰明，不會明知是坑還往裡跳吧？」

「她是聰明，但是，有時候她沒有別的選擇。」四娘臉上閃過尷尬。「因為我偶然發現，她跟成蒲有了夫妻之實。」

這都什麼跟什麼啊？蘇芷不是這麼沒腦子的人吧？再說了，這些跟四娘一文錢的關係都沒有啊！於是，弄不清楚情況的雲五娘愕然地看著四娘。

「最近一段時間，家事都是我在打理，府裡的事情沒有人比我更清楚，蘇芷跟成蒲經常見面。按理說，婚事已經敲定了，蘇芷不會這般不自重才對，可事情偏偏就發生了。」四娘輕聲道。

孤男寡女，雖然出格，但也不至於叫四娘這般鄭重吧？

「四姊想說什麼？」五娘問道。

四娘低聲道：「我怎麼覺得成蒲跟蘇芷是被人算計了？」

幹麼算計他們？沒有道理吧？五娘擺擺手。「四姊想差了，算計他們做什麼？完全沒道理。想叫雲家的外孫女和成蒲繼續婚約，想讓人覺得雲家的態度左右搖擺，這根本就是徒勞的。別說別人不會這般想，要真有這樣的不妥當，真的危害到了雲家的利益，祖父會叫蘇芷病逝的，所以……」

四娘聽著五娘說病逝說的那麼的無所謂，心裡就一跳，這可是一條人命啊！她眼裡閃過一絲驚懼。「病逝？妳是說……」
五娘點點頭。「所以，四姊，這些事，由著他們去吧。」誰能左右誰的命運呢？
四娘抬頭，認真地看著雲五娘。「妳是不是知道成家為什麼留下成蒲？」
「成家不光留下了成蒲，還留下了江氏。四姊，成家的事情有四叔處理，妳不要再管了。」五娘皺眉道。
四娘先是閃過一絲疑惑，又猛地想到了什麼，忍不住捂住自己的嘴。留下了江氏、留下成蒲……這是什麼意思，再明白不過！「他不是……那他是誰？」
五娘無奈地看著四娘。「四姊，妳該回去歇著了，我也睏了。」一副不想多說的樣子。
四娘知道五娘不想再說，只得站起身往外走，走到門邊，突然頓住。「五妹，相信我。蘇芷跟成蒲之間，要是沒別人算計，就一定是蘇芷自己算計的。可蘇芷如果得不到好處，又何必算計呢？妳還是叫人注意一下吧。」
五娘目送四娘出門，頭疼得想扶額。
「姑娘，怎麼辦？」香荽小聲地問道。
五娘擺擺手。「不用管。」
蘇芷看著眼前有些頹廢的成蒲，心裡有一瞬間的厭煩。他能不能像個男人一點？
「芷兒，我們逃吧！逃得遠遠的，好不好？」成蒲拉著蘇芷的手道。

成家沒什麼人了，皇上也沒有將府邸給封起來，也許是因為西北的消息還沒有傳來的緣故吧？如今再不走，可真就來不及了。

蘇芷的眼神閃了閃。「我跟著你，自是天涯海角都去得了的，可是，我肚子裡的孩子不能跟著咱們過上見不得天日的日子吧？」

「孩子？」成蒲的視線落在蘇芷的肚子上，臉色頓時就白了。「怎麼就有孩子了呢？」

蘇芷面色一僵，道：「怎麼，你不想認帳？」

「不是！我只是沒想到這麼快就有孩子了。那妳在雲家還好嗎？」成蒲看著蘇芷，有些小心翼翼的。

蘇芷的眼淚瞬間就掉下來。「哪裡就好了？只是我擔心，雲家急著跟成家撇開關係，咱們倆怕是……」

成蒲搖搖頭。「老太太是成家的姑奶奶，不會的。她要知道妳懷的是成家骨肉，一定會善加對待的。」

蘇芷一把抓住成蒲的手，看著他有些慌亂的眼睛。「可要是連你也不是成家的人呢？」

「什麼？妳胡說什麼？」成蒲不可思議地看著蘇芷，只覺得往日美麗溫柔的女人，此刻說出來的話怎麼這麼叫人發冷呢？

蘇芷拽著成蒲。「要不然，你怎麼解釋你被留下來的理由？你不是成家的孩子，別逃避了！」

成蒲猛地收回手。「不可能！絕不可能！」

蘇芷心急，到了這時候了，如果不拚一把，等待自己的真不知道會是什麼了！於是就道：「你是皇子！你是皇子！蒲牢，這是龍子啊！」這是在她偶然得知成蒲的小名時猜出來的，再加上聯想到周媚兒和江氏之間蹊蹺的關係，還有什麼猜不出來的？

什麼皇子？成蒲用「妳一定是瘋了」的眼神看著蘇芷。

「你想想，想想你的名字！想想你娘為什麼要認周媚兒為義女？想想周媚兒知道的秘密究竟是什麼，那時候才敢大言不慚地說出這秘密能叫天下大亂的話？想想你娘為什麼就癱了，真的是你推下去的嗎？想想成家為什麼都走了，卻獨獨留下你娘和你？」蘇芷的質問聲一句接一句。「因為你是龍子，因為你應該是你娘和皇上生下的私生子！這個秘密被周媚兒知道了，她威脅了你娘！後來，讓成家懷疑了，成家不會吃這個啞巴虧，所以借你的手報復了你娘！如今更是起兵造反，報復那個給他戴了綠帽子的人——這個人就是皇上！如今可不就應了天下大亂的話？」

成蒲臉色一白，伸出雙手抱住自己的頭。「不！不是的！」成蒲搖搖頭，無論如何也不能接受自己的母親是一個背叛丈夫、紅杏出牆的女人！誰也不想成為那個私生子！

這在哪家都是醜聞，更何況是在皇家？

蘇芷卻只道：「你要找你娘確認一下才好，將來——」

「將來？」成蒲看了蘇芷一眼，彷彿不認識她一般。「怪不得呢，原來妳是對我的身分有些猜測，對後續的事情有了不好的預感，所以，才會跟我……我就說，我還不至於三杯酒下肚，就在客棧強要了妳！」他也是大家公子，也有好幾個伺候的丫頭，這些丫頭什麼手段使不出來？但因為蘇芷是大家小姐，他也沒往這方面想過，今兒一聽她這話，可不就覺得不對了嗎？

蘇芷面色一白。是的，這都是她自己察覺到不對之後設計好的。她沒有退路了。要是成家不出事，一切都好說。但要是成家出事了，自己和成蒲的婚事就沒辦法繼續了。一個跟反賊的兒子訂過親的人，能有什麼好下場呢？不管是雲家，還是蘇家，都不會給自己想要的一切。但是天無絕人之路啊！成蒲還有另一層更顯赫的身分，只有叫破了這個身分，自己和成蒲才能活下去！

私生子怎麼了？奸生子又怎麼了？

只要能靠著這個身分活下去，這一切都不重要！但沒想到，到了這個要緊的時候，成蒲卻鬧起脾氣來。看著他推開自己跑遠的背影，她只覺得一陣陣無力。

此時通往京城的官道上，一輛不起眼的馬車緩緩地行來。

雲三娘坐在馬車上，聽著外面越來越喧鬧的聲音，突然覺得，只不過半年的時間，怎麼有種恍如隔世的感覺呢？

馬車緩緩地進入雲家，在二門口停了下來。

只有春華苑的人將她接了進去。顏氏看著掀開簾子進來的一身灰衣的女兒，眼淚就流了下來。

「妳這孽障，差點要了娘的命啊！」顏氏靠在軟枕上，伸出雙手朝向自己的女兒。

三娘看著顏氏，心裡更是難受。曾經飽滿如玫瑰盛開的母親，如今面色蠟黃、顴骨高聳，哪裡還有一點風姿？

「娘……」三娘怔怔地看著顏氏，心裡說不出的後悔。如果能重新選擇，她願意做一次聽話的乖乖女。只要能換母親的健康，她什麼也願意。

大丫頭清芬扶著失魂落魄的蘇芷，輕輕嘆了一聲。「姑娘，事到如今，還往下走嗎？」

蘇芷輕輕地搖搖頭，她也不知道該如何往下走。

「姑娘，您真的……」清芬說著，就看向蘇芷的肚子。真的懷了身子嗎？

蘇芷搖搖頭。「沒有的事。」不過是想給自己增加點籌碼罷了。

清芬才舒了一口氣。

馬車緩緩地朝雲家的角門而去，只是正要轉彎，馬車一晃，卻突然停了下來。

清芬扶了蘇芷一把，見姑娘沒摔著，才轉頭問外面的車夫。「怎麼回事？不能慢點嗎？」外面卻沒有傳來任何的聲音。蘇芷就看了清芬一眼，清芬會意，輕輕地撩開簾子，哪裡還有車夫的影子？只見一個衣衫不起眼的姑娘，站在馬車邊上。

「我主子想請姑娘說說話。」那姑娘嘴角帶著幾分涼涼的笑意，語氣卻不容置疑。

清芬眉頭一皺，回頭看了蘇芷一眼。

蘇芷自然聽見說話聲了，她不知道對方是誰，要找自己做什麼，但如今就剩下自己跟清芬主僕二人，不跟著去又能如何呢？她向來是個識時務的人，於是輕輕點了點頭。去哪裡？見什麼人？都無所謂了。還有什麼情況會比現在更糟糕嗎？

清芬明白蘇芷的意思，就朝車下的人道：「那就走吧，還等什麼？」倒也聽不出來惶恐或害怕的意思，至少輸人不輸陣。

那人挑挑眉，就跳上馬車，緊跟著，馬車就緩緩地動了起來。

馬車在京城的大街小巷之間穿梭，清芬和蘇芷對京城都不熟悉，不可能知道這輛馬車的目的地是什麼地方。轉悠了足足一個時辰，馬車才在一戶不起眼的宅子前停了下來。

這宅子不大，卻極為清雅，是個鬧中取靜的好地方。

走過迴廊，就見已經枯黃的藤蔓架下，坐著個紅衣少女。

這個姑娘看起來跟自己年紀相仿，但是很遺憾，自己絕對沒有見過。

「坐吧。」那姑娘只用眼角掃了她們主僕一眼，一副十分不將她們放在眼裡的樣子。

蘇芷能從蘇家出來，能一路上自己到了京城，本就不是不能看人臉色行事的人。對這姑娘的態度她也不以為意，只點點頭，就坦然地坐了過去，端起茶盞慢慢地品了一口。

「姑娘……」清芬叫了一聲，好似對蘇芷隨便就喝別人的茶十分不贊同。

蘇芷擺擺手。「這位姑娘想為難咱們，有的是辦法，犯不著動那些見不得人的手段。」

說著，她就抬頭去看這紅衣姑娘，從長相到儀態，無不顯示這是一個有教養的大家小姐。她的視線落在這姑娘的脖子上，就見脖子上有一個指甲蓋大小的傷疤，粉紅色的嫩肉落在雪白的脖頸間，十分的顯然。

那姑娘身子一側，冷厲的雙眼看了蘇芷一眼，明顯對脖子上的傷疤十分介意的樣子。

蘇芷心裡一鬆，這是一個空有背景而自身還無法駕馭的人。她在心裡給這個姑娘下了這樣的評語。

沈默了良久，誰都沒有先開口說話，就像是較勁一般。

戚幼芳瞇眼看著蘇芷，這是個美得讓人覺得自慚形穢的姑娘。看著她一副處變不驚的樣子，她強壓下心裡的不喜。「蘇姑娘跟周媚兒算是故人，那位周姑娘可是十分想念妳呢！」

蘇芷猛地就朝戚幼芳看了過去。這人知道周媚兒，那麼，就一定知道江氏跟皇上可能有染的事，也一定知道成蒲不是成家兒子的事。所以，她找自己來，肯定跟成家的事情有關。

蘇芷於是笑道：「不過是一個遠親家的姑娘罷了，算不得熟悉。」

戚幼芳嘴角一翹。「蘇姑娘可真是一個涼薄的人！跟妳一起上京的姊妹，妳竟然都不關心她如今的去向？」

蘇芷笑道：「姑娘既然知道，那這周媚兒必然在姑娘手裡。姑娘良善，自然是會好好的對待她，我也沒什麼可擔心的。」

戚幼芳嘴角閃過一絲嘲諷的笑意。「我可不是什麼良善之人！周媚兒如今的日子，雖然也算是錦衣玉食，但我想蘇姑娘一定不樂意過她那樣的日子。」

蘇芷心裡一動，就問道：「錦衣玉食，多少人想求都求不來，還有什麼不知足的？」

戚幼芳呵呵一笑。「勾欄院裡賣笑的姊兒，可不都是錦衣玉食，養得跟千金小姐似的，才能賣出好價錢，不是嗎？」

蘇芷面色一白，這言下之意，竟是將周媚兒放進了窯子裡！她的手迅速攥緊。她知道，這姑娘是在威脅自己，可自己又能如何呢？她一點都不懷疑這姑娘有能力叫自己淪為跟周媚兒一樣的下場。

「妳想叫我做什麼？」蘇芷低聲問道。自己扔下蘇家，跑出來投靠雲家，好不容易攀上的成家眼看著又成了反賊。蘇家是不會要自己的，雲家更是指望不上。本以為外祖父對自己有幾分慈悲之心，可這段時間過了以後，她也就知道了。什麼慈悲之人？不過也是拿自己當個物件罷了，跟雲家的幾個姑娘是不能比的。原本指望著成蒲像個男人一點，沒想到也是個不敢往前衝的窩囊廢。如今，除了自己，還有誰能夠依仗呢？

這蘇芷骨子裡跟周媚兒還真是有些相似，都是身處底層，敢絕地抗爭的人。戚幼芳嘲諷地笑笑，是什麼身分，就得有什麼身分的自覺，不安分的人，從來都沒有好下場。「好！妳是個聰明人。」戚幼芳擺弄著自己剛剛染好的指甲。「我需要妳去一趟宗人府。」

「去宗人府做什麼？」蘇芷的心怦怦狂跳，她有預感，她一定是被牽扯到什麼了不得的大事裡面去了。

「當然是光明正大地去告訴宗人府，成家謀反早有預謀。」戚幼芳像是在說一件無關緊要的事。「以妳跟成蒲的關係，知道成家的打算很正常。再說，成蒲不是皇上強行玷汙了英國公府的世子夫人江氏之後，才生下來的嗎？」

蘇芷頓時就站了起來，用看瘋子一樣的眼神看著戚幼芳。這話要是說出去，還有自己的命在嗎？皇上玷污江氏，還強行？這根本就是誣衊！叫自己將這些私密的事情捅出去，還夾雜著誣陷在裡面，這簡直就是在找死！

這是想徹底地壞了皇上的名聲，也想叫成厚淳被戴了綠帽子的事給捅出去，用心不可謂不歹毒。

戚幼芳看著蘇芷，像是明白她在害怕什麼一樣。「既然叫妳去，自然有把握保全妳平安。可妳要是不去，或者是去了卻胡說八道，那麼，妳的結局只會比周媚兒更慘。想必，妳一定不知道這世上還有一種女人叫做軍妓吧？妳這副長相，不知道能叫多少男人趨之若鶩呢！我想，妳不會願意走到這一步吧？」

蘇芷只覺得自己像是被毒蛇纏上了一般，從心裡泛起了寒意。「我能得到什麼好處？」她讓自己的聲音聽上去儘量平穩。先安撫住這個姑娘再說，送死的事，她是絕對不會幹的。

「送妳和成蒲離開。」戚幼芳輕笑道：「讓你們平安富足地過完一輩子。」

這根本就不是自己想要的。要真是想過這樣的日子，她能想出一百種辦法從成家脫身。

若想要過這樣的日子，她當初就不會離開蘇家！蘇芷心裡這般想著，面上卻沒有顯露出來。她不知道這姑娘的底細，但她並不相信這世上就沒有能對付她的人。

「我憑什麼相信妳？」蘇芷抬起頭。「我如何能相信妳說的話？連妳是誰，我都不知道。」

「妳不需要知道！」戚幼芳不耐煩地道：「不管妳信不信，妳都沒有選擇！別想著從我這裡出去後再想辦法求助，會有人時刻跟著妳，直到妳完成我交代的事情。否則，她們先殺了妳並不是難事！所以，我勸妳，還是別白費心機！」說著，她一拍手，就有好幾個一身勁裝的姑娘閃身出來。

蘇芷的面色一下子就蒼白了起來，她強自壓下心頭的慌亂。「時間不早了，我得先回家。」

戚幼芳點點頭。「可以，馬上叫人送妳回去。別忘了我說的話。」

蘇芷不知道自己是怎麼從宅子裡出來的，也不知道自己是怎麼上馬車、如何回雲家的，她整個人都覺得飄忽又不真實。雖然，並沒有看見時刻跟著自己的人，但自己就是知道，這些人就在。就在自己的周圍，時時刻刻地盯著自己！

她躺在床上，外面傳來滴滴答答的雨聲，敲打在窗外的芭蕉葉上，平白多了幾分冷意。

「怎麼辦？怎麼辦……」她一遍一遍地問自己。

田韻苑。

海石和石花兩人坐在五娘的對面，兩人神色有些凝重。

「……我覺得我的感覺沒有錯。」石花看著雲五娘道：「今天這園子裡確實有人混了進來。」

石花的感覺一向敏銳，而且極為細心，雲五娘對她的話深信不疑。石花這個發現很重要，但雲五娘卻沒有往蘇芷那邊想，那是個她幾乎都要忘記還住在雲家的人。而她自己則是被戚家姑娘和羅剎偷襲過一次的人，她理所當然的以為，這一次又是衝著自己來的。因為迄今為止，她的身分更容易引來魑魅魍魎。而這次混進雲家的人又會是誰？

雲五娘用手指敲打著桌面。雲家的侍衛還真是愛看熱鬧，家裡混進了人，還這般的安然自若，也不知道自己的好祖父養著這些人到底是護著誰的？她的臉上不由得露出幾分嘲諷的笑意。

「這府裡園子極大，想要藏住人很容易。別說三五個人，就是三五十個人，要是成心在園子裡躲貓貓，找起來也要費一番心思的。」雲五娘有些憂慮地說道。不知道對方的來頭，也不知道對方的來意，更不知道對方的實力如何，這事情說起來也不好處理。

海石就道：「要不然等到了晚上，我們幾個先去探一探？」自己加上石花、水草、海藻就足夠了。就算自己這幾人對園子的環境不算熟悉，可是影響卻並不大，在海島上還是完全陌生的環境呢，不也一樣地挺過來了嗎？大不了再加上春韭她們。她們雖然不是土生，但絕對土長，對環境自然是熟悉得不能再熟悉了。

也好。雲五娘點點頭。

入了秋，秋雨就淅淅瀝瀝，帶著涼意。

香荽和紫茄看著小火爐上翻騰的薑棗茶，不時地對視一眼。

紅椒站在門口，也不時地往外看一眼。已經快到子時，外面黑透了，她其實什麼也看不見。

雲五娘一身黑衣地從裡面出來，角房裡海石、春韭一共七個人也先後走了出來，都是一水的黑衣。

「姑娘，您真的要去嗎？」紅椒拉著雲五娘，雖然是在自己家裡，但還是一樣的擔心。

雲五娘將臉用黑巾蒙起來。好長時間沒有活動活動了，正因為在自己家裡，所以才打算自個兒去看看的。

「沒事。妳們安心等著就是了。」雲五娘安撫了紅椒，又朝香荽和紫茄點點頭。

海石看了五娘一眼，就率先走了出去。

雲五娘被幾人圍在中間，悄無聲息地轉到田韻苑的後院。池塘的後面是幾株梧桐，緊靠著梧桐的就是圍牆。因著是自己家裡分隔出來的院子，所以圍牆不是為了防賊，而是為了美觀，青磚黛瓦粉牆，只有一人多高，對於她們來說，要翻過這樣的牆，實在太簡單不過。

其實，這園子裡也是有巡夜的婆子，要不然，晚上豈不是亂套了？

雲五娘還能看見遠遠地有打著燈籠的人走過，看來，這些下人並沒有懈怠。

春韭領路，石花跟著觀察，剩下的人跟在她們身後。就算今晚將這園子過一遍，也一定要找出這夥人的蹤跡，也好判斷對方的目的是什麼？

「姑娘。」石花停了下來，伸出手叫雲五娘看。「我在冬青上，摸到了泥塊。」

事實上，雲五娘不可能看見石花的手，她只能上前，在石花剛才摸到的地方再摸了一下，是一塊不小的泥塊。園子裡的花木都是分區有人照管的，不可能叫烏七八糟的東西黏在花木上汙了主子的眼。那麼，這只可能是天黑以後，有人留下的。

可這冬青足有半人高，就算是貪玩的小丫頭也不會扔泥蛋蛋玩吧？況且，園子裡有青石板鋪著的路，就算是很狹小的地方也有，誰會不珍惜腳上的繡花鞋，跑到泥地裡去？

就算是不小心滑進去，那也不可能，因為吃完晚飯就開始下的這場雨是毛毛雨，不可能那麼快就濕透了地面，帶起這麼多的泥。可等雨大了以後，就已經是亥時了，亥時各個院子就該鎖門了，哪裡還會有人在園子裡跑？

還有更重要的一點，就算是想將腳上的泥蹭掉，不是該蹭在地上嗎？怎麼會蹭在半人高的冬青上？除非，有人在這冬青上借力了。

「順著這條線找過去。」雲五娘低低吩咐一聲。

雨已經打濕了衣服，雖然不舒服，但比起被海水澆透的感覺，這不算是最糟的。

可是越往前走，好似越不對勁。

春韭低聲道：「姑娘，前面就是梅林了。」

梅林是這府裡最偏僻的地方，除了賞梅的時節偶爾來瞧瞧，其他時候，這裡連小丫頭都不靠近。平時守著這裡的是一個瞎了一隻眼睛的婆子，再沒有其他人。

怎麼會找到這裡來呢？

「小心點。」五娘小聲地提醒道。

春韭就道：「要不我進去瞧瞧？」她以前陪著姑娘來過這裡，雖然算不上熟悉，但比起海石幾人，勉強算是好點。

五娘沈吟片刻就道：「海石，妳們幾個在外面接應。我跟春韭、綠菠、水蔥進去，我們對裡面熟。」

「好！」海石應了一聲，就蹲下身子，方便雲五娘踩著她的背借力。

翻過圍牆，裡面樹影搖曳。雨越來越大，雲五娘看看腳下，這凡是走過，就必然會留下腳印，明兒難免就會露餡。剛才沒進園子之前，還都是借著草木掩映，揀了硬化的路面走，即便有點隱跡，被雨水一沖，也殘缺不全了。但梅園不一樣，這裡根本就沒多少硬化的路面叫她們大剌剌地走。

春韭從背後的包裹裡拿出一雙男人的靴子，套在自己的腳上，綠菠也馬上跟著套了一雙，接著水蔥則跳上綠菠的脊背，雲五娘就懂她們的意思了。光有男人的鞋印還不行，深淺還得合適。兩個人的體重加在一起，就相當於一個壯漢的體重。這般想著，就趴在春韭的脊背，春韭也揹著自己走。四個姑娘，留下兩雙男人的腳印。也算是她們有奇思妙想吧！

她們又將剛才站立的地方踩亂，這才往裡面摸去。

梅林裡，是有幾間屋子，作為賞梅女眷休憩的地方。如今，遠遠看著，倒似乎透出暈黃的燈光來。

半夜三更，一個看園子的孤老婆子不可能還點著燈不休息。況且，她也不敢住到主子要用的屋子去。

難道是那夥人這麼膽大，竟然敢直接在這裡安營紮寨？那也未免太不把雲家當回事了！

「小心點。」雲五娘見馬上要靠近過去了，就提醒道。

原以為會有人十分嚴密的守著，可都已經到了屋簷下了，還是沒有什麼異樣。

怎麼這麼奇怪？

上了臺階，雲五娘慢慢的下來，輕輕地靠近窗臺下。

其他三人分別觀察一個方向，將雲五娘圍在裡面，背對著圍成圈，離窗臺較遠，顯然不想聽太多的秘密。

屋裡有男人和女人的說話聲。

「……他們怎麼會找上妳？」這是男人的聲音。

雲五娘心裡一驚，這個聲音簡直太熟悉了，這是自己的渣爹雲順恭的聲音！半夜三更，他怎麼會出現在這裡？

「我的爺，不是他們，我早就死了，還能再見到你嗎？」這是一個女人的聲音。

這個聲音，雲五娘也不陌生，這是顏氏身邊的怡姑。她不是被顏氏給處置了嗎？怎麼會偷偷摸摸地出現在雲家？

「他們救了妳，就是為了叫妳找我的？」

雲順恭的聲音聽不出喜怒，雲五娘此時也無法判斷他的心情。

「你不能沒良心！我差點沒叫她給賣到窯子裡去，要不是他們家插手，我真的只能一頭給碰死了！」怡姑的聲音透著狠勁。

雲順恭卻道：「要不是妳算計她，又怎麼會走到今天？」一副不為所動的樣子。

「我說過了，我沒有動手害她！要害早就害了，還會等到那時候？那真是一個意外！」怡姑的聲音又軟和了下來。「不管誰救了我，我這心裡總是向著你的。他們說的也有道理，爺跟他見見又有何妨？」

「誰知道他打的是什麼主意？如今正是多事之秋，還是別見了。爺在外面買個宅子安置妳，妳也別鬧了！」雲順恭有幾分不耐煩。

雲五娘聽得雲裡霧裡。誰救了怡姑？這人找雲順恭見面又是為了什麼？能在怡姑被顏氏打發的時候就盯上她，還恰好在恰當的時候出手救人，看來，對方早就在暗處盯上了雲家。

「……爺，我還是那句話，人總得給自己多找一條出路不是？」
怡姑的聲音透著誠懇，但雲五娘卻從裡面聽出了急切。
多一條出路？什麼叫做多一條出路？雲五娘心裡隱隱有些不好的預感。
可裡面卻是長久的沈默。雲五娘都快以為自己等人被發現的時候，才聽見雲順恭突然開口——
「現在的時機不對，再等等吧。」
怡姑張口就道：「他讓我轉告爺，這兩天京城會出大事。到那時，爺再決定也不遲。」
京城會出大事？雲五娘的眉頭一挑，能是什麼事呢？
等裡面傳來曖昧的呻吟聲之時，幾人便悄悄地退了出去，迅速轉回田韻苑。
「只怕，咱們今晚只找到了一批人。」海石一邊脫去身上的濕衣服，一邊對五娘道。
半夜的雨更大了，雲五娘看了看外面。「今晚先到這裡，妳們都趕緊回去歇著吧。」又見幾人神色有些沮喪，就道：「今兒我聽到的事很重要，也不是全然沒有收穫。明天一早，咱們再出去轉轉。自己家裡，說起來也沒必要遮遮掩掩的。」
只要不關自己的事，不關金家的事，她也懶得管。但不管，卻不意味著可以不知道。
紫茄給每個人端了一大碗薑棗茶。
紅椒進來就對海石、春韭幾人道：「熱水已經給妳們放在房裡了，趕緊回去洗洗。」說著，就扶了雲五娘進去梳洗。

秋天的夜已冷了，卻還遠遠不到要點炭盆的時候，但香荽今兒晚上還是用炭盆將屋裡熏得熱呼呼的。雲五娘接受她們的體貼，但她現在，遠不是看上去那般嬌弱。

第三十章

一夜秋雨，早上空氣就帶著幾分寒意。

「……腳印？」雲順恭皺眉又問道：「確定嗎？是兩個男人的腳印？」

那人一身侍衛的打扮，低聲道：「不會有錯。主子昨晚，不該莽撞。」

誰能想到呢？畢竟是在自己的家裡。不過能留下腳印，就不是什麼精明厲害的人。只怕是哪個不省心的下人，聽了半晚上的牆角也未可知。可這樣的事情，他卻也無法去求證。自己帶著兩個隨從，也沒叫他們在外面守著，現在想來多少有些後悔。

想起怡姑的事，他心下氣惱，但也沒有為這個去找顏氏對質的心情。女人間的事情，哪裡比得上怡姑話裡所透露出來的意思要緊。

她說，京城裡這兩天會出大事。

這大事，又是什麼事呢？

五娘被外面鳥雀的叫聲吵醒，就知道雨停了，天氣也已經轉晴了。

今兒起得有點晚，早飯擺上來的時候，六娘就過來了。

「吃過了嗎？」五娘也沒起身跟六娘客氣，就問道。

六娘看著桌子上的蝦餃，就果斷地坐下。「我還能吃點！」廚房的飯菜沒有田韻苑的好吃，姨娘用小炭爐做的飯，可沒這麼多好的食材。看見了，難免就嘴饞了。

五娘一笑，白了她一眼，在她的傻笑聲中將蝦餃推了過去。吃過了海裡現撈上來的蝦後，總覺得其他的蝦滋味都一般，於是只揀了菠菜煎餅，捲了酸豆角吃，卻也覺得開胃。

兩人吃了飯後，六娘才說明了來意。「三姊回來了，一直陪著二伯娘，咱們也沒去看看。要不然，今兒叫上四姊，一起陪三姊說說話？」

五娘今兒心裡還有事，但卻不好拒絕六娘，就道：「我早前就叫人問過了，三姊早上還是習慣唸唸經的，咱們這會子過去，只怕她也沒功夫。要不然，咱們先在園子裡走走，消磨一會子時間，等那邊差不多了，再找四姊一塊兒去。今兒早上有點涼，四姊身子弱，還是等等再叫她出門吧！」心裡卻想著，真要發現蛛絲馬跡，就將六娘先打發回去。

六娘不知道五娘的打算，就跟著點點頭。下過雨後，屋裡憋悶，反倒是外面秋高氣爽，叫人覺得十分的宜人。

香荽給五娘繫上披風。「姑娘，園子裡的菜該收了曬菜乾了，這些事情春韭她們弄不明白，還是我和紫茄她們留下，今兒叫春韭幾個跟著姑娘吧？」

五娘點點頭。「叫海石幾個也跟著，熟悉熟悉園子，在家裡再迷路了就是笑話了。」

主僕倆一唱一和，就定下了昨晚的原班人馬跟著五娘。

六娘只帶了二喬和七蕊，她看著五娘身後跟著七個人，就笑道：「不知道的，還當五姊這是去打架呢！」說完，就先怔住了。這幾個人臉上的膚色可都還沒有養白呢，她們跟香菱肯定是不一樣的！就算熟悉環境，也犯不著在家裡就帶著七個丫頭出門啊！「這是有事啊？」說著，又看向五娘，哀求道：「五姊，別扔下我！我也想見見世面，不想關在家裡，跟個傻子似的！」

五娘一嘆，順手拍了拍六娘的胳膊，微微地搖搖頭。「可能有危險，妳……」

六娘的嘴角就僵了，還真是去打架不成？她聽著五娘的語氣，似乎不想帶她，就趕緊道：「那我也去！」

「有危險也去？」五娘雙眼含笑地問。

「去！」這句話完全是下意識的反應，嘴比腦子快，說完，六娘才咬牙道：「去！」在家裡，能有什麼事？

五娘哈哈一笑，其實她也不知道能不能找出什麼來，就道：「走吧！逗妳呢！」

六娘無語。「……」她並不覺得。

出了田韻苑，六娘就注意到，五姊帶著的七個人分散在她們的後面和左右，而扶著五姊的姑娘，關注點根本不是五姊，她似乎總是在找尋什麼。

五娘感覺到石花扶著自己的手一緊，就不由得向她看去，她的視線正好是旁邊的一叢冬青。這應該就是昨晚走岔路的地方了。

可園子裡，其實天不亮的時候已經被人打掃了一遍，沒有積水的路面、沒有枯枝敗葉攪擾人的雅興，而如此一來，剩下的痕跡也更少了。

「四處走走再看吧。」五娘就笑道。

石花本就是要繞開梅林方向的，那個方向昨晚已經證實，並沒有找到什麼形跡。可才走了兩步，雲五娘卻突然頓住了。若梅林方向真的只有雲順恭去了，可雲順恭不會繞到如今她們站著的地方，這不是捨近求遠嗎？那麼，留下痕跡的肯定是另有其人！

按這麼推演，可疑的方向還應該是梅林那兒。這般想著，她又轉過身。「還是朝這邊去看看吧。」

六娘就道：「那邊除了青屏苑就是梅林，去那邊做什麼？」

青屏苑？五娘猛地頓住了。青屏苑裡住著蘇芷，而前兩天四娘剛說過，叫自己注意蘇芷！難道真的跟她有關？

於是五娘就道：「我記得青屏苑有兩棵核桃樹，也不知道如今還在不在？」

她們姊妹小時候去那邊打過核桃，如今又剛好是核桃成熟的時節，六娘就點點頭。「應該在的，誰沒事敢動家裡的花花草草？」

「那就瞧瞧。」五娘吩咐春韭。「妳帶著石花先過去，問問表小姐，我們現在過去打核桃，方不方便？」

春韭應了一聲，明白主子的意思，帶著石花一路往青屏苑先去。

石花看著散落在花叢中的草，隔一段就有一些是貼著地面的，雖然不明顯，但那赫然就是前腳掌的形狀——這些人是練家子。

石花朝春韭點點頭，這樣的印記在青屏苑外十多公尺的地方，就消失了。

春韭轉頭看著青屏苑的大門，就抬腿走了過去。

蘇芷一晚上沒睡，看著早飯也沒胃口。

清芬有些憂心，想要上前勸解兩句，就見清荷急匆匆地走了進來。

「姑娘，田韻苑的春韭姑娘來了，說是五姑娘和六姑娘想來院子裡打核桃，問姑娘方便不方便招待？」

蘇芷一愣，既而眼睛裡就出現一抹亮光，拿著筷子的手都有些顫抖了。她掩飾般地放下筷子，垂下眼瞼。「這是雲家，院子裡的一草一木都是雲家的，人家主人家要來，我還能攔著嗎？」這話與其說是對著清荷說的，倒不如說是對著暗處的人說的。

清荷覺得這話聽起來有些陰陽怪氣，可語氣似乎透著急切，急切地想見到雲家的姑娘。她馬上點點頭，道：「我這就接兩位姑娘進來。」

「還是我親自迎一迎吧！」蘇芷站起來，就朝外走去。突然，手上一疼，她差點驚叫出聲。避著丫頭，她用另一隻手擋著一看，竟是有一根極為纖細的針，恰好插在她的手背上！

她突然就覺得，要是這針上有毒，自己只怕頃刻間就會喪命！她輕輕地將針拔下來，知道這是暗處的人對自己的警告。

「姑娘，怎麼了？」清荷見蘇芷又站住了，就趕緊問道。

清芬是看見了蘇芷的異樣的，她心裡擔心，但又不敢說出來，只上前扶了蘇芷，手不由得重了幾分。

蘇芷點點頭，強壓下心裡的害怕和恐懼，木偶一般地被清芬扶著往外走。

清荷看了蘇芷和清芬兩眼，自從主子昨天回來後，看著就心事重重，昨晚一晚上沒睡，今兒又突然這般的失魂落魄，肯定是有什麼了不得的事發生了。

她們都是自小就伺候主子的，主子是什麼樣的性子，她是再清楚不過了。什麼時候不是四平八穩的，哪裡見過她如此的驚慌失措？

五娘和六娘遠遠地看見青屏苑門口站著人，是蘇芷帶著丫頭迎了出來。

五娘對海石微微點頭，海石就更加的戒備起來。石花和春韭沒有再返回來，就證明她們已經判定這個青屏苑有貓膩。

「一會兒妳不要說話，也不要瞎跑。」五娘小聲地對六娘道。她有些後悔叫六娘摻和進來，就算想開闊眼界，也不一定非要用這般極端的方法。

六娘點點頭，眼裡閃過一絲興奮。

就見五娘端起笑臉，對蘇芷道：「一大早就來打攪表姊，真是叫人過意不去！」

「我也正想在院子裡走走呢，哪裡有什麼打攪？」蘇芷也笑了起來。

這般僵硬的作態，叫雲五娘有些詫異。這是因為害怕自己發現青屏苑的秘密而緊張呢，還是其他原因？

一進院子，五娘渾身的汗毛頓時就豎了起來。被人盯上的感覺，十分的清晰。

這樣危險的氣息，讓五娘渾身都繃住。她面上帶著笑，深深地看了蘇芷一眼，就扭頭道：「六妹，來得匆忙，咱們忘了拿打核桃的竹竿了。叫妳的二喬和七蕊回去取一下吧？我記得妳的院子裡有。」

哪裡有？一根竹竿罷了，隨便哪裡找不來？六娘在心裡過了一遍，這才意識到，五姊怕是要打發二喬和七蕊。

五娘正是這個意思。要真是有危險，二喬和七蕊就是累贅。本來她連六娘都要一起打發的，但叫家裡的姑娘跑腿，本就是一件奇怪的事，因此只能先打發兩個，少一個算一個吧！

六娘抬頭，見五姊臉上滿是認真，就意識到了什麼，扭頭對兩個丫頭道：「去取吧。」

見老實的七蕊還要問，她就看了二喬一眼。

二喬拉了七蕊一把。「放心，姑娘，我知道在哪兒放著！」剛才在路上，姑娘跟五姑娘說的話，她都聽見了，此時也馬上明白了主子的意思，於是拉著還要說話的七蕊轉頭就跑。

五娘就笑看著蘇芷道：「看來，還得打攪表姊，討表姊一杯茶吃了。」

蘇芷忙堆起笑臉。「那就快屋裡坐。」說著，眼睛就向屋裡看去。既有期盼，又帶著忐忑。

春韭就笑道：「叫綠菠她們先去瞧瞧，看今年的核桃是不是熟了？」

五娘點點頭。「妳安排吧。昨晚上雨大，估計落下不少。妳們去瞧瞧，可別猴子爬樹。」

綠菠應了一聲，拉了石花、水草、海藻過去。

蘇芷就笑著，請五娘進去。

五娘拉了六娘的手，看了水蔥一眼，水蔥點點頭，表示她會跟著六姑娘，五娘才抬腳往裡面去。

一進門，那股子危機感越來越重了。

清荷端著茶，輕輕地放在桌子上。

而五娘的視線，則落在這屋裡的一個魚缸上。「表姊這魚餵得真好。」

在她看過去的時候，水面明顯晃動了一下，魚兒猛地從水面下往上游去。這些魚都是養慣了的，根本就不怕人。牠們往上走，只有一種情況，那就是覺得有人又來餵食了，覺得水面被灑下什麼東西了！可是，剛才沒人靠近魚缸。

那麼，又是什麼掉進去了？五娘的眼神無意識地往上看了看，如果上面有人，那麼灰塵落下來，是有這樣的可能的。

她起身，十分感興趣地朝魚缸走去。水面上，確實有還沒沈下去的微塵。

「就是園子裡的池塘撈出來的，放在屋子裡，有個鮮活氣罷了。」蘇芷笑了笑。「倒叫五表妹見笑了。」

「挺好的。做針線做累了，或是看書看累了，看著游動的魚，對眼睛有好處。」五娘說著就看了海石一眼，海石的目光則是往書架子的方向看了一眼。

蘇芷敷衍地一笑，她現在還沒拿定主意，要不要向雲五娘求助。

五娘看了蘇芷一眼，問道：「表姊可還住得習慣？這青屏苑這些年一直也沒住人，如今看著，屋子還行。」說著，更是四處的打量起來。

蘇芷終於後知後覺地發現雲五娘的行為奇怪了！她雙手緊緊地攥著，低聲道：「剛開始是不習慣的，總覺得屋子裡有人，也許是自己聽錯了。」

覺得屋裡有人！那就是說，這些人不是蘇芷藏起來的！五娘朝蘇芷看去，就見她的眼裡全是哀求和惶恐。倒像是被脅迫的，這倒好辦了。

雲五娘朝蘇芷安撫地點點頭，就笑著道：「表姊的感覺是對的，確實是有人。」說著，就揚聲道：「朋友，出來吧！」

六娘懵了一下，這屋裡有人嗎？

就見一道亮光朝著蘇芷而去，竟是想殺人滅口！

春韭將軟墊子扔了過去，細密的針就全落在了軟墊子上。

雲五娘手腕上的袖箭也同時射了出去，緊接著，屋樑上就掉下個黑衣人來，只是手臂被袖箭劃傷了。

春韭一個箭步上去，兩個回合，就用匕首抵住了對方的脖子。那邊海石的胳膊上帶著血，從書櫃的後面，也押著一個人上來。

「還好嗎？」五娘先問海石的傷勢。

海石搖搖頭，表示無事。「這個人身上有海葵草的味道。」

海葵草的汁液有驅蚊蟲的作用，海島上的人都習慣使用，海石能聞出來一點也不奇怪。

「掀開她們臉上的黑紗。」雲五娘吩咐道。從身形已經能看出來，這些人全都是女人。臉上的黑紗被掀開後，春韭驚訝地「咦」了一聲。

雲五娘馬上就知道這是誰的人了。這張臉，她們見過，是戚家姑娘和羅剎想劫掠雲五娘時就見過的。

這戚家姑娘還真是夠膽大的，竟然敢叫熟臉再次到雲家來？

雲五娘正覺得好笑，就見綠菠、石花幾人，也帶著兩人進來。

「姑娘，只找到這兩個。」綠菠小聲地道。

五娘點點頭。「先帶出去，看著！」說完，就扭頭看向蘇芷。「說說吧，怎麼回事？」

蘇芷嚥嚥口水，就道：「這些人威脅我，叫我幫她們辦一件事，辦好了，就放了我。」

「什麼事？」五娘挑眉問道。

蘇芷的手猛地攥緊。五娘能救得了自己一時，難不成還能救得了自己一世？於是就一副不解的樣子道：「這個，我還真不知道。她只說，叫我辦的時候再告訴我。」

五娘看著蘇芷，皺了皺眉。「既然如此，我先把人給祖父了。有什麼事，妳跟他老人家說。」她不想說，自己還不問了。只要叫人盯著，總有查出來的時候。至於蘇芷，她願意留一手，那就留吧。

如今看著，跟自己其實沒什麼太大的關係。

只不過，昨晚怡姑口中的「大事」也不知道跟眼下的事有沒有關係？若是有關，那麼跟雲順恭聯繫的人肯定就是戚家無疑了。

在心裡思量了一番，雲五娘只讓春韭將人給雲高華送去，就帶著雲六娘回了田韻苑。

「蘇家表姊沒說實話。」六娘小聲跟五娘說。

五娘笑了一下，道：「她是信不過我。」

六娘恥笑一聲。「蠢！」她怕背後威脅她的人，難道就不怕五姊下次再不蹚這渾水？要是想著五姊為了從她的嘴裡得到什麼有價值的東西，就會在暗處護著她，那就更不可能了。作她的春秋大夢去，五姊從來都不是這樣一個人，六娘在心裡哼了一聲。要是她還想指望祖父管，那就更不可能了。連五姊的丫頭都能輕而易舉地將人找出來，這雲家的侍衛就算再怎麼差，也不至於連幾個丫頭的本事都趕不上。不過是祖父藏在暗處，想看看這些人究竟想幹什麼罷了，還能為了一個外孫女冒險出頭不成？

這般想著，也就覺得不必為了一個蠢人而大費心思，又問道：「五姊知道那些人是誰家的？」

五娘點點頭。「是戚家的。」

戚家？戚家不是二伯的親外家嗎？於是，六娘果斷的不說話了。知道五姊要忙，她就急著告辭。今兒的事，她得回去好好消化幾天。

五娘也沒強留，只打發了水蔥將人好好地送回牡丹苑。

不一會兒，果然就有管家過來，說是國公爺有請。

五娘連衣服也沒換，就起身去了外院。

書房裡，雲高華、雲順恭、雲順謹都在。

雲五娘行了禮，也不看雲順恭因為見到她而難堪的臉色，只對著雲高華道：「祖父可問過那幾個人了？」

「不曾。」雲高華指了指椅子。「坐著說話。」

雲五娘順勢就坐下。「那祖父叫我來，是有什麼事？」一副「你都不知道，我更不可能知道」的樣子。她就不信這老狐狸真的一點都不知道。

「五丫兒怎麼想起去看妳表姊了？」雲高華問道。

雲五娘愣了愣，才道：「是跟六妹一起去打核桃的，倒叫這幾個人影響了興致。不過，咱們家的侍衛現在真是越來越不濟事了，這幾個三腳貓的丫頭都能神不知、鬼不覺地摸進來，他們是得練練，看還能不能吃這碗飯了？要是這點本事都沒有，真該打發回去抱孩子了！」

言語一點也不像個大家閨秀一般的文雅，但也叫雲順恭眼裡露出沈思。是不是自己的那點事，父親其實都是知道的？怡姑能混進來，難道是父親有意為之？

雲順謹就笑道：「是得好好的練練了！以後這侍衛還是我管著吧。」他平時不在家，後宅他也沒注意過，如今叫雲五娘一說，要是父親存心放任居心叵測的人進來，那家裡還有什麼安全可言？不能為了探聽點不知道重不重要的消息，就將家人置於危險之中啊！以前還覺得，五娘一個人帶著好幾個會武功的丫頭在內宅裡轉悠是十分的多此一舉，直到今兒才知道，這一點都不誇張。他已經在考慮，要不要給自己老婆和孩子找幾個女護衛來？

雲高華被自家四兒子理直氣壯的搶班奪權給噎了一下，但看著兩個兒子的神色都算不上好，就把剩下的話嚥了下去。「咱家跟別人家還是不一樣的。」雲高華解釋了一句。

怎麼不一樣？不就是跟戚家和成家不一樣，沒人家有權有勢嗎？

彷彿看見了幾人的不以為然，雲高華又嘆了一口氣道：「如今的局勢，撲朔迷離。咱們除了依仗一方，還能怎麼辦呢？」

雲順謹瞬間就黑了臉色，鬧了半天，他還是想多方下注！這不是自己找死了嗎？

雲高華看了兩個兒子和孫女一眼。「我有我的用意。這事，我不希望你們任何一個人插手。」

雲五娘心裡一笑，只要跟她無關，跟金家無關，其他的事，她現在懶得理會。於是也不廢話，就直接站起來。「知道了。那我就不打攪祖父了。」

雲高華沒想到五娘這般容易就放手了，還頗有些驚異地看向她，見她神色全無半點勉強，有些不得勁地笑道：「五娘就不好奇這些人的來歷？」

雲五娘笑道：「就算知道了，我又能做什麼呢？橫豎有祖父作主，我沒什麼要擔心的。」說著，就福了福身，朝雲順謹笑了笑，然後毫不留戀地轉身出去了。

雲順恭忍不住道：「真是沒有一點規矩了！」

五娘的腳已經邁出門檻，聽見雲順恭毫不掩飾的不滿聲，只是輕輕地嗤笑了一聲，毫不停頓地走了出去。

可這一聲嗤笑，彷彿是在嘲笑雲順恭的自以為是，十分的不以為然，頓時叫雲順恭的臉色脹得通紅。真是豈有此理！

「好了！」雲高華不滿地看了一眼雲順恭。「你少說幾句！她不光是你的女兒，還是金家的人，你別忘了就好！」

看著父親警告的眼神，雲順恭知道，怡姑跟他見面的事情，父親肯定知道了。而昨天晚上留下的兩雙腳印，只怕就是父親給他的警告。

雲五娘要是知道雲順恭會這般聯想，一定會欣慰的。

回到院子裡，下面的人就遞了一張紙條過來，原來是金氏傳過來的消息。

五娘也顧不得吃早飯就進了書房，將人都打發了，才展開紙條。紙條上是一串密碼，別人拿到也沒什麼用處。雲五娘解密後，竟然是寫著朝廷主動要求跟烏蒙國和突渾國聯姻。

烏蒙國的大概位置，用雲五娘心裡的版圖概念來劃分的話，就是蒙古一帶，而突渾應該就是雲南的西南大部分地方。

烏蒙東邊緊靠遼東，西邊則與西北和西域接壤，南邊則是河套地區。與三方接壤，又夾在西北和遼東之間，可謂得天獨厚。從戰略的角度上看，至少對兩方都有一定的牽制作用。

至於突渾，應該是為了應對戚家而下的一步棋。

在圖上看了半天，雲五娘只能想到一個詞，叫做遠交近攻。

不得不說，這樣的佈局還是有些意思的。

等到掌燈時分，雲五娘才意識到，又在書房裡耗了大半天的時間。

雲五娘出了書房，香荽就迎上前。「姑娘還是按時吃飯的好，一進書房就不叫人打攪，這也不好。」

五娘心不在焉地應了一聲。「以後儘量吧。」她心裡琢磨著，是不是該將這個消息趕緊給宋承明送去，也好叫他有個應對？但想到龍刺的本事，她就暫時壓下這個想法。這事金家能知道，宋承明就該會知道。不說別的，只簡親王應該就會提早告訴他吧？畢竟這事一旦有了計劃，就瞞不住。

到了晚上，又起了風。雲五娘正在半夢半醒之間，就聽見春韭小聲叫她。

「怎麼了？」五娘坐起身問道。

春韭就繞過屏風，走到五娘的床前。「姑娘，咱們白天抓到的四個人逃了，還順便帶走了蘇家的表小姐。」

逃了？屁！肯定是雲高華作主放了，又怕放了做的太顯眼，就故意賣了一個破綻，做出一副讓人逃走的樣子來。當誰是傻子不成？喜歡這麼玩就玩吧，看還能玩出什麼把戲來？

「不用管她們。」雲五娘又重新躺下。既然知道是誰家的人，跟著這些小嘍囉就沒什麼意思。至於蘇芷，一切都是她自己選的。她也想知道這所謂的大事究竟是什麼事？

春韭這才應了一聲，出去了。

五娘心裡壓根兒就沒擱下這事，轉臉就睡著了。

蘇芷現在卻不好過。

戚幼芳嘲諷地笑笑。「怎麼？沒想到吧？我早告訴過妳不要玩花樣，現在還不是一樣落在我的手裡了？這是妳最後一次機會，若還是把握不住，我只能將妳送去做軍妓了。」

蘇芷看著對方貌美如花的臉，怎麼也想不到這世上還有這樣惡毒的姑娘。「我雖然不想死，但卻不是不敢死。若姑娘真是逼我至此，橫豎都是不能善了，我一頭撞死也就是了。姑娘總不能叫人眼睛不眨地盯著我吧？去了是死，不去也是死，我又為什麼非受姑娘的擺佈呢？」

戚幼芳詫異地挑眉，既而皺皺眉。她不喜歡這種掌控不了的局面，也不喜歡弱者以及他們不自量力的反抗。她又一次將手放在脖子處的疤痕上，這才強壓下脾氣。「妳待如何？」

蘇芷強迫自己冷靜下來，道：「姑娘只是想挑破皇上跟江氏之間的事，不是嗎？」這話倒也沒錯。但他們暫時不想跟成家鬧得太僵，只打算把現在皇位上的這位聯手推下去，待這世上沒有正統的皇家了，之後，再跟成家翻臉也不遲。

蘇芷的理解沒錯，但其實重點不對。成家和江氏必須是受害者，龍椅上那位必須是昏聵好色之人。只有昏君，才有被逼謀反的良將忠臣。

戚幼芳看著蘇芷的眼神閃過一絲輕蔑，為什麼總有些人這般的不知道自己的斤兩呢？她已經懶得去跟這些笨蛋解釋什麼了，認識的不同完全是格局的大小決定的，於是皺眉道：「妳的顧慮我知道了，不就是害怕我保不下妳來嗎？這個容易。」說著，就起身，從暗格裡拿出一個小瓷瓶來。「這是假孕丸，服用了之後，跟懷孕的脈象是一樣的。妳只是懷了皇上的私生子的孩子，但孩子的父親如今不認帳了，妳才去宗人府討個公道的。我這麼說，妳能明白吧？」

蘇芷一瞬間有些恍然。如果是帶著肚子裡的孩子認祖歸宗，那麼找宗人府是沒錯的。再往下說，成蒲是皇上和江氏的奸生子的事情就必須攤到明面上了。不管皇上認不認成蒲，為了他自己的名聲不受損，短期內都不會殺了她，因為他得顧忌著別人會認為這是殺人滅口。甚至不僅不會殺她，還得防著別人殺了她。

這般一想，這也不是必死的局面。只要暫時死不了，完全可以慢慢的籌謀。連周媚兒那般的作死都能活到現在，就不信自己還比不上她！

蘇芷接過戚幼芳手裡的藥，塞到嘴裡吃了下去。「明天我就去。」

戚幼芳微微一笑，拍了拍手，就有人帶著蘇芷下去了。

看著蘇芷的身影從眼前消失，戚幼芳臉上的笑意才收了起來。「這個蠢貨！」假孕丸？虧得她還真的相信了！她又一次將手放在傷疤上。「雲五娘，這一招就是從妳那兒學來的。」那天晚上自己就是這麼被雲五娘忽悠住的，要不然，留下疤痕的就不是自己，而是那個死丫頭了。

雲五娘晚上因為風大沒睡好，下半夜又下起了雨，早上聽見雨聲時，有一點不想起床，就又睡了個回籠覺。等再醒過來，雨聲還在。

春韭小聲道：「少爺傳來消息，叫姑娘別摻和接下來的事。」

她連什麼事情都不知道，怎麼摻和？雲五娘點點頭。

戚家一直在金家的監視範圍內，所以，她一直就沒有著急過。看來，這是要動了。

京城的大街上，一輛不起眼的青篷馬車在雨中慢悠悠地朝宗人府而去。

蘇芷坐在馬車上，聽著雨打在車棚上的聲音，心莫名的緊了緊，今兒這一行真的會像預想中的那般順利嗎？

簡親王府。

雙娘正在跟簡親王說起給老王妃辦壽宴的事。「雖說正是多事之秋，但一家子吃頓團圓飯還是要的。也不請人，就一家人熱熱鬧鬧的。也不要什麼戲班子，就請幾個說書的先生，逗老人家一樂，也就罷了。」

簡親王含笑聽著。跟雙娘說話，他總覺得有無限的耐心。

自從雙娘進了門，對幾個兒子，不管是嫡子、庶子都不多言；對庶女，也做到了最大程度的寬容；連幾個妾室，竟也是沒為難苛待過半分。這一家子上上下下這麼些人，也沒人能挑出她的半點不是來。更難得的是，她十分得老王妃的喜歡，家務事又從來不用他操心。

以前還以為她會急著生養子嗣，後來還是她主動提出，等世子成親以後再說，家裡的關係也正因為她這個決定而緩和了下來。

算得上是個聰明人。聰明人永遠都知道自己要的是什麼，不會妄想得不到的，也從來不會妄自菲薄，將本來就是自己的推拒出去。

雙娘就是這樣一個人。

他看著雙娘笑容明媚的臉，就道：「其實親近的人家請來也無妨。這麼些日子了，妳也想見娘家人了，順便叫來吧！娘也喜歡熱熱鬧鬧的。」

雙娘的眼睛瞬間就亮了起來，越發讓人覺得動人。

夫妻倆正說話，就有人在外面稟報——

「主子，宗人府請您去一趟。」

簡親王皺眉。「又是哪個混帳行子打架了？」

「回主子的話，聽說是一位姑娘帶著肚子裡的孩子來認祖歸宗的。」外面的人道。

簡親王就皺起了眉，這都是什麼事？又是哪個王八蛋又沒管住褲襠裡的玩意兒了？

簡親王如果知道宗人府會遇上這麼一件棘手的事，那是絕對不會來的。就算是賴在府上裝死，也不會蹚這趟渾水。

皇上跟江氏的事情，他早就知道了。

可成蒲是不是皇上的孩子，簡親王存疑。成厚淳也不是傻子，要是這個孩子出生的時間對不上，他早就察覺了。既然沒察覺，就證明那段時間，人家的夫妻生活是正常的。那麼，這就成了說不清楚的事。再加上成蒲長得跟江氏相像，想從長相上來判斷，基本上就不可能了。至於什麼滴血認親，別說可不可靠，重點是，誰敢叫皇上這麼做？

如今根本不能確定成蒲是皇上的私生子，就算確定了，這樣的局勢下，能承認嗎？皇家的孩子，說金貴也金貴，說不金貴也著實不金貴。所以，當簡親王知道來的這個人是蘇芷，是為了成蒲而來的，就果斷地打斷了她。

「姑娘，本王有些頭暈耳鳴，妳剛才說什麼本王沒聽清。這樣吧，妳先住下，等本王好點了，再聽妳說話。」簡親王說著，就站起身。「來人啊，將這位姑娘請去後堂，沒有本王的許可，任何人都不得見！」

蘇芷愣了愣，這堂堂的簡親王，說耳鳴就耳鳴，這不是無賴嗎？

還不等她反應過來，就有兩個粗使的嬤嬤上前捂著她的嘴，夾著她就離了前堂。

蘇芷愣住了，這跟她預想的不一樣！她原想著，不管怎樣，好歹會有人問話，好叫她把能說的都說了。可如今這樣，全不在她的算計之內！

簡親王站在皇上的面前時，人還有點喘。「這件事，是姪兒沒處理好。這叫蘇芷的姑娘，背後有沒有人指使，還得查證。」

沒有自稱「臣」，而是自稱「姪兒」，這就是想把這件事當作家事來處理的態度。

天元帝搖頭，笑了笑。「晚了，只怕消息已經傳開了。」

簡親王心裡哪裡能猜不透這背後的含義？嘆了一聲後問道：「如今，該當如何？成家不會這麼說，想來想去，倒是戚家的可能性大些。」

「要鬧大，就鬧吧！」天元帝一笑。「這事你別管了，連同那個雲家的外孫女一起放了吧！打發人親自送到雲家，給雲高華那個老東西！」

看來雲家叫皇上惱怒了。

簡親王鬆了一口氣，這簡直是求之不得，他一點都不想摻和這樣的事情！

等簡親王出去，元娘才轉了出來。「雲家的事情，皇上不必顧忌我。」

天元帝笑了笑。「沒事，只是得給他們個教訓才好，不然不長記性。但用還是要用的。」

元娘一時之間也不知道皇上打的什麼主意。

天元帝冷笑一聲。蘇芷只是個姑娘，便是背後有人指使，可是若沒有雲高華的默許，別人能接觸到養在國公府深閨中的表姑娘嗎？這個雲高華啊！若是乖覺，這個國公爺就還是雲高華，世子就還是雲順恭；若是再不乖覺，這國公爺的位置，就直接叫雲順謹坐了！一個腦子清楚的臣子，比一個時刻想著鑽營、自以為聰明的臣子，可好掌控多了。至少，他不會無知到幹了蠢事還洋洋得意！

肅國公府，雲家。

老太太成氏愕然地看著春桃。「妳……妳說什麼？」

春桃低下頭。「外面已經傳遍了。說成家的大少爺，是皇上跟江夫人生下的奸生子。」

她抬起頭，看著老太太瞬間失去血色的臉，趕緊補充道：「不過，聽說是皇上強迫的！」

其實，這話她也不信。在大戶人家長大，最清楚這些爺們了，什麼樣的女人得不到，會用強迫這樣下三濫的手段？反倒是一些小戶人家，為了攀上好親事，做出些故意壞了人家姑娘名節的事屢見不鮮。可皇上強迫一個婦人這事，怎麼聽都不可信。江氏是美，但還不至於美到讓人挪不動腳的地步。至少雲家的幾個姑娘，容色都在江氏之上。

她們不信，但架不住老百姓相信啊！

老太太心裡想必也是明白的。江氏不守婦道，玷污了成家的門楣。

「怪不得！怪不得……」老太太捂住胸口。怪不得哥哥和姪兒會走到了這一步，原來是因為這樣。

雲順謹和莊氏急匆匆趕來的時候，見老太太已經搖搖欲墜了。

「娘，這些事，不該您操心。」雲順謹扶住老太太，低聲道：「這事蹊蹺，您穩住了。」

老太太搖搖頭。「這樣的皇上……兒子……不值當啊……」

那是因為您只站在成家的立場上看。您怎麼不想想，成家這些年握著軍權不撒手，將西北經營得如同獨立王國一般呢？皇上跟江氏究竟是怎麼回事，雲順謹不知道，但從一個男人的立場上看這件事，只能說江氏自甘下賤，而皇上雖有些下作和不擇手段，但還真不到對江氏這樣的女人強迫的分上。一個自己送上門，一個順水推舟，倒是有可能的。

他是成家的外甥，但卻不會真的跟成家毫無原則地站在同一立場上，也無法像老太太一樣，以成家的榮辱來衡量事態。

老太太說這樣的皇上不值當自己忠心，可自己現在不忠心，就會徹底斷送了一家子的活路了。老太太怎麼就不明白這裡面的道理呢？

他笑著安撫。「外面的事情，兒子會用心的，您安心。」這院子裡的丫頭還得好好地敲打才成，以後跟成家有關的消息，再不能給老太太知道。

老太太閉了閉眼睛，如何聽不出兒子話裡的敷衍？一時間心裡有些苦澀。但要求兒子跟自己一樣看中成家，也有些強人所難。想到成蒲，就想到蘇芷，繼而又想到四娘。就算再怎麼遲鈍，也知道四娘跟成蒲的婚事不成，只怕就是兒子在背後搗鼓的。他早就知道成家會走到今天嗎？那麼，是不是說，不管有沒有江氏這事，成家都會走這麼一條路？這麼一想，又覺得頓時心若死灰。

莊氏推了雲順謹。「老爺先去照應外面的事情，只怕還不定怎麼亂呢！這裡妾身陪著娘，放心吧！」

老太太偏著娘家，但這真不是看血緣遠近就選擇立場的時候。什麼都能由著老太太，就這事不成，她不能叫兒子、閨女跟著受牽連。

雲順謹就道：「兒子真得去前面看看了，還得盡快進宮一趟。即便不管其他，只這一家子還得活下去不是？不看別的，您老看看四娘和家盛。」

想到孫子、孫女，老太太就用帕子擦擦眼角。「你去吧。我如今老了，什麼也不管了，只在家裡唸唸佛，保佑一家子平安吧。」

雲順謹點點頭，將老太太交給莊氏，才轉身出去了。

他現在一肚子怒火，都是對著雲高華的。說是不叫任何人插手，結果就是這樣？他怎麼這麼糊塗？

面對兒子的怒火，雲高華有些氣短。他也沒想到戚家折騰來折騰去，會鬧了一個小孩子過家家的結局。

而此時的戚長天正一巴掌拍在戚幼芳的臉上。「我叫妳將人盯死了就好，誰叫妳多此一舉的？」原來還指望著將她留在京城嫁人，以後也能獨當一面，誰知道事情只要讓她一沾手，就徹底變了個樣子！只要盯著蘇芷就好，再靠著蘇芷，籠絡住成蒲。只有成蒲肯站出來，他嘴裡說出來的話才是可信的。一個女人，還是背棄了自己家族、主動爬床的女人，這樣的人，怎麼能當大用？

正說著話，羅剎進來了。

「主子，江氏死了。」說著，她無奈地看了一眼戚幼芳。「成蒲將蘇芷連同雲家一起，告上了大理寺。告他們誣衊江氏，導致江氏為證清白，吞金而亡。」

戚長天頓時就閉上了眼睛，這個成蒲還不算是笨蛋。

但戚幼芳卻驚呆了。「就那個公子哥兒，他有這樣的魄力嗎？而且，江氏那個紅杏出牆的女人，哪裡會有什麼廉恥？還自盡？這根本不可能！」

這蠢貨！戚長天轉頭對羅剎道：「將她帶回福州，京城她不行！將大娘子接來吧！」

戚家的兒子不少，但這種時候送兒子來京城太扎眼了，倒是女兒……大娘子是庶長女，守寡在娘家，如今倒也用得上。

戚幼芳的臉瞬間就白了。「父親，別送我回去！我願意留下來，輔助大姊姊！」說著，就求助般地看向羅剎。

羅剎嘆了一聲。「主子，大娘子要是來，光是熟悉這京城的情況，就得花費不少時間。就叫姑娘留下吧？有大娘子在，也出不了什麼紕漏的。」

戚長天沒有說話，只問道：「江氏是怎麼死的？是自殺還是成蒲下的手？」

羅剎低聲道：「是成蒲下的手。」

戚幼芳的臉更白了。一個在她眼裡百無一用的公子哥兒竟然弒母！

戚長天冷冷地對戚幼芳道：「名聲比命重要，妳早該想到這一點才對！」

「雲家這樣的親戚，真是誰遇上誰倒楣啊！」

「誰說不是呢？那江夫人招他惹他了？這般的誣陷人家！」

「本來就癱瘓在床上，夠可憐了，還誣陷人家不貞，缺不缺德啊？」

「說起來，成家不管怎麼樣，跟一個女人有什麼關係？那江夫人因為行動不便，不是也被拋棄了嗎？對著一個這樣的女人下手，這雲家也忒下作了！」

「要說起來，這成家的大少爺還真是個孝子。留下來大概是死路一條了，但也沒拋棄自己的親娘，這份孝心，真是難能可貴啊！」

「是啊！只不過可惜江夫人了，先是癱瘓，再被丈夫遺棄，最後竟然還被誣陷生下了奸生子。這一輩子過的，也是可憐。」

「人這一輩子，最是說不清楚的。以前誰不羨慕江夫人？那時候誰能想到會有今天這樣的結局？」

「不過能以死證清白，也是個烈性女子了，成家有這樣的宗婦，不虧。」

「這雲家又不傻，誣陷江氏，也不會好端端的就牽扯上皇上，這事情，只怕不簡單。」

「切！你知道什麼？這世上就有那麼一號人，最是面忠心奸，要不然怎麼會有一個詞叫作奴大欺主呢？」

「這話也對啊！誰不知道朝廷正值用人之際，雲家這是想拿捏皇上，乘機向皇上要權柄呢！」

「還真是路遙知馬力，日久見人心。這雲家一向就最會鑽營，如今沒有成家挾制，可不是又張狂起來了？」

「這外孫女未婚先孕，還不知道雲家的姑娘都是什麼……」

「不想活了？禁言吧！雲家的二姑娘可是簡親王的王妃，三姑娘御賜給太子做側妃，五姑娘是遼王的正妃。這些姑娘，咱們還是別說，誰知道將來是什麼造化呢？」

「怕什麼？上樑不正下樑歪，想來這些姑娘也難是什麼賢良人。」

短短兩天時間，外面全都是關於雲家的流言，這背後要是沒有人推波助瀾才怪了。

彷彿還嫌棄這流言來的不夠迅猛，皇上突然下旨，擢升雲家老四雲順謹為兩江總督，總理兩江的軍政要務。這就像是在告訴世人，瞧瞧，被臣子冤枉了，還一樣不計前嫌，重用提拔，雲家要是再敢有三心二意，在這世上都難有立足之地了。

雲五娘知道，這是皇上要將雲順謹插在江南，目的自然是為了防止戚家作亂。

跟戚家休戚相關的是二房，皇上卻派了四房過去。一是可以避免雲順謹跟西北的成家勾連；二是因為雲順謹跟戚家永遠都不能尿到一個壺裡；三是如今這個時機，選的真是準極了。既將如今的流言推到了一個新高度，又恰好在雲家最恨戚家的時候，就將雲家放到了戚家的對立面上。

雲五娘覺得，皇帝到底是皇帝，他的手腕，誰小瞧了誰就得吃虧。

雲高華就是一個吃了大虧的人，據說，這兩天都沒嚥下一口飯去，實在是被氣得不輕。可叫雲五娘說，他活該！

雲家的名聲，跌到了一個從未有過的低谷。就連嫁出去的雙娘，也受到了波及。

「這樣下去不是辦法。」四娘坐在五娘的對面。「可有什麼對策？」

五娘搖搖頭。現在皇上的架子還不能倒，面子不能丟，人心也不能散，因為遼東還需要時間才能與其他各方抗衡。別說雲家不無辜，就算是無辜的，在大局當前，個人的得失榮辱算得了什麼？因此，五娘只是搖搖頭，有些心不在焉。

四娘皺了皺眉。「我倒是無所謂，馬上就要跟父親下江南了，妳的親事也定了，只六娘怕是要受點影響了。」

六娘搖搖頭。「我也無所謂，哪怕是莊戶人家，能吃飽穿暖我就知足。」庶房的庶女，她從來沒期待過什麼太好的前程。

三娘抬頭看了六娘一眼，她要是早一點有六娘的心境，也不至於落得如今這樣尷尬的局面。

五娘也看了六娘一眼，難免有些擔憂。

六娘卻無所謂的一笑。「我今兒早上打發丫頭去外面買珍品軒的發糕，聽她說，這兩天烏蒙和突渾的使臣就要到了，也不知道哪個公主這麼倒楣？」

四娘搖搖頭。「估計皇上捨不得公主，看是選宗室女，還是臣下的女子封為公主吧。不過自從大秦朝開國至今，還沒有和親的歷史，也不知道誰倒楣，會成為大秦歷史上第一個被和親的公主。」

五娘輕輕一嘆，心裡多少有些無能為力。

她們誰也不會想到，她們的命運從這裡開始，走向了一個誰也不知道的方向。

此刻的皇宮，雲高華跪在天元帝的身邊。「雲家跟皇家休戚與共，臣的小孫女至今還不曾婚配，突渾國主年方十四，倒是年紀相當。」

哐噹！屏風後傳來茶盞掉落的聲音。

元娘提著裙襬就跑了出來，她臉上的血色已經褪去，臉色變得煞白。「六娘才十三歲！六娘才十三歲！」她對著雲高華，眼睛瞬間就變得赤紅。

天元帝一愣，沒想到元娘的反應會這麼大。「妳先回後殿去。」

元娘回身，一把抓住天元帝的袖子。「不要，不要讓六娘去！不要讓六娘去，好不好？」

突渾，太遙遠和陌生了。如今的國主，只是一個十四歲的少年郎，政事被丞相把持，連他自身都難保，六娘去了，如何自處？

這就是她的好祖父！雲家的聲望跌了，名聲沒了，他就想出這樣一種辦法，主動用自己的孫女去和親，來挽回雲家如今的局面嗎？

何其可悲！

可對於天元帝而言，他也有自己的女兒，他不可能捨棄了自己的女兒。本打算選宗室女的，可這種事心不甘情不願的，自然是主動送上門才好啊！畢竟去的女子，不光是聯姻的作用，要是本人夠聰明，那作用是可以無限放大的。

元娘是個有分寸的聰明姑娘；簡親王妃據說風評也極好，不用說，這也是一個心裡有謀算的人；雲家的三娘，因為太子的原因，他可是瞭解的最多，有野心、有心計、有耐心，還狠得下心；雲家的五娘，是金氏的女兒，配給了遼王，不管本人如何，身後的背景就叫人不敢忽視。

四娘是雲順謹的女兒，雲順謹正當用，不可能拿他的女兒填坑。

真是沒想到，原來雲家還有一個六娘！如果這個六娘真的跟她的姊姊一樣聰明貌美，那麼，倒不失為一個好人選。可元娘他也不能不顧及她的感受。

於是，看著面色尷尬的雲高華，天元帝就道：「這件事，朕還要再斟酌，你也好回去跟姑娘家本人商量一二，若是不願意，也沒有妨礙。」若是願意，那就最好不過了。說著，就看向元娘，這是折衷的辦法了。

可元娘的臉色並沒有好起來，反而添了幾絲驚恐，然後眼淚瞬間就掉了下來，默默地退回屏風後了。

——未完，待續，請看文創風794《夫人拈花惹草》4

文創風 793

夫人拈花惹草 3

國家圖書館出版品預行編目資料

夫人拈花惹草 / 桐心著. --
初版. -- 臺北市 : 狗屋, 2019.10
冊 ; 公分. --（文創風）
ISBN 978-986-509-053-1（第3冊：平裝）. --

857.7 108015639

著作者	桐心
編輯	黃淑珍
校對	周貝桂
發行所	狗屋出版社有限公司
地址	台北市104中山區龍江路71巷15號1樓
電話	02-2776-5889～0
發行字號	局版台業字845號
法律顧問	蕭雄淋律師
總經銷	知遠文化事業有限公司
電話	02-2664-8800
初版	2019年10月
國際書碼	ISBN-13　978-986-509-053-1

本著作物由北京晉江原創網絡科技有限公司授權出版

定價250元

狗屋劃撥帳號：19001626

網址：love.doghouse.com.tw　E-mail：love@doghouse.com.tw